烟雨蒙蒙厚樸镇

黄乐书

《崛起的长兴岛》编委会 编

文匯出版社

图书在版编目(CIP)数据

烟雨蒙蒙厚朴镇/《崛起的长兴岛》编委会编.—
上海：文汇出版社，2018.10
ISBN 978-7-5496-2711-0

Ⅰ.①烟… Ⅱ.①崛… Ⅲ.①纪实文学—作品集—中
国—当代 Ⅳ.①I25

中国版本图书馆 CIP 数据核字(2018)第 210144 号

烟雨蒙蒙厚朴镇

编　　者 / 《崛起的长兴岛》编委会

责任编辑 / 鲍广丽
特约编辑 / 蔡德忠
总 策 划 / 樊敏章
封面题签 / 黄　杰
封面装帧 / 黄　杰

出版发行 / 文汇出版社
上海市威海路 755 号
(邮政编码 200041)
经　　销 / 全国新华书店
排　　版 / 南京展望文化发展有限公司
印刷装订 / 启东市人民印刷有限公司
版　　次 / 2018 年 10 月第 1 版
印　　次 / 2018 年 10 月第 1 次印刷
开　　本 / 787×1092　1/16
字　　数 / 320 千字
印　　张 / 17.75(插页 12 面)

ISBN 978-7-5496-2711-0
定　　价 / 58.00 元

厚朴镇一角（20世纪50年代）

厚朴镇仅存的标志性建筑——航标塔

长江隧桥高速穿越厚朴镇旧址

中共上海市崇明区长兴镇
新港村支部委员会
上海市崇明区
长兴镇新港村村民委员会
上海市崇明区
长兴镇新港村村务监督委员会
上海市崇明区长兴镇新港村村民委员会人民调解委员会
发展基层民主

249
丰景路
中共上海市崇明区长兴镇
丰产村支部委员会
上海市崇明区
长兴镇丰产村村民委员会
上海市崇明区
长兴镇丰产村村务监督委员会
社会主义核
富 强 民 主 文
自 由 平 等 公
爱 国 敬 业 诚

村两委会议

昔日厚朴镇今日一街区

美丽的乡村建设

新港村民参加崇明明珠湖龙舟比赛

丰产村荣获长兴镇2018年广场舞大赛一等奖

村民文艺演出

广场健身

村民体检

端午活动

编 委 会

序一　寻访厚朴镇旧址

郭树清

厚朴镇，又名旱卜镇，寓意厚道朴实，如此而得名。厚朴镇地处崇明长兴岛新港村12—13组之间。据《长兴乡志》记载："厚朴镇始建于清光绪(1880年)年间，距今已有130多年的历史。"

长兴岛，地处东海、长江交汇处，江风海韵滋养出物华天宝、风情万种的锦绣乡村。当年的厚朴镇具有江南水乡特色和静谧安逸的古镇风情。以江筑屋，以河成街，厚朴镇南靠长江，东靠三圩港，镇中间向西又有一条横港，交通便捷。长江入海处，是咸水和淡水交汇的地方，多种鱼类为繁衍在这里经过，有的长期在这里生存，渔业资源丰富，吸引大批渔民前来捕捞，鱼鲜贸易活跃，集市十分繁华，也带动了该镇的经济和商业繁荣发展。

那时候的厚朴镇，有客栈、茶馆、南货店、杂货店、豆腐店、肉店、海鲜店、米店、盐店、饮食店、铜匠店、铁匠店、木匠店、染坊、药店、理发店等，商铺林立，星罗棋布，各类商品琳琅满目，各路客商云集，生意兴隆，热闹非凡。镇上还有一所国立长兴小学，以及庙宇和天主教堂。厚朴镇成为长兴岛上颇具规模的四大集镇(凤凰镇、厚朴镇、园沙镇、三民镇)之一。

商业兴盛带动文化发展，厚朴镇飘逸着厚重的历史气息，积淀了深厚的文化内涵，更是孕育了各类人才辈出。原沈阳军区参谋长李海波，原南通军分区副司令员王英等功垂史册的人物，以及传奇人物朱七斤、周安清、汤二郎、黄文甫等，还有被称为长兴岛上的"女华佗"张凤梅，都是厚朴镇人。这一地区还涌现出众多的教师、企业家、实业家、民间艺人、能工巧匠等出类拔萃的人物，他们用勤劳的双手和聪明的智慧谱写和传承着厚朴镇的文化和文明。

自20世纪70年代初起，由于厚朴镇港口闭塞，客商剧减，集镇日趋冷落。到了70年代中期，街道已基本拆尽消失。近年来，随着长兴岛装备基地的建成，厚朴镇一带的居民也已全部搬迁住上了商品房，原来的厚朴镇已成了另一番风景。

夏日的一天，笔者来到厚朴镇旧址，这里正在进行动拆迁，昔日的居民住宅成为一堆堆废墟，唯有厚朴镇西南约150米处的一座铁塔还在那里高高耸立着。据称，该铁塔建于民国年间，在当时的长兴岛上，算是最高的建筑。另据当地人介绍，该铁塔起初是座木塔，后因年久失修改建成铁塔。如今，尽管厚朴镇几经拆迁已变得无影无踪，但这座铁塔却依然静静地屹立在海岸边，并在前几年被崇明区列为不可移动文物进行保护。这座铁塔虽是普普通通，但它可谓是长兴岛上最古老的建筑物，历经民国和新中国成立后的各个阶段，它既是航空、航海的标志物，也是长兴岛100多年来沧桑历史、风云变幻的见证者。

如今，随着社会的发展，时代的变迁，厚朴镇虽已荡然无存，连现在生长在长兴岛的许多年轻人都不知道厚朴镇的名字，但有幸的是，《崛起的长兴岛》编委会，怀着对故乡厚朴镇的拳拳爱心和深厚感情，正在编写《烟雨蒙蒙厚朴镇》文集。他们满腔热情地进行挖掘、搜集、整理、编辑出版，旨在以人物、景物、事物等形式，叙旧道故化忆为文，记录厚朴镇的前世今生。作者以本色的笔调记述了厚朴镇的风土人情，希望这里的历史文脉和良好的民风、民俗得以延续，甚至弘扬，让人在经济大潮中有“根”的感觉。

离开厚朴镇旧址，那明净的河水，那环水而立的水杉、樟树和开着鲜花的夹竹桃交相辉映，风姿绰约。车渐行渐远，再回首，百年古镇新旧交替，那昂首的船厂塔吊，那耸立的百年铁塔，那林立的高楼和新颖别致的农家别墅，那风中摇曳的老树繁花，融为一体，洋溢出一派古朴宁静又生机盎然的万千风情……

（作者系崇明岛人，曾任海军某部队团政委，
上海市房产经济学会副会长，上海市作家协会会员）

序二 “百年古镇，传承文化”

杨 合 范永刚

在《崛起的长兴岛》编委会的辛勤努力下，一本展现厚朴镇历史风貌、传承海岛文化的新书《烟雨蒙蒙厚朴镇》将由文汇出版社出版。我们阅读了部分文稿后，感到十分亲切，无比兴奋，内心充满着感动和钦佩。

这是一本写我们家乡的书，是一本难得的历史教材，是一本属于我们两村劳动人民自己的书。它既是我们村史的重要组成部分，又是长兴乡志的不断完善和生动补充。在我们厚朴镇人的殷切期待下，此书出版，值得高兴，值得庆贺。

一座厚朴镇，一条三圩港，一座航标塔，古往今来，烟雨蒙蒙，顶天立地。它是新港、丰产两个村的历史名片，是指引水陆交通的航标、地标。从以港建镇到自然消失，历经138年。它的名声远播长江三角洲。虽然在当今大动迁、大发展中光荣退出历史舞台，但我们永远记着它，永远怀念它。因为它是一段难于忘怀的历史，因为我们是吃着三圩港水长大的厚朴镇人；因为我们的祖先曾在这里落脚谋生、繁衍生息；曾在这里开发建设、奋斗发展。忘记厚朴镇，就意味着忘记历史！

《烟雨蒙蒙厚朴镇》一书，作者用亲身的经历、朴素的语言、生动的故事，记录了厚朴镇百多年的历史发展过程。我们读来感到自然亲切，回忆无限，浮想联翩。这是一盆长兴人的“本帮菜”，用心咀嚼，回味无穷。我们所以不忘初心，不忘历史，其答案也许就在这里。

《烟雨蒙蒙厚朴镇》一书，不但记录了劳动人民开发建设长兴岛的历史场景，记录了厚朴镇人斗天、斗地、斗敌的生动过程，记录了厚朴镇从兴旺发达到自然消失的漫长过程，同时也记录了厚朴镇“一声枪响，全岛解放”以后的深刻变化。全书的人物故事，无论从将军到普通百姓，都贯穿了厚朴镇人“厚道朴实”的优秀传统和品质。百年古镇，酸甜苦辣，百年奋斗，硕果累累。忆过去，烟雨蒙蒙，刀光剑影；看今朝，风调雨顺，各业丰登，社区拔地而起，隧桥横穿而过，长江南北灯火交织，好一幅海岛盛景，过去的伤心岛，变成了真正意义上的幸福岛。古镇不见，海岛巨变！

我们刚刚换届选举后的两个村民委员会，其成员也都是厚朴镇人的子孙。我们理所应当宣传好、传承好厚朴镇的优秀历史文化。在党的十九大精神指引下，认真学习习近平新时代中国特色社会主义思想，坚持以人民为中心，积极推进长兴“三个功能岛”建设，把长兴岛的美丽乡村建设好，使没有了厚朴镇的厚朴镇人的幸福生活，再上一个新的台阶！

（杨合系新港村党支部书记；范永刚系丰产村党支部书记）

前言　留住记忆中那份情怀

徐惠忠

历史长河大浪淘沙，时代画卷波澜壮阔。

在长兴岛的历史上，厚朴镇是人文积淀最为深厚的一方热土。从清朝光绪年间迄今，厚朴镇130多年的跌宕浮沉史，承载了繁华荣锦，也经历了岁月沧桑。

编写《烟雨蒙蒙厚朴镇》一书，旨在对已经消失了近半个世纪的厚朴镇历史进行抢救性的挖掘、搜集、整理并展示，让后人能真实地了解厚朴镇的前世今生，让厚朴镇的历史文脉得以延续，让厚朴镇的优良传统得以弘扬，为长兴岛的经济社会发展注入新的活力，做出新的贡献。

《烟雨蒙蒙厚朴镇》一书的作品，是对厚朴镇的历史记忆、邂逅故事、过往情愫和未来冀望，以图文并茂的形式进行实录，展示一幅幅力求真诚实在，充满人间情味的厚朴镇新的文化图卷。如能达到这一效果，也算是我们在有生之年怀着不可割舍的家乡情结和血浓于水的深厚感情，做了一件功在当代、利在千秋的善事、好事。我们这些老同志能为挖掘和传承家乡的优秀文化，能为振兴家乡尽一份微薄之力，也算得上是与有荣焉。

在本书的编纂过程中，编纂组本着以亲身的经历，真实的情感，朴实的文字，写好厚朴镇故事，以留住乡愁、留住记忆、留住文脉为宗旨，由远而近，寻找厚朴镇的历史文脉，呈现一幅幅足以恒久定格，又充满回味的多彩画面。从而，让人们从中领略厚朴镇曾经的辉煌和人们的精神风貌。同时，对厚朴镇优良的民风、民俗得以传承保护，对厚朴镇的优秀传统文化得以发扬光大。可以说，书中记载的不仅是我个人的心路历程，也是我们这一代人的集体记忆和共同情怀。

本书的出版，得到了方方面面的支持和帮助，在此向他们致以由衷的敬意，并献上深深的祝福。

目录 Contents

三、矢志不渝追梦人

四、往事如烟绕心间

五、睹物思情思广远

一、厚朴镇上故事多

在厚朴镇这块充满神奇的土地上，曾流传着多少美妙而又动听的故事。有为祖国的解放事业而浴血奋战成为将军的李海波；有在抗日战争中冒着生命危险把军需物资运往苏北革命根据地的朱七斤；有因儿子为革命事业壮烈牺牲而在母亲身上引发的许多动人故事，也有悉心研究医药、热情为百姓看病被喻为“长兴岛上的女华佗”张凤梅……你细细读一读本篇章的故事，心灵一定会受到震撼，激起对人生价值的思考……

朱七斤的传奇故事

樊敏章

朱七斤原住在长兴岛厚朴镇以东的新开港口，因为他自小失去父母，便由姑妈把他带大。他13岁起就独自闯荡生活，帮人撑起了航风船。因多年的航海生涯，再加上接触到旧社会的不少三教九流人物，他便养成了一种生性耿直、为人豪爽的性格，崇尚“一人做事一人当”的江湖义气。虽人生坎坷，他身上却发生过许多带有点传奇色彩的故事。

一、我印象中的朱七斤

在我印象中，朱七斤中等偏高的身材，因常年在海上生活，他古铜的脸色就像他的船身刷过桐油般透亮，既显得坚毅，又留有饱经风霜的痕迹。他有一对威武的剑眉和一双明亮的眼睛。他的目光特别犀利，对着你时，会有一种咄咄逼人的感觉。年幼的我，看见他十分害怕。他声音洪亮，掷地有声，总觉得他是个与众不同的人物。

我第一次见到他时，在1961年初夏的某日，那时我才八岁。那天傍晚，他来到我家，说约我父亲，还有同他一起撑船的表弟黄明玉及其他队里的船工黄和郎，四个人一起到苏州河去装运大粪。他还说他们四个老弟兄，抽空再到上海大世界去白相一趟。我听到后，便问父亲：“大世界有啥好白相的？”父亲对我讲：“大世界啊，是上海滩上最热闹、最好玩的地方了，如果你到了上海不去大世界就等于没去过上海。”父亲说得我心里痒痒的。接着我又问：“那到底有什么好玩的？”父亲告诉我说：“那里呀，真是好玩，要看戏有京剧、沪剧、越剧，还可以看电影、看杂技表演、看魔术等，要说最好玩的算是照西洋镜了……”我还没等父亲把话说完，急忙问西洋镜是什么东西？父亲笑着说："你照西洋镜，真会笑歪嘴。镜子里的人一会儿变高，一会儿变矮，一会儿变胖，一会儿变瘦，真好看极了。"父亲讲得我心花怒放，恨不能马上去玩那个西洋镜，便拉着父亲的衣袖摇晃着说："爸爸带我去吧，我也要去！"父亲板着面孔，严肃地对我说："不能去，上海地方实在太大了，小孩要走失的。"正当我失望的时候，站在一旁的朱七斤伯伯帮我说话了："老弟呀，带他去吧，我们四个大人难道还看不住一个小孩？再说小孩子见见世面有什么不好？"父亲觉得他言之有理，总算答应也带我去。我的心里乐开了花，晚上怎么也睡不着，感到朱伯伯真是一个好人，能懂小孩子的心情。

第二天一大早，我就跟着父亲出发了。很大的一只木帆船，停靠在离我家不远的厚朴镇三圩港里。上船之后，只见几位前辈忙忙碌碌，起锚的起锚，拔篷的拔篷，撑篙的撑篙，船终于开航了。我站在船头上，沐浴着迎面吹来的阵阵海风，感到十分惬意。不一会儿，我尿急了，连忙拉下裤子，对着船头准备撒尿。此时，在我身旁撑头篙的七斤伯伯看见了，突然大吼一声"嗨"，接着骂道："你这个小赤佬怎么一点不懂规矩，怎么好在船头上撒尿？当心我把你的小丝螺(方言，指小男孩的生殖器)割了！"听到他这么一吓唬，我赶紧拉上裤子，拔腿就逃，奔到正在掌舵的父亲身边，向父亲告状说："朱伯伯为啥这样凶？不让我在船头上小便，还说要割了我的小丝螺。"父亲听了我的话，笑着对我说："你还小呢，不懂得这是船家的一大规矩。船主是万万不允许别人在他船头上撒尿的。在船上我不给你说，回家后再向你细细地讲。"我不懂父亲为什么还要"卖关子"，偏要回家去讲。回到家里后，父亲果然没有食言，给我讲了许多关于船家的规矩：船主把船当作自己的生命，你在船头撒尿，就等于在人的头上泼脏水，你说，行吗？再说，船头是指引方向的，你撒尿，是对船主不尊重，是一种不吉利的举动，船主怎么会不恼火？父亲还告诉我说，船上的规矩可多着呢，比如说，在船家吃鱼，上面的鱼肉吃光了，要想吃下面的，绝不能说把鱼翻过来吃，船家最忌讳"翻"字，说"翻"字，就是隐含翻船，在触船家的霉头。又如，要把一条跳板翻个身，绝不能说把跳板翻过来，只能说把跳板换个身。正当父亲滔滔不绝地讲着船家的许多规矩时，我的小脑子里突然想起了和小朋友们常说的一句顺口溜"新船新翻，旧船旧翻，出港就翻"，问父亲这是什么意思？父亲告诉我说，这是人家跟船家结了仇，念咒他们翻船。如果你在船上讲这样的话，那船主非把你的肋骨打断不可。

那天，我们到了大世界，正像父亲所说的，这真是一个万千世界，什么都有，看都看不过来。我看了京戏孙悟空大闹天宫、三打白骨精，还照了哈哈镜，在我幼小的心灵里留下了深深的记忆。我玩累了，几个前辈轮番驮着我走，他们嘴里还喊着

"哎呀嗨、哎呀嗨"的,我眼睛骨碌碌地转着观赏着一路的上海风景。

二、帮新四军运枪撞见俩伪军

厚朴镇在旧社会是一个鱼龙混杂的地方,它也是伪乡政府的所在地。这里有一个自卫队,属伪乡政府管理,名义上是为保厚朴镇的一方平安,实际上是伪政府的一支别动队。自卫队的人员,大部分人都是该镇的贫民,一些穷人为了自身的安全参加自卫队,有的借此想寻求什么靠山。朱七斤是一个穷汉,穷得地无一垅,房无一间,但他想凭自己有多年走江湖的经验,再加上强健的体魄和反应灵敏的头脑,他参加自卫队盼望日后能混出个什么名堂。没想到,他不但参加了自卫队,还当了个中队长。虽说自卫队是个自治组织,但也不是天天站岗放哨的。朱七斤还是撑他的船,做船老大。但他有了自卫队中队长这个头衔后,他的船只来往变得自由了,吴淞做据点,常到横沙、崇明、启东、海门一带装运货物。

抗日战争时期,上海的地下党组织,专门筹集军需物资,运往苏北根据地。地下党的同志摸透了朱七斤的船只常去苏北的情况,又掌握了他是一个穷苦人出身的自卫队的中队长,便找上门来,和他密谈,希望他从民族大义出发,把一批军需物品运到苏北去。当然,也不会叫他白运的。这件事对船老大朱七斤来说,感到有点为难,一旦暴露,你为新四军装运军需物资,真要丢脑袋的。但他在跑码头的长期生活中,听到许多关于共产党、新四军等信息,懂得共产党是好人,是为穷人谋幸福的。他在良知和民族正义感的驱使下,终于答应为地下党做一件好事,这样才对得起自己的良心。即使有风险,也只得冒一冒了。再说,装运军需物资所得的运费要远比装运其他货物多得多,生意人嘛,不赚钱图什么。一天夜里,地下党派人与他秘密接头后,便很快地将用麻布捆好的四捆步枪共 12 支送到船上,朱七斤迅速地把它藏在船头的床底下,外面还做了掩饰。他想,只要船一开,航出吴淞口外就比较安全了。可是万万没想到正要开船的时候,岸上下来了两个伪军,一个背着步枪,另一个提着警棍。领头的狂喊着:"不要动! 接受违禁物品的检查。"此时,朱七斤装作若无其事的样子,但心里却焦急万分:这下可坏事了。只见那两个人上船后东翻翻西看看,从后舱检查到船头。船头上有个只能容纳一个人下去的地方,上面盖着一块大约 80 厘米见方的盖舱板。那个拿警棍的人掀开了盖板,将头探了下去,张望起来。说时迟那时快,朱七斤顺手撩起了那根事先准备好的放在盖舱板旁的铁棍,猛力地朝那个背枪的伪军身上打去,只听见那人"啊"的一声,立即昏厥过去。而那个刚探下头去还来不及反应过来的伪军,朱七斤连忙把他的头向下一摁,再飞快地拎起他的双腿往下一扔，只听见“咚”的一声，重重地跌落在船舱底下。接着，朱七斤把盖舱板盖上，上面还压上重重的东西。正在这个时候，那个化装成船夫的地下党人飞快地从后舱奔出来，把那个被打昏的伪军五花大绑起来，然后掀开盖舱板，将他推入舱里。船开航了。

当船开到吴淞口时，朱七斤翻起船舱盖，看看这两人有什么动静，只见那两人畏畏缩缩，俨然像两只落水狗。那个最先被推入舱的伪军苦苦地哀求说：“老大，饶我们一命吧！我们也是穷人，混口饭吃吃，生活所迫，没有办法啊。我们上有老下有小的，请高抬贵手，我们永世不忘你们的救命大恩的！”朱七斤便说：“好呀，高抬贵手可以，但从今以后你们不得多管闲事。要是下次再撞见你们，非要你们的小命不可。如果你们回去报告的话，绝不会有什么好果子吃的，即使我不找你们，也会有人来收拾你们的！”“不敢！不敢！”两人几乎不约而同地回答着，还不断地磕头跪拜。朱七斤便问他们：“你们会游水吗？”“会的！会的！”“那好吧，我把船航到浦东转角的地方，你们游出去逃命吧。”当船航到距浦东海滩大约 30 米处时，将两人放了下去。那里的水流不是很急，只见两人扑通扑通地跳下去，划着水飞快地向岸边游去。这两个丢了枪的汉奸，游出去之后，是改邪归正了，还是重操旧业，不得而知。

这是朱七斤第一次为地下党运送枪支到苏北根据地，干得非常出色，不仅完成了地下党交给的任务，还缴获了一支步枪，又额外地得到了一笔可观的运费。从此以后，他多次为地下党运送军需物资，变得更机智，更有与敌人周旋的本领了。他有时把枪支藏在牛粪中，有时把枪支荡在船舱底下的水中。朱七斤怀着爱国的热情和一个穷人的正义感，在抗日战争中做出了一定的贡献。

三、运送解放军去舟山作战

由于朱七斤多次为上海地下党把军需物资——枪支弹药、医疗器械、急救药品、印刷机等送往苏北根据地，与地下党和他接头的同志混得很熟了。1949 年 4 月 21 日，中国人民解放军横渡长江之后，国民党军队兵败如山倒。6 月 1 日，长兴岛也解放了。而一批盘踞在舟山群岛上国民党匪军，妄图凭借那里的地理优势，做最后的垂死挣扎。我军为及早解放舟山一带的岛屿，必须将一批解放军战士运往舟山前线。这时候，原负责地下运输线工作的同志，都已经公开了身份，有的已是中国人民解放军的首长了。此时，曾与朱七斤有联系的地下党同志张群（化名）首先想到朱七斤，要他设法将一批解放军战士运往舟山群岛去。朱七斤毫不犹豫地答应了组织上的要求。朱七斤驾着他的那条木帆船，冒着敌人的枪林弹雨，不顾自己生命危险，将部队送往舟山，出色地完成了组织上交给的任务。舟山解放后，部队首长根据他在抗日战争中做出的贡献，以及在解放舟山的战斗中的积极表现，特给他颁发一张渡江作战功劳证，以资鼓励。

四、久别重逢情谊深

舟山解放后，朱七斤还是撑着他的那条老船，去横沙、崇明乃至启东、海门一带装运货物。一晃十几年过去了，某日的一天，朱七斤在上海外白渡桥经过，一辆部队的中吉普突然停在了他的身旁，车上走下一位身材魁梧的人，对朱七斤说："朱老大，你还认得我吗?"朱七斤迟疑了片刻，仔细打量了一番，终于想起来了，这不是在十几年前跟自己一起把枪支弹药等军需物品运往苏北根据地的那位地下党人吗？于是他激动万分，说："噢，认得！认得！是一起运枪的张群啊！"他们两人在战火中结识，今日又久别重逢，激动和喜悦的心情真是无法用语言来表达。

朱七斤见他一副军人打扮，猜想他现在一定是什么级别的首长了。这位首长非常爽朗地说："老朱同志，请快上我的车吧，跟我一起走！"朱七斤生平第一次听到了部队首长称他为同志，心中感到特别喜悦。于是，朱七斤就上了这位部队首长的车。车子直接开到了康平路首长的家里。首长热情招待了他，席间首长又回忆起那次运枪的事情，他感慨地说："那次运枪，全靠你反应灵敏，要不然我们今天不会碰头了。"朱七斤又问起了当年和他接头的那些同志，首长告诉他说，有的同志在战斗中英勇牺牲了，活着的有的在南京军区工作，有的在南京市公安局工作，也有分配到上海市商业二局的，还有的在启东县和合乡里当干部。

临别时，那位首长(张群)还拿出了他平时的积蓄 600 元钱，送给朱七斤，并关切地说："老朱同志，你在岛上生活很艰苦，还拖着几个孩子，把这钱拿回家去，好派些用场！"朱七斤见首长要送钱给他，真是感动得无言以对，说话也不利索了："钱……钱……这钱，我无论如何是不会收下的……你挣一点钱也不容易，但你的一片心意我全领受了。"首长见他不肯收下，开导他说："啊约，老朱呀，你真是有点见外了。想当年，咱们为地下党运军需物资，是提着脑袋走的，今天还不知道明天呢。你的命就是我的命，我们是舍命兄弟呀。现在好了，解放了，太平了。兄弟日子很好过，已经结了婚，还没有孩子，家庭负担也不重。我给哥哥一点钱，是应该的，是至情至理的。你不拿，就不把我当兄弟看待了，当外人？当陌生人？"朱七斤听到了这位首长称他哥哥，内心的感动使他两眼湿润了。想当年出生入死，生死与共，今日里相见化作了一股暖流，流遍全身。此时此刻，朱七斤心里像倒翻了五味瓶，酸甜苦辣都有。但根据他的性格脾气，一向以侠义为重，是个路见不平、拔刀相助的人。今日首长要送给他这么一大笔钱，感到心中不安，这 600 元钱对老朱来说，是全家三年的开销，如果拿了，今后用什么来回报首长？再说，他已经讲过“无论如何不会收下的”，你要改变他的主意，即使用十八头牛来拉也拉不过来。首长见他怎么也不肯收下，只得说：“好吧，既然你今天不肯收下，改日我专程到你家来看望你。”于是两人紧紧地握手告别。这真是：昔日里，风雨同舟干革命；今朝头，手足深情话友谊。

五、专程回访表真情

话说朱七斤回到家中之后，过了几个月，在一个春光明媚的上午，这位首长穿着一身便服，只身来到了他的家中。当首长踏上长兴岛的那一刻，已是十多年后的故地重游了。要说不同的是，过去搞地下工作时，每次乘船都是在黑夜中秘密而来，而且冒着极大的危险；现在已是阳光灿烂的新中国了。首长走到了曾经去过的厚朴镇三圩港口的堤岸上，望着那来来往往的渔船和奔腾不息的长江水，浮想联翩；看着那近处摇曳的芦苇荡，不禁思绪万千。一场夺取政权的斗争是多么艰难，多么困苦，多么曲折，今天我们共产党终于胜利了。此时此刻首长真是感慨万千。走了刻把钟时间，他就来到了朱七斤的家中。朱七斤一见昔日地下运输线上的老搭档、今日成为部队首长的老朋友张群光临寒舍，那种高兴劲儿真没法提了。他连忙招呼自己的妻子杀鸡宰鸭，买这买那，准备一桌好菜热情招待客人。席间，朱七斤还拿出自酿的老白酒，犒赏老朋友。他们俩一边吃一边聊，显得十分亲热。张群说：“这次我特地来长兴，第一来看看阿哥啊，我顺便还带了一些东西，送给哥哥，略表我的一点心意。第二，我想了解一下阿哥在生活上有什么困难，需要我帮助的。第三，从今以后我们就兄弟相称了，因为战斗中结识的情谊是真诚的。再说嘛，军民本是一家人啊！”朱七斤听了他的话，便兴奋地说：“好啊，我们就兄弟相称。你问我生活上有什么困难，我告诉兄弟，没有什么困难，我和其他人家一样过着日子。”饮酒间，张群抬头一望，只见屋顶上透着亮光，那破旧不堪的草屋已经漏雨了。首长心想：他家小孩子多，将来一定要翻造新房子的，我何不用自己的名义，申请些建筑材料，帮助他把房子造一下。于是，张群开门见山地对他说：“阿哥，你的房子实在太破了，应该修一修，我给你搞一点建筑材料，请不要再推辞了。”在那个年代，什么物资都很紧张，许多物品都要凭票供应，要翻造房子是一件非常困难的事情。兄弟的一番话，正说到他心坎里去了。这次他没有推辞。过了没几天，张群把一批建筑材料派部队的一艘登陆艇送到长兴岛，朱七斤真是喜出望外。这正是：战斗情谊海样深，军民胜似一家人。

厚朴镇上走出来的将军和上校

翟　录

李海波同志逝世

沈阳军区原参谋长李海波同志，因病医治无效，于1991年1月26日10时10分在沈阳逝世。享年62岁。

李海波同志是上海人。1945年入伍，1947年9月加入中国共产党。参加革命后历任苏中军区司令部警卫员，华东四纵司令部作战科见习参谋，军区司令部军训课参谋，师司令部作战科副科长，军司令部作训处副处长，军副参谋长、参谋长，副军长，驻苏联大使馆武官，沈阳军区副参谋长兼作战部部长、参谋长等职。是中共十三大代表。1988年9月被授予中将军衔。曾获三级解放勋章。

李海波同志在46年的革命生涯中，对共产主义具有坚定的信念，忠于党，忠于人民，忠于无产阶级革命事业，工作一贯勤勤恳恳，身先士卒，鞠躬尽瘁。在革命战争时代，他经受了艰难困苦环境的磨炼和枪林弹雨的考验。他先后参加过淮海、渡江、舟山等战役，作战勇敢，不怕牺牲，智勇双全，为夺取革命战争的胜利，创建中华人民共和国做出了应有的贡献。在社会主义革命和建设时期，他参加了抗美援朝，为巩固国防，建设现代化、正规化革命军队，呕心沥血，勤奋工作。“文化大革命”期间，他同林彪、江青反革命集团进行了坚决的斗争。他在任驻苏武官时，认真贯彻我国外交路线、方针、政策，组织纪律观念强，圆满地完成了任务。

在社会主义建设新的历史时期，他衷心拥护、坚决贯彻党的十一届三中全会以来的路线、方针、政策，自觉地在政治上、思想上、行动上同党中央保持高度一致。立场坚定，旗帜鲜明，坚决拥护党中央、国务院、中央军委的重大决策，为维护国家的稳定和军区部队高度集中统一做出了很大贡献。

在长期的革命斗争生涯中，李海波同志发扬理论联系实际的革命学风，努力学习马列主义、毛泽东思想，自觉改造世界观，培养了优良的品德和作风。他实事求是，公道正派，作风扎实，工作落实，讲求实效，是善抓落实的典范。他襟怀宽广，光明磊落，顾全大局，维护团结，严守党的纪律，是党性坚强的模范。他谦虚谨慎，联系群众，作风民主。他严于律己，宽以待人，廉洁奉公，艰苦朴素，严格教育子女。他刻苦钻研军事理论，不断探索军队建设的规律，严格管理，严格要求，为加强军区司令部和军区部队的全面建设，做出了重大贡献，深受全区广大官兵的爱戴和尊敬。

李海波同志在病重期间，仍然关心军区部队的建设，主动要求做些力所能及的工作。他嘱咐后事从简，教育家属子女不给组织添麻烦，表现了一位老共产党员的高风亮节和博大胸怀。李海波同志的一生是革命的一生，战斗的一生，全心全意为人民服务的一生。他是党的忠诚战士，我军优秀的军事指挥员，他为中国人民的革命和建设事业贡献了毕生的精力，他的逝世，是我们军区部队的一个巨大损失。

——摘自《沈阳日报》1991年3月26日

王英同志逝世

中国共产党的优秀党员、忠诚的革命战士、南通军分区干休所正师职离休干部、原南通军分区副司令员王英同志，因病医治无效，于2008年10月13日8时33分在无锡逝世，享年90岁。

王英同志在长期的革命斗争和实践中，鞠躬尽瘁、艰苦奋斗、呕心沥血，为党和人民做了许多有益的工作，为革命战争的胜利和社会主义建设事业做出了积极贡献。我们对于王英同志的逝世感到万分悲痛，并向其家属子女致以亲切慰问。

王英同志1919年10月出生于江苏崇明县，从小饱受旧社会的磨难。1938年9月，他抱着对日本侵略者和国民党反动派的刻骨仇恨参加了新四军，并于同年12月光荣加入了中国共产党，从此走上了救国救民的革命道路。参军入伍后，王英同志先后担任新四军一支队特务营一连一排排长、新六团一连一排排长；第三旅司令部侦察参谋、作战参谋；南通警卫团司令部侦察参谋；四纵十师司令部侦通科长、作战科长、特务营营长；高邮总队参谋长、扬州军分区作战股长、苏北军区司令部作战科科长、江苏省军区警备团团长、解放军政治学院教员、南通军分区副司令员、顾问等职。在此期间，王英同志先后参加了苏中七战七捷战役、莱芜战役、鲁西南战役、孟良崮战役、济南战役、淮海战役、抗美援朝作战等。在险恶的战争中，王英同志不畏艰难困苦，不怕流血牺牲，果断指挥，冲锋在前，英勇杀敌，出色完成了一个又一个战斗任务，为夺取抗日战争、解放战争和抗美援朝作战的伟大胜利做出了积极贡献。王英同志1955年荣获独立自由勋章和解放勋章，1988年荣获独立功勋荣誉章。1955年被授予上校军衔。1978年7月离职休养，享受正师职待遇。王英同志长期从事部队、民兵预备役作战训练和军事领导工作，有着丰富的作战训练、军事指挥和组织领导才能，为加强军分区部队战备训练和民兵预备役建设、提高部队和民兵战斗力做出了重要贡献。

离开领导工作岗位后，王英同志仍然关心党和国家大事，积极参加干休所各项活动，理解、体谅、关心工作人员，以实际行动支持干休所南园工程改造等各项建设，为加强干休所离休干部教育管理、推动干休所全面建设做出了突出贡献。在半个多世纪的革命生涯中，王英同志忠于党、忠于人民、忠于共产主义事业，把自己毕生的精力全部献给了党和人民。他政治立场坚定，党性原则强。他出身贫寒，对党和人民军队怀有深厚的感情。

无论是在革命战争年代，还是社会主义建设时期，都始终坚信党的领导，一切听从党的指挥，对党忠诚，自觉把为共产主义事业奋斗作为自己终身追求；他为人师表，品德高尚。密切联系群众，团结同志，关心爱护部属，为人真诚，深受干部群众爱戴。他服务人民，余热生辉。从领导工作岗位上退下来后，自觉发挥余热，在年高体弱、身体多病的情况下，仍然坚持深入部队、学校、机关、企事业单位宣传革命传统，积极主动地给灾区和贫困地区捐款捐物，受到驻地军民的高度赞扬，发挥优良传统，始终保持了一个革命者的本色；他为人正直，立党为公，坚持原则，淡泊名利，自身要求严格，从不计较个人得失，树立了党员领导干部的崇高形象。

王英同志的一生，是革命的一生，兢兢业业为党奋斗的一生，全心全意为人民服务的一生。他的逝世，使我们失去了一位好党员、好干部、好领导。王英同志虽然离开了我们，但他立党为公、服务人民的崇高思想，爱党、爱国、爱人民、爱军队的赤子情怀，英勇顽强、不怕牺牲的作风，实事求是、公而忘私的政治品格，艰苦奋斗、一心为党的政治本色，襟怀坦荡、光明磊落的人格风范，将永远留在我们心中，我们将永远怀念他！

王英同志，安息吧！

（本文内容由王英儿子提供）

乱世出英豪

樊敏章

从小生活在厚朴镇上的人当中，出了一位将军，名叫李海波；另有一位军分区副司令员，名叫王英。

李海波原名李国照，小名李宝宝。1945 年参加新四军。李海波的父亲人家都叫他李队长，同苏北新四军有密切来往，并为地下党工作。

李海波在镇上从小就是一个小孩子头头，同龄人当中没有一个不听他的。他身材高大，聪明机智，组织能力强，所以一起玩的孩子从小也称他为队长。在同孩子们一起玩时，他手握一柄木头大刀，大刀上写着“上斩昏官，下斩污吏”，领着一帮孩子一起玩。玩着玩着，他想出了一个办法：将镇上几个要好一点的人结拜为十兄弟。据现年 81 岁高龄的郁汉明老伯回忆，这十弟兄为：周安青（电影《51 号兵站》原型人物）、吴汉玉（后任新兴大队党支部书记、长兴海塘所党支部书记）、顾兴中（亦名顾元达，参加过中国人民志愿军抗美援朝战争）、顾文英（亦名顾小生，中华人民共和国成立后担任长兴乡农会主任，无党派人士）、陈桂生、郁汉范（亦名郁二郎）、李国照（亦名李海波）、顾根清、黄志清、郁汉模（亦名郁才郎）等。1945 年某日，李队长将儿子李海波，通过地下党组织送往苏北参加了新四军，同去的还有周安青。由于周的父亲怕儿子此去连累家庭，待要出发时，把自己儿子拦了下来。李海波参军后，由于足智多谋，打仗勇敢，一步步晋升，最后成了沈阳军区参谋长、授中将军衔，又曾任驻苏联大使馆武官。李海波还是学雷锋活动的发起人，雷锋当年就在他的部队。

李海波没忘幼时同伴，曾在 1960 年只身回来，没有带一个警卫人员，拜访了吴汉玉、赵川法、笔者父亲樊银其，当夜就住在虞根清（虞培康父亲）家里。李海波去世后，将骨灰埋在了新港村所在地冥园内，由虞培康家照看，后来又迁到上海公墓。

另一位人物叫王英。王英原名叫黄志才，从小没有了母亲，由其叔父黄奎郎带大，长大后去上海当学徒。抗战爆发后，于 1938 年 8 月在杨树浦难民所，经地下党介绍，参加了新四军，时任苏北军区作战科科长，曾在战斗中多次负伤。王英参军后曾 12 年未同家中通信，家里人以为他已经不在人世了。因此，据王英妹妹王竹梅回忆：当时父亲认为哥哥已去世，便在烧羹饭（祭祖）时多放了一只饭碗，算是哥哥的一份。等到中华人民共和国成立后，终于有一天王英回家乡了，当时全家老小都喜极而泣，抱头痛哭。王英后来担任了南通军分区副司令员。这真是：大浪淘沙烈火炼金刚，小岛无名乱世出英豪。

（选自《崛起的长兴岛——长兴岛的故事》一书）

“光荣妈妈”的美丽传说

樊敏章　倪凤祥

一、柳根的来历

在东海之滨，长江出口处的南岸，有一块地形如鸭蛋形的突兀处，人们称之“汇角”。汇角之内，有一座较有名气的古镇，名叫作祝桥潘家泓。它北对长江口，东临东海边。由于得天独厚的地理位置，使得江湖河海之水汇集于此，因而这里的内陆就叫作南汇。南汇这个地方，既是鱼米之乡，又是全国闻名的水蜜桃产地。文中所说“光荣妈妈”施静珍及其一家，早年就居住在祝桥潘家泓。

施静珍与她的丈夫龚林生，一连生了三个女儿。当时的年代，重男轻女、传宗接代思想根深蒂固，没有儿子心里总不是滋味，讲话也要低人三分。1926 年 5 月，施静珍喜得贵子，整个家族喜出望外，丈夫龚林生急忙请来能掐会算的八字先生，为儿子排八字取名字。那个八字先生吃了碗水煮蛋后，经过了一番推算，正襟危坐地说：“您老姓龚，龚乃龙共之谓也，天下之大，非共不可。”那龚林生听得稀里糊涂，不知八字先生所云，便问：“名字取啥为好？”八字先生想了一下：“就叫志康吧，意思就是男儿志在四方，身体健康。”龚林生一听，觉得这名字不错，然后依照惯例又请先生取了个乳名。先生指着前方的一棵柳树讲：“就叫柳根吧。柳根的意思就是龚家从此有了香火，像柳树一样生生不息。”

二、认亲从军

时间一晃 16 年过去，柳根已长得人高马大，看上去一表人才，英俊秀气，聪明伶俐，机智勇敢。

那是1942年的时候，中国饱受日本帝国主义的侵略和蹂躏。血气方刚的柳根，由于经常接触一些地下党员，受到了进步思想的熏陶。参加过几次中共地下党的秘密活动后，柳根立志投身于共产主义的伟大事业，并积极参加抗日，以实际行动，报效祖国。当他参加了江南游击队后的一天夜里，龚家突然来了四位陌生人(其实柳根是清楚的)，他们正是中共地下游击队成员，也属于新四军部队的人。柳根连忙迎上前去，笑眯眯地对来人讲："各位先生，请坐！"龚氏夫妇打量着四位来客：看上去他们既像是教书先生，又有点像商人模样，眉宇间透露着英俊和威严之色，想必来人非同一般。那年长一点约莫35岁、化名为"李涛"的开口道："伯父伯母，你家柳根是我们的好兄弟。我们来想带他一起去寻饭吃。"龚氏夫妇想了想：柳根已经长大，这年头能够出去混口饭吃就不错了。于是便问："眼下兵荒马乱的，日本人又打进了上海，还轰炸了浦东，这乱世之中哪儿去找碗饭吃?"李涛接着道："您讲对了，日本人一天不走，天下一天都不会太平，中国人哪有好日子过！柳根今后跟着我们，走的是一条光明大道，有朝一日，也许能干出一番大事业来。再说，你们以后也就有依靠了，这比他待在家里总要好得多。"龚氏夫妇想想也对，穷苦百姓能有依靠，实在是求之不得的事情，可又担心儿子跟着他们去，会有什么不测，便问道："跟着你们，如有三长两短怎么办?"李涛道："老伯老妈，你们把儿子托付给我们，我们一定负责到底的，如万一有什么意外，正如我先前所说的，柳根是我们的兄弟，兄弟的爸妈就是我们大家的爸妈，我们这些人也是你们的儿子。"说着李涛等人一起喊了龚氏夫妇一声"爸！妈"，并一起跪拜了老人。看到这个情景，那龚氏夫妇感动得不知所云，急忙将他们扶起，说道："使不得！使不得！快快起来。"接着李涛又拿出几块银圆送给了龚氏夫妇，说："这既是作为认爹娘的见面礼，又作为对两老今后生活的一点补贴。"龚氏夫妇心想：儿子柳根真的碰到好人了，找到饭碗了。因此自然也就放心地让儿子跟随着李涛他们一起寻饭去了。临别时柳根对父母道："阿爹，姆妈，你们请放心，儿子一定会争气的，等我出人头地风风光光地回来，再感恩父母。"就这样，儿子与父母挥泪告别。

这正是：热血男儿去从军，爱国抗日铁定心，

挥泪告别父母亲，披荆斩棘上征程。

三、小洋山作战献青春

在柳根参加江南抗日游击队两年后，他曾多次秘密保卫和护送过上级领导首

长，又多次参加了抗日游击作战。在距离上海东南方向40公里左右的海面上，有一座孤岛——小洋山。小洋山的山崖跌宕起伏，光秃秃的巨石像卧驴，地势险峻，草木不生。这是一处扼守江浙沪门户的险要之地，在军事上的地理位置显得十分重要，站在山崖顶上，过往船只尽收眼底，日军据点驻守于此，明碉暗堡，居高临下，实是个易守难攻的军事要地。

游击队一心想拔掉这颗钉子。柳根一队人马设想智取敌堡。他们雇了一条木帆船，借着夜色偷偷地摸到小洋山，潜入敌据点旁。他们设想：如攻打下来最好，攻不下弄点武器也好壮大自己队伍的力量。可是不巧，在接近敌人据点时被日军的军犬发现了，双方发生了激烈的战斗。在这次战斗中，柳根英勇牺牲了。这噩耗传到他父母那里，犹如晴天霹雳，打击着年迈的父母亲，使他们龚家痛失独子，失去了传承的香火。当时，由于小洋山还在日军控制之下，龚志康烈士的遗体也无法收回。这真是生不见人死不见尸，给烈士家属带来了极度的悲痛。龚氏夫妇带着痛失儿子的无尽悲伤和哀思，在龚家老坟（祖坟）旁，为爱子柳根立了一个空冢，因为此时是战乱，连墓碑都没有，以防止暴露身份。好在龚志康是为革命事业而献身的，对富有爱国心和正义感的龚老夫妇来说，尚有一丝欣慰。

这正是：英男立志为革命，壮志未酬身先亡。
烈士回眸应笑慰，祖国今日满目春。

四、她成了“光荣妈妈”

柳根牺牲后，不久父亲积郁成疾，因病故世了。母亲施静珍于新中国成立前夕来到了长兴岛的厚朴镇，改嫁给农民黄毛囡。黄毛囡是一个勤劳朴实，又非常善良的人，在此之前，他也有自己的子女，因妻子离世，于是双方有缘结伴，组成家庭。施静珍的到来，为他的生活增添了新的活力，他们夫妇俩，在宅后的河滩上，开荒种地，挑泥筑岸，围垦出大约四亩的一只小圩，这是长兴岛最小的一只圩，后来人们称它谓“黄毛囡小圩”。夫妇俩在这只小圩内辛勤耕种，生活不愁吃穿，倒也安然自在。施静珍从南汇老家带来了很有名的十棵蟠桃树，种在了宅后的沟旁，春暖花开，别有一番景色，成为当地的稀有物种。每当瓜果桃李成熟季节，邻近的村民很是羡慕，都想亲口尝一尝这鲜果的美味……

1959年某日，施静珍老妈妈突然接到通知，有部队首长派人，来领她去北京养老。这个农村老太，从来没有出过远门，今天部队派人来请她上北京，真是喜从天降,长兴岛还从来没有哪个老农民看到过天安门。于是她老人家收拾好行装,跟着他们去了。到了北京后,她住在了专门为她安排好的房子里。吃的用的都有专人服侍,过着衣来伸手饭来张口的安逸生活,服务人员每天给她测量体温、血压,检查身体等。但她感到很不舒服,对服务人员说:“我就像被关在了笼子里一样,我的身体不是很好吗?为什么天天给我量这量那,弄得我非常不习惯。”这个过惯了田园生活的老妈妈,觉得这个地方不适合她,她喜欢种地种菜,自耕自给,自由自在,靠自己的双手可以养活自己,不要给政府增加负担。住了十来天,她执意要回家,拗不过她的坚持,服务人员只好送她回家。

五、外甥承欢膝下,苦中作乐后继有人

回来后,“光荣妈妈”与黄毛囡一起生活。由于身边没有亲人,加上一直对牺牲了的儿子的思念,更是向往着儿孙承欢膝下的天伦之乐。1957 年,大女儿龚秀英把自己年满 12 岁的大儿子倪凤祥,送到长兴岛,一来为了让年迈的母亲身边有个亲人照应,给她精神上有个慰藉,二来为了日后老两口有个香火继承。在夫妇俩的照顾和抚养下,外甥倪凤祥扎根长兴岛,成家立业,结婚生子。考虑到这个家庭的特殊性,长兴人民公社把倪凤祥安排在本岛县属企业手工业社工作,以贴补家用,尽最大可能来弥补“光荣妈妈”失去儿子的痛苦和生活照顾。

六、渡口是驿站

在鸭窝沙和金带沙之间偏东处,有四五百米开阔的水面。在五六十年代时,这里的交通仅靠三只摆渡船,小船就停靠在“光荣妈妈”宅后面。由于当初金带沙没有像样的小镇,那里的居民经常到鸭窝沙厚朴镇上购物。当时新兴大队(现新港村)在金带沙有四五百亩耕地,整个新兴大队各生产队社员都要到那里去耕种。当初由 12 队的陈金法、6 队的陆才清、8 队的黄毛囡,分别负责摆渡社员来去耕种。在农忙时,过往社员络绎不绝,在摆渡高峰时,“光荣妈妈”家成了驿站。由于船只小,一次摆渡不能超过 10 人,人多时只好等待下一趟船再过去。“光荣妈妈”是个热情好客之人,在生产队里人缘又好,平时等待渡船的人遇到风雪落雨天,都要到她家里去歇脚。老妈妈对他们都能热情接待,冬天有开水喝,夏天有凉茶饮,都会客气地招呼过往社员到她家里坐坐。有一批金带沙八牧农场的职工,也经常乘船路过她家,时间一长对她也熟悉了,大家十分亲切地称呼她“光荣妈妈”。老妈妈也

很纯朴地把自己亲手种的各类新鲜蔬菜、农副产品等送给他们，让他们带去上海孝敬家人。他们回来时也总是捎些上海小吃给她，直到他们逐渐调回上海还时有往来。

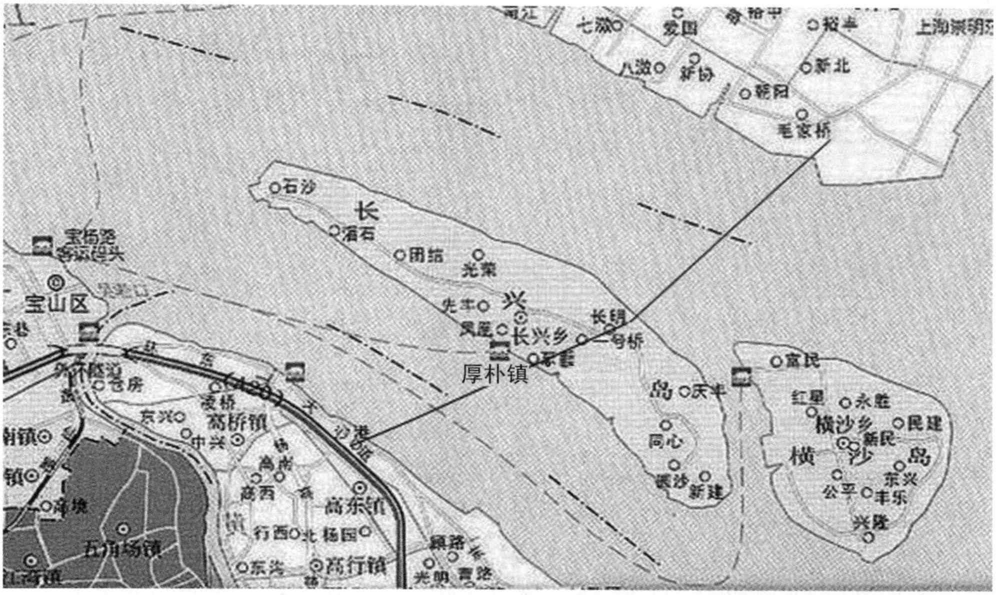

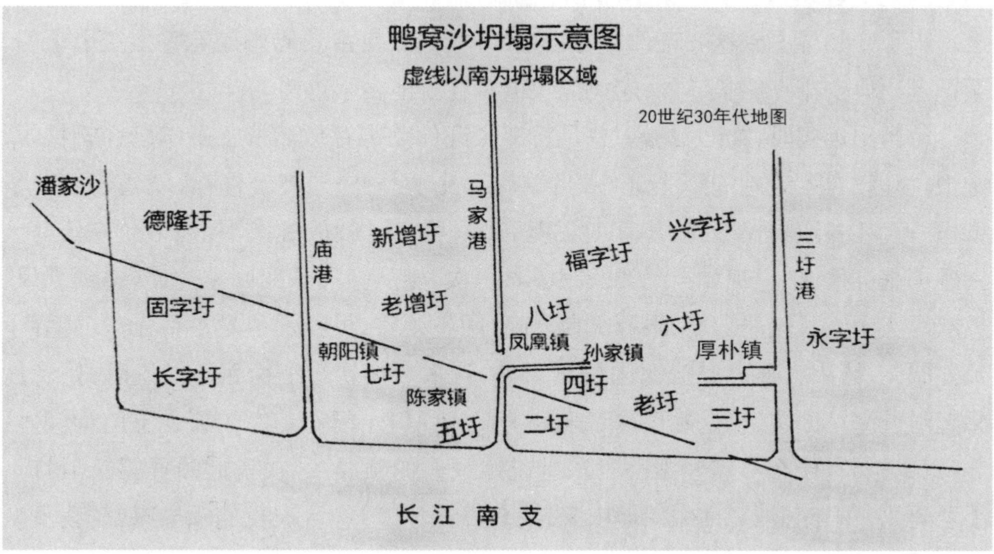

此外，有一家顾姓的邻居就在她家隔壁。顾家育有七个儿子，家境贫困，那些孩子经常赤脚，穿着破衣服到她家玩。老妈妈见到后非常同情，并不富裕的她，就经常送衣送物，照顾他们，让他们渡过了当时自然灾害的饥荒难关，因此，邻居们的孩子都叫"光荣妈妈"为"好婆"。她在宅后的十棵蟠桃树结出的桃子，大部分送给邻近的孩子们吃了。她的外甥倪凤祥是长兴手工业社的竹匠，平时周边村民，到她家里修理竹器，如篮子、锅盖、簸箕之类的家用竹器，她都关照外孙照顾好村民，并定了一条不成文的规矩，不收取一分钱。从这些细节中，体现了"光荣妈妈"乐善好施、乐于奉献的崇高品德。

七、二次亮证解烦忧

在改革开放之前，国家实行计划经济，尤其在极左的"文革"年代，一度推行割资本主义尾巴，农民生产的农副产品是不允许到市场出售的。一天"光荣妈妈"带着自己家里一篮子鸡蛋，乘船回南汇老家去，送给大女儿。可是来到长兴岛码头，码头上的检查人员硬要把她的鸡蛋没收。"光荣妈妈"说："这是我自己家里养的鸡下的蛋，凭什么要没收？"那检查人员讲："你知道吗？这是小生产，是资本主义的尾巴，所以要没收。""光荣妈妈"一听非常恼火："天底下居然还有这么不讲理的事情?！自家鸡蛋送给自己的女儿吃，难道这也算犯法？"检查人员说："我们只是工作人员，有事你跟上面领导去讲。""好吧，请你们领导过来。"于是那个分管的领导来到老妈妈身边，老妈妈自知与他理论也没用，干脆亮出自己身边的那张烈属证件来。当那个领导看到这张证件后，就十分客气地亲自帮老妈妈提着鸡蛋送上了船，又把老妈妈安排在船长室内，老妈妈也很有礼貌地表示感谢。

每当出远门时，"光荣妈妈"总是将那张证件贴身存放。柳根虽然已经牺牲了，她把党和政府发给她的那张证件，当作自己儿子一样，只要证件在，就代表着儿子柳根一直在身边陪伴着她，出门时贴身带着，在家时就放枕头下，她不允许任何人去碰那张证件，把它视如自己的命根子。一次，她从吴淞乘船回家途中，遇到大风。吴淞码头因大风轮船停航，眼看天色已晚，回不了家，吴淞那边是举目无亲，她寻了几处旅馆，皆因大风停航旅馆内挤满了人，看来今晚要露宿街头了。这时，她忽然想起附近海军部队，于是她试探着来到了部队门口。门口站岗的警卫上前询问她："老妈妈，您有什么事需要帮助吗？"她说："找你们领导。""找我们领导？"警卫打量了老妈妈一眼问道。"你去叫他出来，我有事找他。""您认识我们领导吗？""我不认得。"那警卫又客气地问道："您把来意告诉我，我帮你传达。"老妈妈直截了当地说："我家住长兴岛，今天台风回不了家，我想借宿一晚，明天一早就回家。""老妈妈，这里是部队，不可以随便住宿的。""你叫你们首长来见我就可以了。"警卫拗不过老人家，只好打电话请值班长来处理，"光荣妈妈"向值班长说明了来意，又亮出了那张证件，那值班长一看证件，知道是烈士家属，马上客气地把她领进了部队招待所，安置好她的住宿，又叫伙房为老人家烧了两个菜，招待她吃好晚饭后，又派人为她端水倒茶，热情招待。第二天还派专人将她送到码头，帮她买好船票，送她上船。

这正是：烈士母亲人人敬，军民一家鱼水情；

他乡远行不犯愁，祖国处处有亲人。

八、武装部长认她娘

在以农业生产为主的人民公社时期，公社的领导从党委书记、社长到武装部长，凡是有点职务的领导，在大约三万人口、十万亩土地、五万亩耕地这个小岛上的老百姓大多认识他们。只是因为那时的领导，执行着一条严密的纪律，在毛泽东思想的指引下，必须深入群众，密切联系群众，同时以焦裕禄为榜样，访贫问苦，深入基层，为民排忧解难。时任武装部长的徐国辉同志，母亲是个品德皆优的老革命，战争年代，在部队担任文工团团长，徐国辉更是从部队转业回来的干部。他是江西人，此人十分豪爽，又平易近人，喜欢与群众打成一片，老百姓都亲热地称呼他“老徐”，从来没人叫过他“徐部长”，而他总是笑脸相迎，与群众嘘寒问暖拉家常。

老徐来到长兴岛任职后，把关爱烈军属的工作放在首位，经常到烈军属家访贫问苦。得知“光荣妈妈”儿子为抗日牺牲后，就亲自上门认亲，对“光荣妈妈”说：“您的儿子虽然牺牲了，但他永远活在中国人民的心中，千千万万的中华儿女都是您的儿女，娘，我就是您的儿子。”逢年过节，他总是第一时间来关心和看望她，并送去生活用品和“光荣妈妈”喜爱的衣服、食物等，像亲儿子一样孝敬她，直至 1986 年 8 月 24 日“光荣妈妈”寿终正寝。当时，长兴公社党政领导，新兴大队干部、群众，都去参加她的追悼会，为她送行。至此，“光荣妈妈”带着党和政府的关怀、人民的敬仰安详地离开了人世。

“51 号兵站”与厚朴镇人

虞培康

电影《51 号兵站》在 20 世纪 60 年代上映后，那些战斗在敌人的心脏内和日本侵略者斗智、斗勇、斗胆的英雄形象，一直教育鼓舞着一代又一代中国人民积极向上的革命激情，成为推进社会主义革命和社会主义建设的强大动力。由梁波罗主演的“小老大”已经无人不知，无人不晓。但长兴岛人很少有人知道，我们小岛上也有三位人物参与此类地下活动。

在纪念抗日战争胜利 70 周年之际，我把父辈同他们密切交往的故事，凭着我的记忆和查阅他们的历史档案，把尘封半个多世纪的“少年英雄李海波、有功之臣周安清、爱国善人汤二郎”的抗日事迹展示出来，以此深切怀念这三位长兴岛鸭窝沙厚朴镇人，并以这些鲜为人知的真实故事，填补长兴岛人奋起抗日的历史空白。

一、少年英雄李海波

李海波(乳名宝宝，曾用名国照)，他头脑活络，从小就有组织指挥才能，是我们厚朴镇上小有名气的“小团头头”。他聪明好学，参加革命后，寄放在我家的物品中，就有他小时候亲手做的木刻底板，毛竹制成的笔筒，上面刻有花鸟和他的乳名。最让我难忘的是用毛竹精心做的一把尚方宝剑，上面刻有工整的“上打昏君下打奸臣”八个大字。可惜这些宝贵的物品，在 1960 年他到我家(现新港村 12 队老宅)清理他家寄放在我家的物品时和其他没用的物品一起处理掉了。从这些物品中我看到了一个小时候既调皮又让人喜欢，既聪明又活泼英俊，既有顽童的稚气又有远大的志向，既有对邪恶的仇恨，又有迫切渴望光明正义的李宝宝，这是我第三次和他相逢，也是最后一次相逢。记得第一次是在1954年(我15岁)他参加抗美援朝后回国，探亲回上海，在上海七浦路他们家中，是奶奶(李海波母亲)通知我父亲，然后父亲带我一起到他们家去的(李海波家和我家是世交，用一句简单的话表达，不是亲人胜似亲人)。吃过晚饭，我仔细地打量了他，但见他身材高大威武，身高一米八以上，身穿黑呢布料的中山装，胸挂望远镜，手拿苹果香蕉放到我床头，面带笑容地对我讲："今天有朋友聚会，不能带你去了，对不起。"然后他下楼出去了。第二次在上海广中路他的新家，那是1959年国庆十周年，上海从沈阳军区借调他来负责国庆安全保卫工作。这两次相逢只是见面，因他公务缠身没有机会和时间，进行深谈。第三次在我家，当时长兴岛交通不便，当天来岛后不能当天回市区，所以晚上住在我家，和我睡在一起。我抓住这个难得的好机会，满心欢喜地问了他很多埋在我心中一直想知道的事情，他也非常乐意和耐心地回答我所提的事情。我恳切地问他："你当时只有14岁，小小年纪，不告而别，十年渺无音信，奶奶思儿心切，天天以泪洗面，你去了哪里？做了什么？"他深深地叹了一口气，动情地说："我对不起母亲，让她为我担惊受怕。其实头两年(1943、1944年)我一直在上海，往返于吴淞、苏北根据地之间，不固定地奔波来往，帮助地下党站岗放哨，送情报运物资。当时我还不够入党年龄，但一切言行必须严格遵守党的纪律，绝对保守党的机密。"讲到这里，他两眼含泪，声音低沉，叫着我乳名："林仁呀，从来忠孝不能两全，我也不例外。"我又问他："为什么十多年不回家？"他说："有好几次运送物资，船航行在厚朴镇三圩港外江面上，我站在船头，远远地眺望家乡，默默地祝福亲人们平安。其中有一次晚上运送物资时，在江面上发现了异常情况，为安全考虑，紧急停靠在我家东面的一个港口(现在的新开港)，把物资偷偷地寄放在一户人家，然后我面朝近在咫尺的我家方向，无奈地深深地鞠了一躬，表示我深切思念。我想回家，但怕被人家知道了讲出去，被敌人知道或发现了，家里受连累，更怕母亲再也不放我走了。"那晚，我们谈了很多很多，第二天他急匆匆告别了家乡，告别了父老乡亲，乘船回到上海市区，回到他战斗一生的——中国人民解放军这个革命的大熔炉中继续奋斗，直到1991年1月26日10时10分，因病医治无效，在沈阳逝世，享年62岁。

他的家属准备把他的骨灰带回长兴，让他叶落归根安葬到祖坟旁(墓地已购好)。后组织又决定安葬在上海青浦福寿园。他的生平事迹已经刊登在《崛起的长兴岛——长兴岛的故事》一书中，我不再重复了。

不想当将军的士兵不是好士兵，这句话在李海波生平事迹中得到了体现，找到了答案。他从地下工作者到警卫员，一步一个脚印逐步提升到参谋科长、处长、师长、军参谋长、副军长、军区参谋长，还被授予中将军衔，荣获三级解放勋章。他的一生是革命的一生、战斗的一生。这正是：

少年壮志驰疆场，金戈铁马成战将。

一生奋斗为人民，永世留芳美名扬。

李海波的生平事迹向大家简要介绍了一些。那么他和电影《51号兵站》有什么关系呢？让我把另一位有功之臣从历史的尘封中请出来展现给大家。

二、有功之臣周安清

周安清，家住现在长兴岛丰产村八组，厚朴镇西北六圩里，家庭经济条件在当时社会上还算富有。他从小在南汇老港镇姨妈家读书，17岁停学，在老港镇存德堂药材店当学徒。1939年，日本鬼子侵略中国占领了老港镇，把药店全部烧光。他无奈之下只能辞别姨母，回到厚朴镇，随父种田谋生。笔者从长兴中心小学档案中查阅了他的资料，上面在自传简历中记载着他曲折的人生轨迹：1944年，由李国照（李海波）介绍认识了张渭清（原新四军苏中军区材料采办科科长），他以各种商入的身份做掩护，帮助新四军运送军需物资。1945年4月间，跟张渭清科长到苏北解放区正式投身了革命，在苏中地区半年时间里，聆听过管文蔚司令、陈丕显政委的报告，积极采办各类军需物品，支援抗日战争，直到日本侵略者在1945年8月宣布无条件投降。胜利后，随张渭清科长在兴化地区做接收敌伪财产工作。

回顾1944年至1945年这段时间，他在地下党领导下的工作，任务是采办根据地急需的各种物资药品，通过海上地下航线，经过伪装秘密地运送到约定地点，转运到苏北根据地。电影《51号兵站》开拍前，电影厂寄给周安清电影剧本，征求他的意见。正式开拍时，电影厂聘请他去，当了两个多月的顾问，电影中所演的故事情节，有相当一部分是周安清、李海波他们那个地下党组织的故事，他们是当事人之一。例如电影中有个情节，地下党在购买装运无缝钢管时（钢管是做迫击炮管用的），在门外走来荡去，头戴鸭舌帽，眼观四路，耳听八方，机智活络的那个少年，就是以李海波为原型的人物。由于他的机智，及时发现敌情、通报组织，使这次任务有惊无险地圆满完成。电影中的很多镜头都有他们的影子，每次艰险任务都留下他们的足迹。这正是：

隐蔽战线涉险境，献身革命沪苏行。

巧运军需骗敌人，抗击日寇建功勋。

讲过了李海波的英雄事迹、周安清的革命故事后，接下来再讲第三位富有传奇色彩，为抗日战争胜利做过贡献的具有民族正义感的爱国民主人士汤二郎。

三、爱国善人汤二郎

汤二郎家住鸭窝沙厚朴镇，人称汤二伯、大善人、老白头。汤二伯的称呼，显出人们对他的尊重爱戴；大善人的称呼，是人们对他行侠仗义，救济穷人，广交朋友，为人处事的肯定和认可；老白头的称呼，说来话长。那是在上海刚解放时，有一天下午，上海杨树浦八埭头渔行码头来了一辆吉普车，下来两个人民解放军，找到了汤二郎，通知他说："明天上午八时务必不要走开，我们首长来车接你。"说完走了。可是当晚二伯一夜未眠，思来想去，明天是凶是吉，难以预料，因为他经常混迹在社会上三教九流各种人物之中，加上对共产党不太了解，所以，"急得一夜白了头"。这就是老白头的来历，更是以后厚朴镇上流传的一段佳话。

汤二郎主要是做冰鲜鱼生意，在旧上海杨树浦八埭头有专用码头、渔行，在鸭窝沙新开港有天然冰厂一个，用于冰鲜鱼等水产品，还有一只专门运送收购鲜鱼的、来往于鸭窝沙与上海八埭头渔行之间运输用的二桅杆木帆船，船名叫——"老黑龙"。故事就从它开始讲起。1943 年春夏之际的一天，八埭头的汤二郎渔行突然来了一个头戴礼帽、身穿长衫、彬彬有礼的年轻人，求见了汤二郎，二人见面后密谈了许久，什么内容谁也不知道。过了一段时间，"老黑龙"突然不知去向，员工们感到纳闷。大约过了半年，有员工看见"老黑龙"在吴淞口江面航行，立刻报告汤二伯，他听后淡然一笑说："知道了，你们不要急，不要慌，更不能声张，到时候它自然会回来的。"一直到 1946 年，一只油光闪亮崭新的"老黑龙"停靠在鸭窝沙厚朴镇三圩港内。"老黑龙"回来了！"老黑龙"回来了！员工们惊喜万分奔走相告。一只旧船变成了新船，这到底是怎么回事呢？现在该揭开谜底了。其实两年前，那个戴礼帽、穿长衫的年轻人和汤二郎密谈的内容，就是借用这只船。此人姓陈，名永福(是否真姓名无法考证)。他是地下党在上海的一个组织的负责人之一。上海解放后，为了感谢汤二郎对中国共产党的无私支援，那次邀请汤二郎，让他一夜白了头的首长就是他。陈永福通过他的部下李海波介绍(李海波和汤二郎两家同住厚朴镇，互相了解)了解了汤二郎的情况后，利用汤二郎当时的特殊身份、地位和社会名望关系，知道汤二郎的"老黑龙"，出入吴淞口海关比较方便，在一般情况下不会受严格检查。地下党利用这层关系用“老黑龙”，在敌人的眼皮子底下冒着各种危险，把采办到的、苏北根据地新四军急需的军需物资、药品（这些物资是敌人严禁外运的），一次次运往崇明东滩海面上和苏北根据地派出的接货船，在晚上实行海上交接。在运送物资的过程中，地下党巧妙地用各种办法，如体积小的物资放在船舱底部，替舱板下面，上面盖上冰块做掩护；大件，替舱板下面放不下的，用大粪、牛粪装满船舱，把货物放在里面做掩护，两年多从未出过一次差错，出色地完成了苏北根据地交给的各项运输任务。

汤二郎虽然没有直接参加新四军，也不是地下工作者，但他对新四军的物资采购工作的无私支持是不可估量的，对抗日战争的胜利做出重大贡献。这正是：

行善积德广交友，白发英姿慈容留。
仗义疏财侠骨心，传为佳话千古流。

在纪念抗日战争胜利 70 周年之际，我写这篇纪实性文章，目的是让人们铭记历史，缅怀先烈，激励后人，奋勇前进。在我们为三位长兴岛人感到骄傲的同时，更要向他们在为夺取抗日战争胜利的伟大斗争中体现出的大智大勇、不畏艰险的大无畏革命精神学习，以他们为榜样，在为崇明生态岛建设，在实现中华民族伟大复兴和中国梦的宏伟事业中，激流勇进，奋力拼搏，做好革命事业的接班人和践行者。

（作者系长兴岛厚朴镇人，曾任新兴大队团支部书记，是大队文艺骨干）

“黄文甫话额骨头”的故事

樊敏章

多少年来，在长兴岛的鸭窝沙一带流传着这样的一句口头禅：“黄文甫话额骨头。”额骨头原本是指人的额部，但在长兴的方言中却把额骨头引申为“逢凶化吉”“化险为夷”“有运气”的代名词。比如说，某人患了绝症，遇到了妙手回春的好医生，把他的病治好了，他便说：“我大难不死，真是‘黄文甫话额骨头’。”又如某人在大海里遇到翻船，抱住了一块盖舱板在海里颠簸了不知多少时候，后被人救起，一上岸他便说：“好险啊！我九死一生，真是‘黄文甫话额骨头’。”甚至有人买了彩票中了奖，或农民在动迁房分配时“抓阄”摸到了好楼层，也都会说，真是运气好，“黄文甫话额骨头”。

黄文甫究竟何许人也？为何他的那句话竟有这样大的魅力，在鸭窝沙一带流传了七八十年？故事的出典究竟又在哪里呢？

在我小时候的记忆中，黄文甫居住在鸭窝沙的厚朴镇上，他是一个挑货郎担的人，在长兴岛上奔东走西地做着小生意。挑子里主要放着他自己用红糖、白糖熬制而成的糖块，附带还放些香烟、火柴之类的日用品。他每天下午三四点钟的时候开始煎熬糖块，等到第二天早晨，当孩子们上学去时，他笃悠悠地挑着那副货郎担，穿梭在农村的乡间小道上。他手里还不断地摇着拨浪鼓，响着“咚咚咚”的声音。久而久之，认识他的人越来越多了。

黄文甫身材高大，足有一米八，国字形脸孔，高耸耸的鼻梁，直挺挺的身材，实是一条汉子。有人说他是苏北人，也有人说他是海门人，还有人说他是盐城人，他到底是哪里人，谁也说不清楚，反正是一个中国人。他讲着一口带有苏北口音的上海话，直到去世也没有改变他的那种口音。但他讲话非常口吃，开始讲第一句话时的第一个发音，总是“丝丝丝”的，好像小孩子燃放着潮湿的小炮仗——久等不响。

因此，和他说话，十分吃力，听他的话一定要有耐心。

黄文甫是一个十分爱干净的人，在厚朴镇上他的那间小草屋里，打扫得干干净净，杂物整理得井井有条，屋内的泥地面刨得煞煞平。屋里的摆设十分简单，只有一张桌子、一张床、一副灶头、一口水缸、一条凳子和一只装有衣服的小木箱，而且床是芦笆做的，这些便是他的全部家当了，这说明他的家境十分贫寒。

听说黄文甫早年也娶过一个老婆，不过是他当年抢亲抢过来的。老婆长得十分漂亮，被称为厚朴镇上的一枝花。人们从没有叫过她的名字，都爱叫她小末姐。小末姐和黄文甫生过一个儿子，只可惜儿子幼年时一连拉了几天肚子便夭折了。儿子的死去，对小末姐的打击是沉重的，不久，她也因病不治而亡，随儿子去了，真是红颜薄命啊！此后，黄文甫孤单一人，苦度寒秋。

四邻的孩子们因为嘴巴馋，都喜欢到黄文甫家去玩，特别是当他在熬糖时，因为准能吃到一点儿糖块。因为他不厌烦小孩子，脸上总流露出一种快乐的笑容。当他空闲的时候，还喜欢给孩子们讲故事，他能够完整地把《薛仁贵征东》一部书讲完，孩子们总是听得津津有味，竖起耳朵，眼睛一眨不眨。所以他深得孩子们的欢迎，孩子们多想天天能听到黄大爷讲各种稀奇古怪的故事。

随着时间的流逝，黄文甫渐渐变老了，终于抛弃了他那副伴随他多年的货郎担，成了生产队里的一个"五保户"。我们当年的这些小孩子，也都长大成人了，走上了工作岗位。在社会上，我常常听到有人碰到运气时说的那句话——"黄文甫话额骨头"。但我不明其意，不知道黄文甫碰到什么样的"额骨头"？为什么他的那句话不胫而走？其间有什么奥秘和缘由？我猜想着，也许他在长年的货郎担的生涯中，常常向人讲起他的那个故事，也许那个故事的情节和内容特别能引起人们的共鸣，才会一传十、十传百地传开了。

一个"探个究竟，弄个水落石出"的想法，一直在我心中盘旋着。由于读书、当兵、工作等诸多原因，一直没有如愿。1979 年秋天的一个午后，机会终于来了。那时我是新港大队的一名年轻干部，管理着队办企业的一些事情。那天，正好有事找队办企业木工间的木匠高师傅。一走进木工间，只见黄文甫和高师傅谈得火热，只听到口吃的黄文甫说着"番、番、番、番、番茄烧汤也是蛮好吃的"。我打断了他的话，便同他聊起了他的人生经历。我问他："老黄，听说你在国民党部队里当过教官，你这样口吃，当兵的怎么能听得懂你的话？""懂、懂，当时我一点也不口吃的。"他回答说。我的问话，也许勾忆起他的回忆，他显得十分兴奋和激动。接着，他一本正经地说"不信，我怎样做教官的扮演给你看看"。他说干就干，雷厉风行，摆出了一副教官的架势，来了个立正、挺胸、收腹，两眼炯炯有神，目视前方，神态严肃而又庄重，并发出口令："立正，向右看齐！向前看！报数，1、2、3、4……12。"大概一个班有12个士兵，他报到12，铿锵有力，声如洪钟，的确一点儿也不口吃。因为我在解放军部队里当过五年兵，我猜想国民党部队里的那套操练和解放军的差不多吧，于是我想反过来考考他，便问："老黄，'正步走'的要领是什么？你懂吗？"他不假思索地说："右脚提起朝前平伸，脚底离开地面15厘米，跨步为70厘米，两手握拳，甩臂有力，抬手时不超过衣服下面的第二粒纽扣。"讲完后，他又做了一套"正步走"的规范动作。我真没想到一个挑了几十年货郎担的人，表演的军事操练竟如此熟练，如此到位，顿时我心中升起一股钦佩之情。接下来，我就直截了当地问起"黄文甫话额骨头"的来历了。此时，只见他双眉紧皱，脸色凝重，仿佛又回到了那硝烟弥漫、战火纷飞的战争岁月……

黄文甫终于向我介绍了他的人生经历。他说，他参加过国民党的正规军，后来又转入到保安团，曾经在吴淞要塞司令部当过教官。那时，他身背着两把盒子枪，是个非常威武的军人啊。1937年8月13日，淞沪会战发生，战斗在宝山一带打响，他也参加了反击日本侵略者的战斗。当时，战场上还有不少逃难的难民。战斗打得非常残酷，在日军炮火的猛烈攻击下，国军虽然进行顽强抵抗，但因实力悬殊，阻挡不住敌人的疯狂进攻，战斗陷于被动状态。前方的将士一批批地倒下，其余的战士撤退到街道的民宅中，利用建筑物做掩护，继续进行战斗。正在此时，只见一位逃难的老太太跌倒在地上，爬不起来了，估计伤了脚骨。黄文甫见状后，连忙将那老太太从瓦砾中背起，足足驮了三里路，将老太太安置到相对安全的地方，并叮嘱她躲在这里不要动，等日军过后再见机行事。老太太听后，既害怕后面将会发生什么情况，又感激这位军人的一片好心，泪流满面地对黄文甫说："官人啊，我今天碰到了你这样的大好人，救了我的命，要不然我一定死在东洋人的枪口底下了。东洋人实在坏透了，见人就杀，见东西就抢。"老太太一边说着，一边用手抖抖索索地从胸口的衣服里掏出三块银圆，对老黄说："官人，拿去吧，我身边只有三块银洋，日后你好派派用场，战乱中你可要注意安全呀……总之，我是永远报不了你的救命大恩啊！"黄文甫怎么也不肯收下老太太危难之际时身边仅有的三块银圆。因为黄文甫自小失去母亲，今天老太太的这种关切的举动和话语，仿佛是母爱的一股暖流流遍他的全身。此时此刻，他五味杂陈，泪如雨下。他开口对老太太说："妈妈，您的心意我全领了，但钱不能拿你。我天天在忙着打仗，不知是死是活，这银圆您留着自己用吧。""孩子，这银圆你不收也得收，这是我老大娘的一片心啊！"老太太把"官人"的称呼改为"孩子"了。

黄文甫见拗不过老大娘，只得退却一步了，他委婉地说："那好吧，我拿一块银圆留作纪念,留下的两块您老人家自己花吧。"就这样,黄文甫把那块银圆用硼纱布包裹好,严严实实地捆在自己的腰间,那块银圆紧紧地贴在他的肚脐眼上。临别时,老太太又一次关照他说:"孩子呀,你可千万要小心啊!"

黄文甫怀着强烈的民族正义感和爱国心,在反击日本侵略者的战斗中奋勇拼杀。一天,一场战斗打响了,呼啸的子弹似雨点般飞来,只听见"咻"的一声,一颗子弹正好打在他的肚子上。由于子弹的冲击力,黄文甫一个踉跄,仰天一跤,跌倒在地上。这时,他感到肚子一阵剧痛,他闭起眼睛,紧抿嘴唇,紧紧地咬住牙关。心想:完了,我被子弹打中了。等到他缓过神来,用手在肚皮上摸了一下,摸到了那颗发烫的子弹已经嵌入银圆里头。由于银圆的阻隔,子弹才没有打穿他的肚皮。一场虚惊过后,黄文甫浮想联翩,子弹之所以打着我而打不进身,是因为前几日遇见的那位老太太,硬是要送给我银圆,我把银圆绑在肚皮上,才免除一死。难道这位老太太是小说里描写的救世观音菩萨吗?故意下凡安排这样一个场景,让我大难不死。也许我救了她,好人总会有好报的。但不管怎么说,我黄文甫今天的逢凶化吉全靠那位不相识的老太太。想到这里,他朝着安顿老太太的方向,先仰望了一下乌云翻滚的苍天,然后扑通一声跪在地上,紧握双拳,拜了三拜,磕了三个响头,嘴里还念念有词:"老妈妈啊,我全靠您保佑啊,我得好好地谢谢您啊!……真是老天有眼呀,今日我大难不死,真是我黄文甫额骨头;今日我逢凶化吉,真是我黄文甫额骨头;今日我化险为夷,真是我黄文甫额骨头。"

淞沪会战失利后,黄文甫这个无名英雄流落到长兴岛鸭窝沙的厚朴镇上,干起了挑货郎担的小生意。在漫长的生涯中,黄文甫非常喜欢把自己的这段经历讲给别人听,所以,"黄文甫话额骨头"的话儿就流传开了。因他没有家小,年老时成了生产队里的"五保户",以后,党和政府见他无人照顾,生活困难,就把他安置在乡的敬老院里,享度幸福的晚年,1984 年去世,享年 80 岁。

黄文甫老人虽然离开我们三十多年了,但他那句"黄文甫话额骨头"的话语还在传诵着,这远远不是人们碰到运气后的一种借喻说法,而隐含着对抗战老战士的崇敬和怀念;也包含着对助人为乐思想的高度赞美和对感恩——盛开在人们心灵深处的美丽花朵的热情赞颂;也许还有对"好有好报、恶有恶报"人生哲学的一种诠释。

故事结束了,但给人的教育、启发、思考和感悟是深远的。

附记:作者在本文的写作中,原厚朴镇居民黄竹梅、沙根才、陆士达夫妇、顾介忠、沙小修等人提供有关内容,在此表示感谢。

杏江妈妈的故事

虞培康

20世纪40年代，长兴岛上的厚朴镇是一条十分繁华的小镇，在不到400米的街上店铺林立，有米店、豆腐店、小吃店、染布店、打铁店、杂货店、渔具店、中药店等。在厚朴镇的西市梢，还开着一爿茶馆店，名气不小，生意十分兴隆。开茶馆店的主人叫陈杏江，他是一个内向、胆小、安分守己的人，在茶馆店里劈劈柴、倒倒开水，只能算个帮工。他的妻子却十分能干，人又长得漂亮，既能说会道，又能在那个旧社会里周旋，什么事都能处理得四平八稳，在四乡八邻中名气很响。大家都不叫她的名字，无论年长年幼的，一律亲切地称她为"杏江妈妈"。

杏江妈妈见风使舵　生意场红红火火

杏江妈妈凭着她的智慧和才干，把厚朴镇的茶馆店开得红红火火，生意兴隆，实在是不容易。在她的那个茶馆店里，去喝茶的什么人都有，有土匪流氓，也有伪职官员，还有教书的先生、捕鱼的渔民，谈生意的客人，也会有一些老年农民，为解决什么麻烦事约请人去茶馆店坐一坐，喝杯茶的，还会有等开船歇歇脚的乘客。茶馆店实在是一个小社会，淋漓尽致地反映着社会的动静，表演着人世间的肮脏和美丽。有时，坏人在那里寻衅闹事；有时，有人在那里洽谈生意；有时，有人借此宝地解决争端和其他问题；有时，从那里传出了重大的社会新闻……因为杏江妈妈交际广，熟人多，再加上她特有的周旋能力和处事本领，所以大家有事总找她帮忙。杏江妈妈因为穷苦人出身，心地善良，为人正直，也乐意为老百姓办事，所以受到大家的尊敬和信任。但她对那些地痞流氓、敌伪要人及为非作歹者等，心中总是坚守着一条明确的底线：我开我的茶馆店，不做伤天害理的事，不做辱国殃民的事，不做违背良心的事。她做茶馆店生意，正如阿庆嫂唱的那样："摆开八仙桌，招待十六方，来的都是客，全凭嘴一张，开茶馆，求兴旺……人一走，茶就凉，过后不思量。"杏江妈妈招待客人，很注意对象和分寸，既落落大方，又显得机智和聪明，在她人生经历中发生过不少棘手的事情，都被她处理得四平八稳。这真是：杏江妈见风使舵做生意，茶馆店生意兴隆人气旺。

杏江妈巧妙周旋　一场恶斗被平息

有一天，茶馆店里突然闯进十几个海匪，个个张牙舞爪，杀气腾腾。刚进店时还好，称兄道弟的，尚算热络。可一转眼工夫，情况就发生剧变，有拍桌子的，有甩凳子的，有发疯似的怒骂的，茶馆店里一派混乱局面。起因是因为分赃不均。有一个家伙竟从腰间拔出枪来，凶恶地吼道："你少给我一个板板(钞票)，老子就把你毙了！"看来，一场流血的恶斗一触即发。一些原在茶馆店喝茶的顾客，一看形势不妙，纷纷离去。此时，茶馆店里的杏江妈妈见此混乱的场面，没有表现出半点惊慌失措的样子，脑子里迅速盘旋着如何制止这场恶斗的蔓延。要是任其发展，后果不堪设想，这群海匪不仅会打得七伤八死，茶馆店也会搞得七零八落。这时，只见杏江妈妈不慌不忙地走过去，来到持枪者与另一个匪徒的中间，镇静地说："大家都是兄弟嘛，有什么好吵的？今天吃了一点亏，明天也许会占便宜。要是大家互不买账，干下去，有什么好结果？你们怎不为自己的父母、妻子、儿女想想？今天你就听我荷仙一次劝，快把枪放下，有话好好说！"持枪的那个海匪听了杏江妈妈的一番劝，似乎明白了一些什么，把枪放下了。接着，杏江妈妈又走过去拍着那些海匪的肩膀说："坐下来！坐下来！大家喝杯茶！"海匪们听了她的话，大家都坐了下来。杏江妈妈解下身上的围裙，连忙把桌子擦了一遍，然后给大家重新泡上一杯茶水。他们在饮茶时，杏江妈妈又走在他们中间，继续开导他们说："大家都后退一步，不是海阔天空了吗？钱财这东西，是身外之物，生不带来，死不带去，不要看得太重。好了，我不说了。今天的用茶我来招待，晚上我还要邀请大家喝一顿酒，大家和好和好！"海匪们都说："好！"就这样，杏江妈妈用她的巧嘴把一场一触即发的恶性事件平息了，茶馆店和往日一样，继续营业，接待客人。

老板娘巧妙周旋　黄花女免入虎口

据说厚朴镇北面，有户王姓人家，养了个女儿，名叫梅花，自小长得活泼可爱。

到了 18 岁的时候，如出水芙蓉，美丽无比，楚楚动人。厚朴镇上有个海匪队长名叫刁富贵的获悉后，顿生邪念，流涎三尺，一心想把她占为己有，纳为小妾。于是，他装模作样地派人去王家求婚。王家自然知道此人是一票什么货色，而且他有妻室，死也不肯答应这门亲事。如果答应，岂非把女儿往火坑里推，往虎口里送。媒人好说歹说也无用，只得悻悻地走了。但梅花的父母知道，在那个黑暗的旧社会，哪里有讲理的地方。为以防不测，终于想了一个办法，把女儿送到远处的一个亲戚家里，躲了起来。

再说海匪队长得知提亲不成，便恼羞成怒，口放毒言，恶狠狠地说："好啊！敬酒不吃吃罚酒，看谁能缠得过我老刁？软的不行就来硬的——抢亲！只要把这个小姑娘抢到我家里，就是我的人了。"于是海匪队长选择一个黄道吉日，组织一批狐群狗党上门抢亲，结果扑了一个空。

善良的王家夫妇见海匪队长横不罢竖不休，整天提心吊胆，人也消瘦了不少，不知以后的路怎么走下去。孩子躲总不是长远之计呀，正当百般无奈的时候，忽然想起茶馆店里的杏江妈妈，她聪明伶俐会打交道，不妨请她帮帮忙，也许能解决问题。

一日，王家夫妇俩赶到茶馆店，把海匪队长提亲、抢亲的经过情况说了一遍，杏江妈妈十分同情他们的遭遇，斩钉截铁地说："好吧，这件事就包在我身上了。"老板娘不忘受人之托，便在第二天邀那个海匪队长上茶馆店喝茶。那天下午，他果然来了，还带了两个要好的搭档。丁荷仙和他们坐在一起喝茶聊天。老板娘开始说话："队长呀，你真有福气，家有贤妻，还有美女，真是神仙过的日子。哎，我听人家说你女儿长得漂亮，人称一枝花。"海匪队长听得笑眯眯的。接着老板娘又说："要是有人抢你的女儿，你怎么办？"那个海匪队长马上愤怒地回答："谁敢？要是谁敢抢我的女儿，我就一枪把他毙了！"杏江妈妈接着他的话说："好啊！天下父母心，都爱着自己的孩子。哎，刁队长，我最近听说你要抢王家的姑娘，有没有这事？"刁队长没做正面回答。老板娘继续正告他说："你不要做傻事啊。不要以为自己身上有枪就耀武扬威的，人家家里也有斧头、菜刀的，当心你的头被人家斩了！你逼得人家没办法，狗急也要跳墙的！"刁队长只是低着头喝茶，没有响声。老板娘继续说下去："你一定要娶王家姑娘的话，我可以向王家的亲戚、吴淞要塞司令部沙营长通个气。"海匪队长一听杏江妈妈说起沙营长，顿时心惊肉跳，一股凉气直往心底冒。他想：王家有这样硬的后台，看来这个梦是做不成了。后又经过女老板的几次劝导，刁队长终算死了这份心，并亲自对老板娘讲："算了，我今后决不再去纠缠他们了。"事后，杏江妈妈把这个消息告诉了王家夫妇，王家夫妇听了非常开心，并感谢杏江妈妈的出力。就这样，梅花姑娘没落入虎口，没遭到坏人的蹂躏。

长兴岛上“女华佗”

——忆母亲张凤梅

顾希良

我母亲叫张凤梅，外祖母去世时她才三岁，从小跟我外公张祯祥生活。那个年代，流行女人脚三寸金莲，大脚姑娘让人瞧不起，所以母亲小时候也缠脚，那是一件既麻烦又很痛苦的事情。外公看来不忍心，让母亲停止了缠脚，结果还是形成了四寸多的畸形小脚，走路用脚跟一摇一摆很不方便。这给后来的行医带来不少麻烦，病人只能登门求医，或用车接我母亲上门看病。

那时候我祖父顾鸿涛是个懂中医的外科医生，在崇明保安镇行医，还开了一家中药铺。外公是店里的账房先生，他毛笔字写得好，能打算盘会算账。工作中两位老人相处很好。我母亲是独生女，经常随外公到祖父家玩，时间久了，母亲和顾家的大人小孩相处和谐又愉快。因此大人们便确认了我父母亲的婚姻关系。大人们让只有16岁的母亲正式到药铺帮助抓药。当时店里有一两百味中药。抓药必须认识药材的名称，还要根据处方称重量和配药。这样的工作对于大字不识一个的女孩来说，绝对是一件困难的事情。但我母亲不怕困难，聪明好学，好动脑筋，硬是死记硬背，很快记住了铺里复杂的药材名称，给病人抓药得心应手，心算账款也很快。

旧社会有一个不好的习惯，那就是一个人的技术、本领传男不传女。我祖父把中医内科的技术传给我父亲顾才荣，但我父亲学医不到位。我母亲只能偷偷地学，她细心地观察我祖父给人看病的全过程，尤其对小儿科和中医外科感兴趣，时间长了，不仅学到了治病技术，还学会了祖传秘方药的配制方法，她学习得比较全面，掌握了中医的精髓。

祖父看我母亲聪明好学，为人又好，就把他的镇店之宝——一个鸭蛋大的天然硇砂给了我母亲。我母亲后来和我们说，这块硇砂当时可卖200个大洋(银元)，祖父出去打牌经常带上它，是他的心爱之物。直到20世纪90年代的某一天，母亲双手拿出一块小石头样的东西，问我这是什么？我说是石头呗。她让我对着太阳看是什么颜色。我一看是浅红色的，母亲说石头怎么是红色的呢，这就是硇砂。你别看它品貌不扬，它可是中药之王呢！配药时稍放一点就很起作用。父母亲在1937年8月13日日本人轰炸上海时逃到长兴岛，随身一直带着这块宝石，用以为人治病。

母亲中医外科技术很熟练，她能识别身体外表的各种疾病，什么奶疾、瘩背疮、对口疮、黄瓜痈、偏口疾、耳根毒、耳沿毒、杨梅疮、臂弯疾、坐马痈、肛肉疾(也称痔疮、漏疮)、蛇头疮、黄水疮、中耳炎等二三十种疾病。母亲专门给人治这些疾病。她给人治病有其独特的处理办法：一、消毒不用酒精，用茶叶水；二、开刀不用刀，而是用三棱针；三、不同的病采取不同的办法。例如奶疾和蛇头疮，不能挤不能压，采取吊毒的办法。只要我母亲愿意看的病，基本做到手到病除。有些病人到上海大医院看不了看不好的病，到她手里都能治好。我母亲是民间医生，看病收费病人是不能报销的，所以一般病人都到医院去求诊。当公费医院看不好了，才找我母亲看。但是母亲对不能看的或没把握看的病绝不给人治疗。例如奶疾，她只要用手一摸，就能知道是良性的还是恶性的。如果是良性的，她会先给你收箍，疾症消失就算好了，如果化脓了就给你开刀治疗，百分之百能治好，而且奶上只有一个白点，看不到伤口。相反，如果是恶性的，她会让你速去大医院求诊，绝不能耽误病人的治疗机会。

我母亲对人忠厚老实、乐善好施、热情好客，从不为小事、私事和人争吵。那时候我们家很穷，即便有好吃的，自己舍不得吃也要留给我朋友吃。给人家送东西总是挑好的，不好的留给自己吃。同样在七八十年的行医活动中，她一直坚持三不收费规矩：亲戚朋友不要钱；隔壁邻居不要钱；穷苦人不要钱。因此，我们家的人际关系、人缘特别好。新中国成立前的三年时间，我们家遇到两次大火，家里烧得一贫如洗，彻底返贫。但是在亲戚朋友的帮助和支援下总算渡过了难关。新中国成立后家里分到了10亩地，又走了互助合作的道路，生活才逐渐地好起来。

几十年来我母亲跑遍了长兴岛的每个村落，是小有名气的民间医生。2001年《新民晚报》的名记者朱全弟同志到长兴岛专门采访了我母亲，写了“93岁的女华佗——记长兴岛上传奇人物张凤梅”，在2001年7月22日《新民晚报》头版用红标题登了出来。从此我母亲名扬大江南北，看病的突然多了起来，甚至江苏、浙江、安徽的病人也到岛上请老人看病。

那时她已五世同堂，不愁吃不愁穿，在几代小辈的关心下，过着其乐融融的晚年生活。

在母亲最后的岁月里，为了不让祖传的医术失传，她逐渐把治病的技术、祖传秘方的配置办法，以及看病的注意事项，认真地教给了我们。这几年，我们兄弟们，特别是小弟顾希乔，利用母亲传给他的技术和知识，给不少病人治好了病，为老百姓做了一些好事。

母亲98岁那年住小儿子家，有一天在家里看人家打牌，别人给她倒水喝，她也跟过去，不小心滑倒，跌在硬塑料桶上，结果跌断三根肋骨，还把肺戳破了，住进吴淞医院。在医生的精心治疗下，不到半个月三根肋骨接好了，肺部的积液也全部吸收了，医生和大家都很高兴，想不到九十几岁的老人还有那么高的再生能力。这样在医院住了一个月就回家了。

回家以后，老人能吃能喝，身体还算正常。2006年清明前一天，她侄儿张文斌和两个妹妹来看姑母，母亲高兴极了，谈兴极浓，一谈就是两个来小时。想不到第二天即清明节凌晨三点多，老人突然驾鹤西去了。人们常说高寿老人去世是喜事，可我母亲去世一点也喜不起来，几十个儿孙以及不少亲戚朋友和隔壁邻居都痛哭流泪，感到非常悲痛。至今老人离开我们已整整十年了，但是她那忠厚老实、勤劳节俭、自强不息、艰苦奋斗、以人为善、以善积德、治病救人、救死扶伤的品格和精神永远留在我们的记忆里，值得我们学习和发扬光大。

八颗小红枣

樊敏章

说起八颗小红枣的故事，真是意味深长，它珍藏在我心底已经40多个年头了。这件事情虽小，但时时震撼着我的心灵，时时为老队长那宽容的情怀和关爱幼辈的睿智的举止所钦佩。

事情是这样的：1968年，我才16岁。那年寒冬里，长兴公社组织了一支上万人的围垦大军，向长兴岛的东北沿海滩边进发，使用的工具十分简陋，是原始的“泥络、扁担、铁锹”等，采用人海战术的方式，发起向大海要田、向海滩要粮的围垦战斗。

于是，各生产队在海岸上或岸脚边，用江芦、毛竹、稻草、草绳、铅丝等物品，搭起了祖辈们用以居住的“环筒舍”。它既能遮风挡雨，又搭建方便。这就成了浩浩荡荡围垦大军的临时宿舍。站在岸头顶上望过去，那数十里长的“环筒舍”，犹如一条金灿灿的卧龙，延绵不断，甚为壮观，是一道独特的风景线。在那围垦现场，红旗飘扬，广播声响，歌声嘹亮，一派战天斗地的热闹景象。

各生产队的“环筒舍”内，都铺上了一层厚厚的稻草，放上被子，就成了社员们劳碌一天后晚上休息的“安乐窝”。男女社员同住在一个“环筒舍”里，考虑到男女有别，中间用一条被单做门帘隔开，男的睡在门口，女的睡在里边。我和老队长张德才睡在一个被窝里。

由于我年纪小，老队长没让我去挑泥，安排我为大家做饭。做饭这活儿很简单，淘好米，把米放到饭盒里后再加上适当的水，放到蒸笼里去蒸就是了。但早晨必须4点钟起床，烧早饭，才能保证大家6点半准时出工。过了个把月的时间，一天早上，社员们都出工去了，我趁烧中饭时间还早，就躺在老队长的被窝里休息，看看昨天的报纸。眼睛一走神，发现老队长被子的上面有点隆起，不知里面藏着什么东西。我轻轻地掀开被头一看,啊,原来有一小包东西,严严实实用报纸裹着,我打开来一看,噢,原来是几十颗小红枣。此时此刻,我也许经不住小红枣的诱惑,也许出于小孩子的好奇心,拿出一颗吃了起来。小红枣真甜,好解馋瘾啊。我一边漫不经心地看着报纸,一边顺手拿起小红枣吃,就这样在不知不觉中竟吃掉一包的三分之一,全然忘记了这是在吃老队长的东西啊。不知什么感应,我突然醒悟:你不是在偷吃老队长的小红枣吗?顿时,脸上一阵阵火燎般发烫。我点了一下吐出来的枣核,一共有八颗。这八颗小红枣,在那个年头是老队长的宝贝呀。我怎么能吃他的东西呢?当我缓过神来时,已经来不及了,我心中充满着后悔和自责,心想:今晚肯定没有"好果子"吃了,一定会被老队长臭骂一顿,弄得不好还落个偷吃人家东西的臭名声,今后我的脸往哪里摆?事到如今,我也没有什么办法,只能是横竖横,"膨肚皮娘子——硬挺",等待老队长来收拾了。那天收工后,我们吃过晚饭就休息了。我和老队长睡在一起,我的心里好像有"十五只吊桶打水——七上八下",心情内疚得怎么也睡不着。可老队长却很快就睡着了。我猜想,或许他还没有发觉?等到第二天,我的心情还是十分紧张,但仍未见老队长有什么动静。第三天还是风平浪静,平安无事。我心想这件事情就这样过去了。也许老队长根本没有察觉少了八颗小红枣,也许老队长根本不去计较我吃了他的八颗小红枣。我一直把这件事情闷在肚里,也没有勇气向老队长承认错误,反正"天知地知你知我知",随它去吧。过了几天,我心里还是不踏实,老是想着这件事,于是找借口向老队长提出:"队长,早晨4点钟起身实在太早,还是让我出去挑泥吧。"队长用审视的眼光看了我一下,说:"一个多月来能坚持,怎么现在要去挑泥啦?吃得消吗?"我说:"让我试试看。""好吧,你就去挑泥好嘞。"队长答应了我的请求,我就挑泥去了,一直到围海造田工程结束。

以后我当兵入伍,退伍后又担任大队干部,一直到退休,几十年间,在人生的旅途中时时忆起这件小事,它常常令我自责,催我自新。但更想知道老队长当时对此事是否知晓,如果知晓,又为何不动声色?

时间过得真快,一晃40年过去了,老队长已是89岁高龄的老人了。2009年9月中旬的一天,我看到老队长在他三个女儿的陪伴下,来到村卫生室打吊针,我忽地又想起当年偷吃他枣子的事来。

为了揭开40年前的谜底,我准备了一份像样的礼品,到村卫生室去拜见老队长。他的大女儿美琪首先跟我打招呼:"小弟,你来有啥事啊?"我回答说:"听说德才伯身体不舒服,我特地来看望看望他。""小弟太客气了。"躺在床上的老队长见到我,显得十分高兴。他说:"老阿侄,你真好啊!"我坐在他的床头,询问了他的病况后,话锋一转便提及40年前的往事:“德才伯,1968年挑大荒圩的时候,你安排我去烧饭,我偷吃了你的枣子,你还记得吗?”德才伯深情地看着我,微笑着说:“记得,记得。你不提起,我已经忘记了。”“记得,记得”几个字,犹如一记闷棍打在我的身上,验准了我的猜测是完全正确的,难怪我在请求调工作时看到他那审视般的眼神。他说忘记了,简简单单的一句话,反映出老队长的宽容、大度和对年轻人的关爱。

他的三个女儿看着我们谈起几十年前的往事,觉得很是新奇,询问究竟是怎么一回事? 于是,我把事情的来龙去脉向她们说了一遍。她们听了后都哈哈大笑起来。我问她们:“德才伯有没有向你们讲起过这件事?”她们说:“今天还是第一次听到呢,爸爸从没有提起过。”这时候德才伯又插话了:“那年,你还是个小孩呢,眼馋嘴馋的,拿几颗枣子吃吃有什么大不了的事情呀。要是说出去,人们添油加醋的,要坏你名声、毁你前途的呀。”老队长几句朴实的话语,深深地打动了我的心,使我久久不能平静。我眼睛湿润地看着老队长,他的形象越来越高大,他宽宏、包容、大度的优秀品质,他对小辈们的关心和爱护的感人情怀,他那美好的心灵和崇高的人格魅力,使我永久难忘。

第二年秋天,老队长德才伯去世了,享年90岁。在悼念他的追悼会上,我代表村里写了一篇悼念文章,追悼这位1958年就参加中国共产党的老党员为社会主义建设事业忠心耿耿、努力奋斗的一生的业绩;追悼他热爱党、热爱祖国、热爱人民的崇高品质,当然也讲到他为人正直、大公无私、心胸开阔、关爱人、理解人等许多高风亮节和高尚的道德情操。

八颗小红枣的故事,到此画上了圆满的句号。但老队长的那种精神将会永远延续下去,激励着我在人生的旅途中,不断地去攀登,不断地去升华……

青 青

吴建国

三圩港畔，厚朴镇蛰伏在明媚的阳光里，在海天一色的滩涂上，她是青黛色的芦苇的影子，只有低沉的白云在金黄色的稻草屋顶上和烟囱间绕过的一刻，才让进港的船家真实地感到——鸭窝沙到了。

船就泊在镇东码头边一棵柳树下。

青青从跳板上走进了厚朴镇，五六个硕大的柳条箱被两个水手搬上了岸。船家告诉她："到了。"她微笑着点点头，就算谢过捎带她来鸭窝沙的船家了。整整一个下午，她就站在这棵柳树下，站在无限寂静的厚朴镇上。直到太阳落山的时候，镇东第一家的一对老夫妻来问她：

"姑娘，你从哪里来？"

"很远的。"她说，"常熟。"

"你来走亲戚？"

"不是的。"

"你来找一户人家……"

"不，我叫青青。就让我认你们当父母，一辈子和你们生活在这里。"

这么标致的人儿，老夫妻俩还从来没有见过。是什么原因，让一个年轻女子独自来到举目无亲的鸭窝沙？谁也说不清楚。

是的，兵荒马乱的年代里，说不清的东西很多很多，但厚朴镇却是真正的世外桃源。大清国灭亡已经十几年了，剪去辫子的男人连背影都是精神的，但裹了小脚的女人却依然迈不开脚步。18 岁的青青却是一个大脚女子，她说她笑她走路她做事，真的和别的女子不一样。比如，一个女子和一只竹篮，拎在手里，不好看；挎在臂弯里，不好看。青青是这样的，将竹篮挎在臂弯里移在右腹前，这样人在快步走动时，衣服的前摆被篮子压着，让整套上衣服帖匀整，让人的身体更加挺拔……因此，青青的美不是来自读书人的书里，不是来自去过上海百乐门的当地富豪和船家的传说，她是真实的仙女下凡，一个厚朴镇人，凭着最伟大的想象，也想不出青青这样的美。青青把自己的脸自己的胸自己的臀自己的脚，打扮得像脸像胸像臀像脚，这是从小在田地里和男人一样劳作，常年被温饱困扰的本地女子不可比拟的，这是没有出过远门的鸭窝沙男人没有见过的。

青青的茶馆里人满为患。

所有到镇里的男人和船上下来的船家，都没有赤背没有随地吐痰的，所有到镇上的女子都是来学青青穿衣打扮的……青青一辈子没有结婚，却让许多男人爱她终生。光彩中淡淡的自豪，笑脸上淡淡的忧伤，是青青这个作为鸭窝沙时尚标志的女人一生的形象。在新世纪的门槛上，这位近百岁的老人去世了，她没有晚辈，在村里组织的追悼会上，远近几个圩里，老少四代来送葬的人都叫唤她姐姐。

（作者 1975 年 10 月入伍，海军少校，上海市作家协会会员）

感恩

——生命的闪光

樊敏章

今天我要讲的是一个当年我父亲抢救落水女童的真实故事。

父亲从小生在海岛，长在海边，他是一个十分地道的平民百姓。家中子女8个，加上年迈体弱的母亲，全靠父亲这根顶梁柱维持一家人的生计。正是因为住在海边，长年与水打交道，他练就了一身不凡的水上功夫。比如在旧社会，有一艘被日本侵略者炸沉的货轮，父亲衔着一条毛巾，凭着他强壮的身体和良好的水性，潜入船内，一口气能闷5分钟，将船舱内的油桶打捞上来。1958年他又曾经在几个朋友的陪同下，只身下水，横渡长江。在营救落水女童时做到"入水打捞，闷水救人，出水从容"。大海造就了海岛人独有的形象和性格。父亲为人诚实，乐善好施，在村民群众中一直有很好的口碑。他秉承祖辈的家训，要求我们子女懂礼貌，守规矩，会感恩。他的这种不成文的家规、家风已经延续到了我们的后代。现在父亲虽已过世了20多年，但他舍生忘死，施救落水女童，以及女孩长大成人后多次上门感谢我父亲的感人场景，永远留在我们全家人的记忆中。

1975年5月，我刚从部队退伍回家，没几天，家里来了个小女孩，女孩6岁，大家都叫她小毛妮。只见她那双小眼睛忽闪忽闪的，透现出童真般的灵气。她对我家的8个兄弟姐妹很会"拍马屁"，"哥哥长、哥哥短"叫个不停，逗人喜欢，人见人爱，感觉就像亲妹妹一样。她在我家住了大约一个星期。我问母亲："这个小妹妹是哪里来的？"母亲讲："是你父亲捡来的。"母亲的回答使我一下子纳闷起来。想想我家本来人就多，兄妹8个了，家中负担又重，年年分配时透支亮红灯，怎么又捡了一个？一阵思忖之后，又问母亲："这个小妹哪里捡来的？"于是，母亲就讲了这样一

1994 年 6 月 19 日，毛妮出海捕鱼归来，船靠长兴岛马家港，渔民们面带丰收的喜悦

个令我感动的故事。

原来小妹是个渔民的女儿，家住本岛海星大队（今海星村），因为讨人喜欢，她父母亲给她取了个乳名叫小毛妮。

父亲当年在公社农机厂工作，他是一个能工巧匠，参与发明了“东风牌”脱粒机。

1974 年 8 月初的一天，正值农忙脱粒季节，抢收抢种抢时间，父亲被厂里派往圆沙片去维修脱粒机。那天天气特别闷热，高温 38 摄氏度，他背着一包滚钉和维修工具，来到圆沙镇丁丰村。途中，汗水浸透了衣服，正在行走间，突然听见有人呼喊：“快来人啊，救命啊，救命！”听到喊声，父亲朝那呼喊的地方望去，只见河的对岸——圆沙水闸口里面，挡水墙上和岸边挤满了人，有七八个小伙子从墙上，像运动员跳水那样，“扑通，扑通”地往水里扎。父亲清楚一定是有人落水了，他赶紧丢下手中工具，向出事的地方飞奔而去，这时围观的人越来越多，都是海星大队的渔民，父亲迅速拨开人群，边小跑步边着急问：“怎么回事啊？”一个老太太回答说：“有小孩落水了。”“多长时间？”“有好几分钟了。”父亲看到水面上已经没了小孩的踪影，根据时间推算，估计小孩已经沉到闸底了。父亲对水闸底的情况了如指掌。在我入伍那天的前一夜，那是冬天 12 月 30 日，父亲为我去当兵要请客，他喝了二两老白酒，和当年的抗美援朝老兵，目前还健在的开水闸的顾才其，在新开港水闸口，闷到闸底套网，开闸张鱼。因此他深知这个水闸的底足有四五米深。眼看着救小女孩的小伙子一个个冒出水面，他们拼尽了全身力气，摸了好一阵，结果毫无收获，准备放弃打捞。这时，只见父亲一个箭步，冲向河边"唰"地一声跳了下去。他那双手不停地使劲往上抬，抬得快人就下水快，一直抬到能踮到闸底为止。然后利用双脚不停地在水底捣，不断变换方向，凭着父亲那了不得的闷功，很快地将闸底捣了个遍，终于小女孩被他踩到。这时父亲呼出一口气，将小女孩一把拎了起来，浮出水面，岸上的人群顿时激奋起来，异口同声地惊呼："捞到了！捞到了！"可是等到上岸一看，小女孩已经没有了呼吸。人们从刚才的兴奋突然又变得紧张起来，这时的父亲就像一个同死神拼搏的英雄，人们把一切希望的眼神都集中在了父亲身上。只见父亲拎起小女孩的双脚，把小孩倒背在自己的背上，拼命地向前奔跑，边跑边喊："快拿一只铁锅来，快拿一只铁锅来！"一个反应灵敏的小伙子飞也似的奔到家里，提来了一只大铁锅。父亲把铁锅倒扣在地，然后将小女孩的肚皮摁在铁锅上，一下一下不停地往下按。这时，只见小女孩口中吐出了大口大口的水，又轻轻地发出了"啊啊啊"微弱的声音，有人小声地说："活了！活了！"不一会，小女孩"哇"的一声哭了起来。"活啦，救活啦！"人群中的声音已经高涨起来。有几个老太太刚才还紧张得全身发抖，现在是激动地落下眼泪。这时，只见一群小伙子将草帽抛向了空中，并"嗷嗷"地大声呼唤，庆祝营救所取得的胜利。那惊心动魄的场面实在让人感动，接着父亲又叫了一辆耕田的拖拉机及时地把小女孩送到长兴卫生院，小女孩死而复生。

父亲奋不顾身抢救落水女孩的壮举，在长兴公社广播站连续广播了三天，长兴人民家喻户晓。过了一周以后，小毛妮父母亲携小毛妮一起来到我家，而且带了许多海鲜（她家自己捕捞的），表示感谢救命之恩。他们觉得我父亲是小毛妮的再生父亲，为了报答救命之恩，夫妻俩提出要毛妮认我父母亲做爹娘，而我母亲觉得自己子女多，生怕日后增加双方负担，就没有同意，她说："爹娘不要认了，就叫一声寄爹寄娘吧。"爹娘前加上一个"寄"字是有本质上的区别的，这样也好，当初对母亲的这个决定我们兄弟姐妹很是不理解，心想叫一声爹娘有什么不好。此后，每当鱼汛之际，毛妮她家总要带些海鲜来看望我父母。

日月如梭，时光飞驰，一晃 20 年过去了。如今的毛妮已经成家立业，夫妇俩继承祖业，在海上以捕捞为生。

1990 年 6 月 16 日，那一天，我在宁波出差，老家一个电话打到公司里，通知我家里有急事，让我马上回家。那天夜里，我翻来覆去睡不着，总觉得有什么不好的事情要发生。预兆和感应使我担心起来，果然我父亲因脑溢血，突然去世了。回到家中我大哭了一场。哭毕，我想起了小毛妮，我对家人说："父亲走了，让小毛妮最后再见父亲一面吧。"一个电话打到海星村，村干部回答："小毛妮夫妇俩出海捕鱼去了。"我说："你能不能联系到她？""能的，"对方坚定的回答，"我们可以直接用高频电话通知她的船。"于是，村干部们进行了一番紧张的联系："毛妮，毛妮，听到请回答！"喊话重复了好几遍，"听到了，请讲。""你们的船现在在哪个方向？""在横沙方向。""请你马上返航！""什么事情要返航？""你的救命恩人去世了，请你马上到他家里去。"毛妮夫妇听到这个不幸的消息后，立即将船开足马力，直接驶向我家老宅前海塘边上，等锚停当后，直奔我家老宅。这时，满身仍带着鱼腥味的小毛妮，直接扑向了父亲的灵柩，她那内心的悲痛和感恩情绪就像火山爆发一样喷涌而来，大声地痛哭起来："爸爸呀！爸爸啊！"双手又不停地抚摸着父亲的身躯，"爸爸呀！你看看我呀，好爸爸呀！"她的哭喊声令在场的所有人都为之动容而落泪。小毛妮哭得多么伤心啊！毛妮哭罢了父亲，一转身，又跪在了我母亲的膝下，哭喊着："妈妈！妈妈！妈妈！"这时的母亲早已泣不成声。她将那毛妮紧紧地抱在自己的怀里。这时，我才知道当年母亲没认这个女儿，因为那个年代里的条件实在太差了，母亲并不是真的不想认她做女儿。毛妮是多么希望叫我母亲一声"妈妈"啊！这 20 年来的心结一下子在那天打开了。同时更增加了我母亲的悲伤与无奈。这 20 年来埋

毛妮和运动员女儿合影

毛妮女儿在历届国际国内
皮划艇运动比赛所得奖杯、奖牌

毛妮女儿在 2007 年 3 月 10 日
获得冠军赛第一名

藏着多少慈母的辛酸与艰辛啊！今天终于释放了出来。母亲是伟大的！父亲也是伟大的！干女儿小毛妮是孝顺感恩的！

大难不死必有后福。精彩的故事还在延续。无独有偶，毛妮祖辈的水上生活，传承出了一个水女儿，成为一名水上皮划艇运动员，前几年被选进了国家队。为了写这篇文章，我特意来到她家里，敲开了她家的门。小妹开心地接待了我。我的这个妹夫，还从房间里捧出了女儿的宝贝来。我定神一看，眼睛突然一亮。摆在我面前的是一大堆奖状和奖品。她的女儿参加国家运动队，参加过好多世界比赛和全国比赛，光金牌就有 5 块，银牌有 6 块，铜牌有 3 块，还有奖杯奖状一大堆，连报纸都登她的照片和文章。我想或许是当年闷在水里的缘故吧，女儿的能耐比母亲还强。又或许是父亲救了小毛妮一命后，难道说父亲的水上功夫间接地传给了她们？疑惑之际，毛妮又讲："如果不是当年干爹救我，就没有我女儿今天这么多奖牌的所得，也就没有我的一切！"证实了小毛妮的感恩是一辈子的。她又说："我的女儿现在在福建集训，准备到 2016 年参加国际奥运会比赛。"这时我又体会到"救人一命胜造七级浮屠"这句古话的含义了。回过神来，我默默地祝愿毛妮的女儿，我的干外甥女的她，能够在奥运会上取得更好的成绩，以报答她父母亲对她的养育之恩。

很多时候，人们总是以海子的诗来形容看到大海的美丽和那份复杂的心情；而我的父亲以朴实的海岛之子热爱这片凝聚着他的智慧、辛劳与汗水的土地，热爱这里的一草一木——长兴岛。

（2015年5月29日）

二、烟雨蒙蒙厚朴镇

“烟雨蒙蒙”是描写江南水乡景物的词语，用在江口小岛上的厚朴镇似乎更具特点。厚朴镇在流逝的岁月中出现的人物、事物，似乎都给人“烟雨蒙蒙”的感觉。

这里有农家的炊烟，有旧社会海盗抢劫的枪声，有革命者寻求真理的呐喊，有农民征服自然的斗争，有迎接解放的歌声，有党的阳光、雨露、春风……

你读本篇章的一些文章，仿佛在读一条古镇的历史，读懂真善美永远是时代和历史发展的主流，读懂人民群众才是历史的创造者；你读这些文章，仿佛在游览一方土地，从中获得许多新的感受、感悟和感知。

乱世厚朴镇

樊敏章

说起厚朴镇，年纪稍大一点的人都知道，它位于长兴岛鸭窝沙南岸，今新港村12至13组之间。随着时代变迁，它已经消失得无影无踪，留在人们记忆中的只是关于厚朴镇的一些传说。

一、小镇之由来

据长兴乡志记载：厚朴镇始建于1880年左右，距今有130多年的历史。它位于新港村的三圩港。当初有个叫袁云山的人，居住在这里，称称柴，做做卖鱼生意。后来人们纷纷将自己的东西拿到那里交易，渐渐形成集市。仅这一部分的记载不能真正体现厚朴镇的来历。笔者曾于2000年前访问过当时90岁、原住居民顾伟功老人（当地人都叫他顾老末）。据顾老伯说，厚朴镇起初叫"旱卜镇"。为什么叫"旱卜镇"？因为当初条件艰苦，大家聚在这里，搭点柴棚屋，做点小买卖。做生意的有渔民、当地居民、渔商、小贩，还有一些是来自全国各地靠泊在这里的船民。由于历史的原因，更有一些土匪、游击队等各路人马鱼龙混杂于此。"旱卜"是长兴方言"旱吃卜赌"中的两个字，意思是将就将就。这就是说，人家在这里做做生意，"寒度寒度""将就将就"。

相传，清朝末年某一天，崇明有个沈探花（清时科举榜名）来到"旱卜镇"，觉得这个地名比较俗气，就将"旱卜"二字改为"厚朴"，寓意厚道朴实，如此而得名。然而，不知哪一年，又有人觉得这个名字还是不好，仍是"旱卜"的谐音，易被误解，故改名为东兴镇，但当地居民不把它叫作"东兴镇"，只叫作"东镇"。当时，鸭窝沙上有两个比较出名的镇，西为陈家镇，东为厚朴镇。因其地理位置在东，故为东也；

兴，当时的厚朴镇已是较繁荣兴隆的小集镇，故为兴也，二者相合，取为镇名。

三圩港纵深 4 里之多，在镇的中间向西又有一条横港。经过 100 多年的海浪冲刷，三圩港已经缩短了一半之多。它面向长江口，这里具有十分丰富的渔业资源，是咸水和淡水的交汇处，因此多种鱼类的繁衍都要在这里经过，有的长期在这里生存。渔民从圩港内航船出发，向上可以捕捞到江苏的浏河、靖江、江阴一带，向下可以直达东海。因此吸引了大批的渔民前来捕捞，渐渐地三圩港成了长兴岛名副其实的渔港。过去，海星村的渔民就生活在这里。

笔者近日又访问了现今 89 岁的原居民黄竹梅和现已 84 岁的沙根才两位老人，他们对镇上的店家做了详细的介绍。原厚朴镇所开的店家有：汤二郎公司茶馆（合伙经营的，由陆发郎管理）、顾老末茶馆、黄从文茶馆、周金奎茶馆、倪友才茶馆；河东有陆和尚茶馆、张品郎茶馆店，河南有唐胜华茶馆、徐桂香茶馆、沙玉珍称鲜、龚志元南货店、郁钱郎肉店、黄早林杂货店、陆三郎豆腐店、毛香郎羊肉馆、沙龙海鲜行、陆老虎旅店、陈杏江盐店、陶品郎豆腐店、王金元早饭店、沙和尚杂货店、黄才奎豆腐店、顾才荣早饭店、茶馆店、陆连大杂货店、黄仲文旅店、北沙人染布店、沙金达轧米厂、粮店、陈才郎药店（人称药材郎）、杨胜甫铜匠店、宋庙发什货店（店名招牌宋长顺）、黄文甫糖担、蔡根甫糖担、陈志元木匠店、郁文周理发店、徐小元理发店、俞永福称鲜、陈洪才月饼店、吴杏青药店、朱祝仙杂货店、吴玉成杂货店、郁志明杂货店、马贵发杂货店、吴大海打铁店等。镇上有长兴岛第一所国立长兴小学、庙宇一座，供奉着孟姜菩萨，管理者杨志成。镇东 200 米处有天主教堂一座，管理人黄再清、陈文秀夫妇。由此可见，当时的厚朴镇非常热闹和繁华了。

二、芦荡泛潮汐

芦荡海滩，从三圩港向东绵延十几公里直达圆沙尽头，再向前看白茫茫一望无边。一张张渔网在太阳映照下，泛着闪闪白光，每张渔网以百米开外的距离间隔开来，有序地散插于海滩之上，遥望甚为壮观。渔网的北面是一片片野生的关草、朴草、野茭白和芦苇，从“水白滩”上开始生长，依次排列，成梯字形直达岸边。每隔一两里路不等，均有一条自然的小港，隐没在芦苇荡里。成群的水牛放牧于此，水牛啃食着鲜嫩的水草，就像一部收割机，舌头一卷一卷“哗嚓哗嚓”地卷割着，悠然地甩着尾巴，扑打着牛背上的马蜂蝇，并时而低头吃草，时而昂首张望。

……渐渐地，海床开始骚动，发出风卷大树时断时续的“沙……沙……沙……”声，那声音能传出五六里远。人们称之为“海床响”。潮水开始涌动，远处烟波浩渺，突然前方竖起一道白浪，足有一米多高，那是潮头，潮头成一字形排开，异常猛烈，犹如一群脱缰的牯牛，狂奔而来；似月亮之手驱动着它，从下游推向上游：潮头过后，潮水又像疾速奔跑的牛背，一跃一跃地，滚滚向前，潮流携带着泥沙和成群的鱼儿，但见水面上不时地跃起许多条鱼，大的四五斤，小的鱼孙拇指大，“咯咯咯咯”地追逐着……然后分散到草滩、芦荡和小港深处去了。

三、野荡见渔人

每当鱼汛来临之际，渔民们都要进行一番隆重的仪式，竖着幡旗，穿着袍衣，摆出香案，供着猪头，面向大海，一位长者手持法器，作法似的口中念念有词：“……哩哩米，喇喇来，小余鱼（凤尾鱼）白虾满网来，芦根头奈丝汆开来。”一帮子渔民紧跟着群起而念，祈求圣灵保佑，出海平安，祈望着丰收。那场面就像赶庙会一样热闹，念过两天两夜经文之后，便驾驶着斗篷似的行风船出海捕捞去了。但见那船头顶上白浪滔滔，小船忽隐忽现，每当分撒渔网之时，小船就像在龙头上跳舞，虎口中拔牙，凶险万分。然而不管怎样，每年都有渔船倾覆海中，时常出现翻船人亡事故，那凄惨的场面让人撕心裂肺。

到了清明时节，渔民们将血红的渔网，由北向南往海里延伸，每张渔网以百米开外的距离间隔开来，竖立于海滩之上，远远望去甚为壮观。等到海水消退之后，只见那渔网上挂满了刀鱼，雪白一片，在清晨的阳光照耀下，闪烁着亮晶晶、明晃晃的光。这时的帆船、渔网和海滩在春风的吹拂下，看上去蓬蓬勃勃、一片生机，如画一般，给人以一种身处仙境的感觉。当渔民满载而归的时候，总有儒老幼童倚依在岸边一角，焦急地等待着。

上岸之后，将鱼儿分散到各处渔行，过后，男人们来到酒店、茶馆，喝酒的来盆花生米、几片豆腐干，再弄点猪头肉，比画着行酒令：“六六大顺七四马，八仙过海满堂红。”茶馆内总有一男一女两个人，男的手持三弦，女的抱着琵琶弹奏出“咚咚隆咚咚，咚咚隆咚咚”的开场曲，说唱着薛仁贵征东，小方卿落难唱道情的评书，其乐曲悠扬动听，渔民们这才如释重负，缓解了数日的疲劳。这真是：春江景色美，野荡见渔人；孰知渔民苦，帆影风波里。

四、火烧厚朴镇

厚朴镇上曾经发生过两次火灾。其中一次是 1947 年腊月，半夜时分，一居民在睡梦中打翻了取暖用的烘缸，火星烧着了被头，点燃了帐子，火苗上蹿，燃起了熊熊大火，并借助西北风的威力，顷刻间火光冲天，越烧越猛，全镇居民措手不及。据当事人顾阿婆（顾希良母亲）回忆，在慌乱之中，脑海里唯有拼命抢救自家财物，烟熏火燎中，不管被子还是其他家具，只要能触及的物品，统统扔到家宅边河沟（三圩港）里。事后发觉，自家茶馆店里的茶壶、茶杯都在慌乱中扔河沟（三圩港）里了，真让人哭笑不得。虽然众人全力扑救，终因火势猛烈，无力扑救，只得舍命拼抢各自财物，但见得一片混乱声中，妇幼老弱哭天喊地。正在这时，突然间一户居民家中发出了嘭嘭的爆炸声，原来还有土匪游击队遗留下来的枪弹，到处乱飞，吓得居民们四野里逃生，那惊心动魄的场面着实难于言表。等到第二天一看，全镇一片狼藉，荡然无存，这真是："旱吃卜赌"到如今，百般心血化灰烬！

五、善人汤二郎

说起汤二郎，此人在镇上开了家公私茶馆（数人合伙），在上海杨树浦八埭头开设渔行，厚朴镇渔民捕捞的鱼，都通过他用冰鲜船运送到上海。汤二郎在三圩港东面的新开港口，有一座冰厂，每到冬天结冰之时，老百姓在冰水田里为其挑冰，储存在冰厂之内，到了夏天取出冰来装上船，然后将鱼冰混合。这是纯天然的冰，新鲜的鱼，通过冰保鲜，鱼仍然鲜美无比。汤二郎曾经和一批做生意人，其中有朱七斤、周安青，多次将枪支弹药送到苏北新四军根据地。老一辈的人都认为汤二郎是个好人。据他们讲：凡是认得他的穷人，生活困难需要帮助，只要寻着汤二郎，他总能慷慨解囊，奉送与你，不需要归还。

六、暗杀朱庆安

厚朴镇上有个名叫沈云庆的人，是个地主，家有三厢瓦房数间，此宅位于镇的西市梢，今邢爱娟、沈正岳宅地段。沈云庆生有两子，长子名叫沈振祥，幼子名不详，其幼子在一次玩耍枪支时不慎走火自毙了。沈云庆早在 1940 年前就去世了，其宅三面是房，少说也有六间瓦房，有几间空关着。1940 年某日有个名叫朱庆安的人带着一家老少，其中有妻子、阿舅夫妇及女儿，还有丈母娘等共六人，来到沈云庆家租了几间房子。生活了一段时间后，才知道这朱庆安原来是个土匪游击队队长，因此人家称呼他朱队长。

那是 10 月初的一个夜晚，厚朴镇上经过一天劳作的人们都已关门打烊了，皎洁的月光笼罩着寂静的渔港，时隐时现的月影透露出几分诡异。沈宅堂屋内亮着油灯，朱庆安独自黯然地坐在八仙桌边，就着清茶一杯，不停地吸着水烟，神情沮丧。或许是逃难生涯勾起了他的辛酸回忆，回忆起自己的坎坷身世不禁黯然神伤。自幼父母双亡，从小跟随一帮混混浪迹街头巷尾，悔不该当初成了土匪游击队长，做了不少坏事，今天总算做了件好事，不禁脸露喜色。正在他喜忧参半之际，突然眼前黑影掠过，头颈凉意直透心窝，来不及回过神来，朱庆安的项上人头已经搬家。待到第二天人们发现，他还是端坐在藤椅里，人头却不知去向，一家六口被残杀了四人，剩下丈母娘和阿舅的女儿，躲在灶口头柴堆里才幸免于难。

后来据说朱庆安是因为向地下党告密才招此杀身之灾，这情景引得四路八脚的人来看：哎哟！那什基个啦(怎么会这样)，作孽作孽，罪过罪过。围观者个个惊骇不已，有胆小的见后，吓得夜里睡不着觉，接连做噩梦。再说朱庆安的人头被杀手取走了，或许是拎着报功领赏去了。这真是：若看三国与水浒，厚朴镇上样样有。

七、火拼东洋人

厚朴镇上生活着两种人，渔民和镇民，俗称船上人和岸上人。这两种人虽然来自不同地方，并且语言不一样，却十分融洽，相安无事，从无争斗发生。但是，镇上鱼龙混杂，土匪游击队、海匪、国民党部队是常客，东洋鬼子也曾光顾，领头的腰间别着盒子炮(手枪)，跟班的手持老步枪，有的土匪背着大刀，横行霸道，地方势力“维持治安”。一天来了几个日本人，被土匪游击队得罪后，便回到吴淞，开着一艘小汽艇，向三圩港扑来，只见汽艇上架着机枪，准备报复。此时镇上有个名叫郁二郎的人，伙同一批土匪游击队员，从家里拿出一挺麦克瑟水机枪，架在笔者祖父樊灿青的房顶上，准备火拼。在这千钧一发之际，镇上有位极具威望的人物，汤二郎，人称汤二伯，此人是个“三开”人物，同共产党新四军、土匪游击队、国民党队伍，甚至日本人都有生意来往。危险在即，他只身登上日本人汽艇，同翻译几句话下来，碍于面子，东洋人只得悻悻地开着汽艇回去了，因而化解了厚朴镇上一场灾难。

事隔数日后，厚朴镇游击队应横沙土匪头子范巧林邀请，去他那里参加一个娶亲喜宴，厚朴镇十兄弟之一的顾根清等人一起赴宴。顾根清乃游击队里的机枪手，同时也是笔者祖母的妹夫。

一行七人驾着行风船从三圩港出发，此时正值日落挨黑十五夜，月上星辰快落水，乘着滔滔滚滚的夜潮一路向东驶去。不料，冤家路窄，正好与迎面驶来的日本巡逻艇狭路相逢。日本人见到中国船只进行挑衅滋事，叽里呱啦叫嚣着要求该船马上停下来接受检查，殊不知那木船上人不予理睬，继续赶路。眼看叫不停，鬼子兵举起枪来就朝行风船开火。这时行风船放慢速度一个左转向浅海滩驶去，日本汽艇以为他们要逃跑，于是开足马力紧追其后。当木帆船航行至要浅不浅处，突然来了个 180 度急转弯，避开了紧追其后的日本汽艇。那愚钝的鬼子兵，由于汽艇高速航行，一下子冲上了浅滩，搁浅在那里，动弹不得。

说时迟那时快，经验丰富的游击队员顾根清见机行事，端起机枪"突突突"一阵猛射，汽艇上鬼子猝不及防，三个鬼子应声倒下。这时日本兵乱作一团，纷纷跳下船来，一伙人与游击队对抗，另一伙人推船，可是潮水已退，搁浅的汽艇不管你怎么推，就是动弹不得。怎奈日本人人多势众，火力威猛，擅长斗智斗勇的游击队员，眼看寡不敌众，取得小胜后，也不恋战，拔起船篷直朝横沙方向驶去，气得日本人站在海滩边"八嘎八嘎"嗷叫不停。

这真是：识得天时与地理，好比竹竿捅飞机！

八、谁的观察站

据 89 岁的高同全回忆，他 18 岁那年随父亲来到长兴岛鸭窝沙，父亲用了 12 担米钿，买了周小方宅(此宅是崇明一户粮户遗留在这里，一直空关的)。当年横沙岛上以范巧林、宋云其、吴老九为首的土匪部队来到厚朴镇，把高同全全家三间房子两间强占了，住了三个号头(月)，这帮人都是川沙张阿六手下的土匪部队。他们走了以后，又来了一个崇明人，住在他家南房头里，这个人一天到晚东游西荡，不做啥事，可又在他家南山头芦巴上开了个窗口，房间里任何人都不允许进去的。原来此人每天向海里观察来往船只，是一个情报站，一年以后，此人回去了。后来高同全在他家的树底下挖出了两只大电筒，又在 1975 年翻建房子时，在那间房子的地底下，挖出了三灰箕像酒瓶一样粗的电池，这是发报机使用的干电池。此情报站究竟是国民党的还是新四军的，至今是个谜。

九、杀人不眨眼

有一天，高同全到镇上去玩，走到茶馆看人家推牌九(那些都是范巧林部队的人)。这天正好崇明来了一对夫妻，他俩穿着整齐，手提皮箱，借住在王金元家里的小阁楼上。被土匪们看见后，强行挟持，叫那个男的参与推牌九。当一副牌等到要翻牌开启的时候，土匪范巧林保镖黄龙生，拔出手枪，往桌子上一拍，凶狠地说："你们谁敢再开牌?”然后借口说崇明来的那对夫妻是坏人,要拉出去枪毙。高同全看到这种情景后,吓得赶忙逃开了。只听见两声枪响,那对崇明夫妻被土匪打死在镇的桥底下,他们的皮箱财物也被土匪们洗劫一空。这真是:乱世土匪真猖獗,谋财害命乱杀人!

十、活埋地下党

还有更惨烈的事件在镇上发生。有一天,崇明又来了一对夫妻带着个十来岁的儿子,他们不知什么原因,避难来到厚朴镇,借住在当地民房里,准备定居在本地,据说是新四军地下党成员。不想崇明赶来一帮子十几个人,据说是国民党209师部队的人,个个带有枪支,在一个漆黑的夜里将那对夫妻抓了起来,然后敲开了居民曹大明(化名)与沈汉江(化名)的家门,强行将他俩带到新开港口,命令他俩把那新四军地下党员一家三口全部活埋,曹、沈两人吓得一身冷汗,在国民党那帮人的看押下,颤抖着挖坑,战战兢兢草草地将那三人活埋了。跌跌撞撞回到家里,吓得魂飞魄散,躺了三天三夜都起不了床。过了几天,由于埋得太浅,被野狗扒开,叼着死人肚肠满地乱跑。这正是:土匪恶霸来当道,草菅人命天地怨!

十一、枪运新四军

据88岁的黄明玉老伯伯回忆:那年他家住在新开港河滩头,一天早晨起来,看到自家宅边的柴垛好像被翻动过,掀开一看,啊呀,里面全都是原捆原箱的枪支弹药。这么多的武器,从未见过,他慌忙把它盖好逃回家中。事后又悉隔壁陈小义家中也有。据了解原来是汤二郎在半夜里,用自己那艘载重20吨,当时在长兴岛最大的“老黑龙”船,偷运武器,中转到这里,生怕白天暴露目标,所以安排在夜里装船,赶上潮水,继续北上,运往苏北新四军革命根据地。上海解放后,有一天,八埭头鱼市场上开来了四辆轿车,车上下来了全副武装的解放军战士,两位首长走在前面,见人便问哪位叫汤二郎。当时汤二郎闻讯后,吓得拔腿就逃,以为是来捉拿他的。“不要怕,自己人。”为首的首长说。原来是虚惊一场。等心情平静镇定后,首长说“请上车”,便把汤二郎接到部队里,请客招待喝酒去了。如此之后,汤二郎在历次政治运动中没有挨过整,因为他为共产党打江山做出过贡献,也算是有功之人。

张渭清夫妇与张爱萍家人合影。1943年秋，新四军一师军需科科长张渭清等人，在吴淞外马路的宝丰渔行，建立采购物资的秘密联络点。在上海地下党的支持下，通过各种关系，开辟了从吴淞口经长兴鸭窝沙到苏中根据地的海上运输线，将大量军需物资运到敌后抗日前线。

宝丰渔行

十二、敲诈厚朴镇

1946 年某日，上海浦东来了十几个戴平顶帽，身穿黑衣裳的人，老百姓管他们叫柏油桶。他们仗着那身狗皮制服，挨家挨户搜刮敲诈勒索，并且敲诈的名目十分离奇，对老百姓征收各种捐税，什么门面捐、宅地捐、马桶捐、烟囱捐，只要叫得出，什么都要捐。那领头的颇有些功夫，四五个人都近不了他身。哪晓得镇上的自卫队也不是吃素的，与他们打了起来。由于大家都没带武器，因此空手搏斗，镇上人徐川林、徐士林等人被他们打翻在地，眼见就要吃亏，只见汤二郎侄子汤毛囡从家里拿出一支盒子枪，大吼一声，“你们统统走开”，一挥手拎起枪来，只听“砰”的一声，那最凶狠的家伙应声倒地，一命呜呼，其余的人用麻绳捆绑起来，送到崇明县衙去了。此事发生后，镇上就更不太平了，镇民们不知道那些人是什么来路，生怕日后报复，便纷纷逃离家园，出去避难。镇上只剩些老年人，其余的都逃走了，有点钱的人，逃往崇明，租间房子住下来，没钱的逃到金带沙(近长明村地界)，等到一个月后，探听探听风声，感觉没动静，然后陆陆续续回家。这真是：自古乱世出枭雄，强龙难斗地头蛇。

十三、亡魂铁塔下

在厚朴镇西南方 150 米处，有一座铁塔，那是鸭窝沙最高的建筑物，其历史已有 100 多年了。据 80 岁老人黄文明讲，最早的时候是座木塔，建在三圩内樊杏清宅南。由于海塌，在黄文明 9 岁那年，将塔建在周金山宅上，木塔改成铁塔。后来又遭海塌，最终搬迁到该处，如今仍然耸立在海岸边。这座铁塔可谓是长兴岛最古老的建筑物，就像武汉的黄鹤楼毁了又建，建了又毁。它是航空航海的标志物，也见证了长兴岛百年来的历史，历经了清朝、民国和中华人民共和国成立后的各个历史阶段，称得上历史的遗迹。

铁塔下面是一片亡坟，约有四亩土地，那是块无主墓地，无墓碑无名字，无人祭拜，无人上坟，杂草丛生，十分凄凉。这里埋葬着无数的亡灵，有遭绑架杀害的，有遭暗杀的，有公开枪毙的，有被海盗劫杀的宁波船船民，还有长江内被水雷炸沉的小货轮上的船民。总之，这里都是屈死的亡灵，是块冤魂之地。由于无人管理，经过了多少年风吹雨打，那坟地上尸骨遍地，暴露在外，在春去秋来的岁月里，述说着亡灵的冤魂。这是一处十分恐惧的地方，走路的人，谁也不敢接近，尤其是到了夜晚，更是可怕之极，那坟堆里时常隐现的鬼火(磷火)，飘忽忽地跟在走路人的背后，叫人毛骨悚然，因此，许多人凌晨上镇时只得绕道而行。

到了 20 世纪 60 年代中期，在以粮为纲的号召推动下，为了增加粮食种植面积，人们平整土地，开荒造田，将那块墓地中的白骨骷髅一起填埋于旁边的一只官宫潭里(官宫潭是堤岸决口后形成的深潭)。

笔者在 1964 年 12 岁时，与小叔叔樊龙祥一起在铁塔旁的小水沟里拷鱼，水拷干后，正要抓鱼时，只见明沟里布满尸骨，又在一个死人骷髅里爬出两只螃蟹。惊奇的是，那螃蟹的形状从未见过，那蟹壳是红的，脚是扁的，没有脚爪，一对螯既长又红，形状怪异，吓得我俩连鱼都不要，拔脚就跑，回到家里告诉老人们，他们讲也从没见过这种怪物。老人讲，这不是蟹，是传说中的魈，非常毒，碰不得，咬到哪里，烂到哪里。这真是：乱世亡灵魂不散，怪物出在骷髅中；漫漫血泪已湮灭，留得此文为鸣冤！

十四、竹梅逃难记

据现年89岁的黄竹梅老人回忆，1937年时她才12岁，某月的一天来了十来个江北人，举着日本太阳旗，对当地人说些皇军要来保护你们之类蛊惑民众的话语。这种汉奸行为激怒了厚朴镇人，在小毛团（汤毛团）的带头下，大家人人动手，一起联合起来共同对付这十来个江北人，这几个汉奸哪里是镇上人的对手。待到一顿毒打之后，将他们捆的捆，扎的扎，有的拴着跑，有的剥光衣服，像扛猪猡、四脚朝天抬着走。小毛团愤怒地说："我晓得你们要做汉奸，叫你们没有好下场。"这批人在本镇地方势力的押送下，不知弄到啥地方去了，后来据说是枪毙了。镇上人的爱国行为，分明是抗日行为，而小小的一个厚朴镇，在日本人眼里，哪容得你胡来。不久，有消息说日本人要杀过来了。听说日本鬼子杀过来，那还了得！日本人是无恶不作的，烧杀抢掠，奸污妇女，样样干得出来。黄竹梅虽然只有12岁，但人已出落的水灵、漂亮，她父亲为防止不测，非常害怕，带领全家赶快逃命。和他们一起逃走的有：与她同年龄的一个小姐妹戴根娣一家、唐川郎（唐志明祖父及父亲唐长法）一家，以及上海卖水果逃到长兴岛的名叫钱雄的小商贩一家人。因为戴根娣小姑娘人也长得貌美，她父亲干脆给她剃个光头，女扮男装，并在上路前，脸上抹些锅底灰，不男不女，衣衫褴褛，形同乞丐。逃到崇明小明港，哪晓得崇明已被日本人占领。黄竹梅一行人借住在一家地主家里。地主事先得知日本人要打过来，早已逃之夭夭，留下一个管家看宅。当夜，住下来，但到了半夜里，忽听外面锣声大作，有一帮人手里举着用草盖头浇上火油点燃的火把，大声呼喊："强盗来啦，强盗来了！大家捉强盗啊！"一听强盗要来，人们都从睡梦中惊醒，连忙起来，赶紧奔逃，可逃来逃去，逃往何处呢？正在大家慌不择路之际，但见眼前路旁有一圈坟地，四面大树参天，形似一个宅地，慌忙钻了进去，卧在坟堆里，心想唯有此处才有安全！这时，谁也不敢作声，可心里头怦怦乱跳，脑海里老是担心着强盗、日本人会不会突然出现在面前，还有身边那裸露着骷髅头的坟堆，真希望脚下有个地洞钻进去，那该多好！但屋漏偏逢连夜雨，忽见一队日本兵开着汽车，亮着车灯开过来，当汽车灯照过来时，大家憋住呼吸卧在地上，一动都不敢动，看着日本军车绝尘而去，大家才缓过神来，慌忙离开。直到现在黄竹梅老人想想还后怕。黄竹梅说当时那辆日本汽车就开到了他们居住的那个宅院里，将地主家60条棉被以及有用的财物，统统抢走。还有隔壁邻居肖末郎的嫂子是个寡妇，也被日本人强奸了，这个寡妇觉得没脸见人寻死寻活，说以后怎么见人，怎么做人，不想活了，邻居们纷纷安慰她，同时更增加了对日本人的仇恨。

日本人走后，黄竹梅她们继续逃亡，逃到了南堡镇，在那里待了近一个月后，黄竹梅父亲是个撑船的，崇明那里有他的同行，搭乘他们的船回到家里。

再说小毛团，因得罪了日本人，最终被日本人抓去了，不久被日本人杀害了，尸体也没找到。这真是：万恶旧社会，可恨鬼子兵，生命存在多不易，岁月沧桑话过去。

后记

厚朴镇的历史是长兴岛的一个缩影。记述这段历史旨在为了让我们这代人及后代，不要忘记那悲惨苦难黑暗的旧社会，让我们认识到只有在新中国，劳苦大众才得以翻身解放，才能过上幸福安定的生活，并随着科学水平的不断提高，人民生活越来越好。对比之下，即便是当年厚朴镇的财主老爷，也不及当今普通老百姓的物质生活条件。

在结束本文之际，我要感谢厚朴镇那些老邻居，老伯伯老妈妈。他们听说我要写这段历史，都积极响应，不断回忆，将脑海中储存的信息回忆出来，并对原住居民店铺一家家梳理过去，唯恐遗漏，再三核实。终于将原始厚朴镇面貌挖掘出来，浮出水面。同时要感谢本书主编徐惠忠同志和蔡德忠老师对本文的支持与肯定，感谢文化馆黄杰为文章配插图，感谢文化馆刘萍女士为我整理修订打印。另外，我在文中提到很多人的名字，无论好坏，我并无恶意，旨在对旧社会的鞭挞和对新社会的歌颂。

烟雨蒙蒙厚朴镇

黄玉昌

提及厚朴镇,有文字记载的寥寥无几。

毕竟,从长兴岛有人烟算起,不足两百年的历史,它毫不起眼;毕竟,它只是小岛上半个多世纪来消失了的众多小镇之一;毕竟,它只是老辈沙洲人偶然的、模糊的、散乱的一些零星记忆。

但是"厚朴镇人"却一直不会忘记。对于当年的种种"生活",他们甚至引以为傲。

能说上自己是厚朴镇人的,都是地道的老长兴了。只要一提及当年,他们浑浊的双眼瞬间能显出一种独特而坚毅的神采,伴着自然上扬的手势,皴皱的皮肤下,硬邦邦的肌理清晰可见。厚朴镇位于鸭窝沙靠南岸的中心地带,在如今新港的西侧,算是当年长兴六个沙洲中最繁华的小镇。小镇一条街道,两旁商家林立,一眼望去,难以见尽头。

但逢休渔期,过足了苦日子的人们是一定要到集镇上好好地"活"一把的。这时候,镇里镇外,里三层,外三层,人头攒动。船上捕鱼的"船浪人",种庄稼的"岸浪人",各种手艺人,放牧牛羊牲畜的,南来北往住店打尖的,甚至有从金带沙、圆圆沙、横沙、崇明一带过来玩耍的,聚集在一起,热闹非凡。

商家店家多,多的是茶馆。卖完了菜,割上点肉,淘过了鲜鱼鲜虾后,人们一头扎进了茶馆。也有足够悠闲的,无所事事的,晃悠晃悠就进了茶馆的。摸出两个碎钱,随便叫上一壶茶,三五个一桌,对面就聊开了。聊什么的都有,政治方面、打仗的、农活、渔事等,可谓天南地北、海阔天空。高兴了,邻座的几桌慢慢地也回头聊在一起;要是感兴趣,远桌的茶客端着个茶杯赶过来,站在一旁不时地掺和两句。在这里,不分熟人生人,只要能聊到一块,就能凑成一堆。在这里,少了的是规矩,多的是一份轻松自在。

茶馆多，酒店、书场也不少。在这里，时间像停止了一般。人们忘记了岁月所给予的折磨，在各自寻找的喧闹与安静中，享受着一份难得的安逸生活。

多数的日子里，人们各自忙着“生活”。这一忙，真是天昏地暗。

厚朴镇紧靠三圩港，三圩港内停泊着数以千计的渔船。渔期一来，三圩港内一片热闹。给“海神”上过香后，大大小小的航风船拔篙起航。

长江入海口水天茫茫，浑黄的江水和湛蓝的东海海水天然交汇，清晰可辨。这里是天然的渔场，是老天爷让他们安身立命的地方。海面上，即使无风也会涌起几尺浪，渔船似纸片一般在浪尖上跳舞。这样的情景，靠天吃饭、靠海为生的人们早已司空见惯。叉开脚，沉下腰，赤裸着黝黑的脊背，在不足一尺宽的船舷上提网、放网、下网、扔浮标。船左右摇摆，随着网的下沉、后移，一身的腱子肉在阳光下突出而壮美。到收网时分，往往是后半夜了。伙伴们听着指挥，相互协同，海风海浪中不断传来“嘿哟、嘿哟”的劳动号子。到天色微明，满载而归的渔船在岸上人的期盼与呼唤声中，稳稳地驶进了渔港。

厚朴镇的手艺人多数是庄稼人，或者说庄稼人多数是至少半个手艺人。田里农活多时，埋头田埂地垄。这块土壤肥沃，稻米、棉花、小麦等，一年四季也不见个空。

稻秧插好、麦子播下的零碎时间里，人们便会鼓捣起各种玩意来。砌墙的、推笆的、扎竹的，应有尽有。只要能够改善生活、方便生活的，人们摆弄起来不亦乐乎。即使原先不会的，邻里之间相互提个醒、帮个忙，再让人教一教，也都成了“三脚猫”。厚朴镇人厚道，不藏私，不欺生，天性如此。

这中间有慢慢做精的，就成了专业的手艺人。一顶破旧的鸭舌帽、一副老花镜、一副皮套袖、一件长褂皮毡衣，手上再多上一把篾刀，就成了典型的篾匠师傅了。坐一个板凳，把一根手腕粗的竹子横放，一头搁在膝上，拇指护住竹管，四指用力握住刀背，刀头贴着竹子管壁，由斜上而下，由外向内，吡吡出声，一条条篾丝、篾片被剖了下来。篾丝、篾片再经过折叠、缠绕，就成了竹篮、筛子、畚箕等一件件生活用品。厚朴镇人通常用他们的勤劳和智慧过足了他们的生活。

然而，那份祥和、那份平静往往保持不了多长时日，因为厚朴镇的天是时常要变的。

即使是在最平常的日子出海，留守在岸上的人也是提心吊胆。海上的风说来就来，呜咽着声响，卷着漫天的巨浪，把小船抛向高高的浪尖，再摔下深深的谷底。船板之间剧烈碰撞，发出“噼啪”“嘎嘎”的撕裂声。降下帆的桅杆，吃着横风，像钟摆一般左右颤烈地摇晃。厚朴镇的人就敢出这样的海！既然在海上讨生活，这就是老天给他们的命！

幸运的话，只是帆破了，桅杆断了，船舷裂了几道口子。把船拖回岸上，修补修补，再去岸上酒肆鲜行喝个朝天醉。总觉得比起那些背了时运，纵然有一身的水性，最终却船毁人亡的人家好过了许多。眼泪归眼泪，流过了，还要自家生活，还要帮衬帮衬别家生活！于是，过几天，照样出海。

到七八月汛期的时候，厚朴镇家家户户日夜警醒。除去自家的门窗要紧实加固外，还要去堤坝上轮班值守。

站上堤坝向外望去，滔滔的江水茫茫一片。一排连着一排的潮头，一字排开，像千万匹脱缰的野马，从远处并驾齐驱席卷而来。淹过浅草，没过芦苇，一遍又一遍地冲刷着江堤。若是连着暴雨，碰巧又遇上狂风，那么潮头的迅猛恰似山呼海啸。

堤坝时常被狂躁的巨浪刨出几个缺口，浑浊的江水倾泻而下，前呼后拥，灌进沙洲。邻近的几户人家顷刻间被冲得七零八落，茅屋顶散了、土坯墙断了，家什漂得四处乱流。到四五个小时退潮后，剩下的，还是漫天的眼泪。厚朴镇的人们从来不会哭出声响。咬紧牙，挑上泥络扁担，趁着落潮的间隙，随着滚滚的人流，奔跑在大堤上。他们堵上的不仅仅是堤坝上的缺口，还有，来自苦难岁月里内心的伤口。

面对生活，不轻易折腰，厚朴镇人用韧劲“扛”过了一段又一段艰难日子。苦难练就了厚朴镇，也淬炼了厚朴镇人的性格。为生活而活，无惧无畏。厚朴镇人就是如此洒脱。

20 世纪 40 年代，那可说是风雨飘摇的乱世，也可说是祸乱横行的年代，东海海匪猖獗，吴淞、浦东方面也不时有反动军警前来袭扰，更有东洋人公然上岛挑衅。

在那段光辉的岁月中，厚朴镇人更是把“生活”过得明明白白。只要是心中认准的“理”，就是再凶险，厚朴镇人也愿意拼着一腔热血去闯一闯！

夜色弥漫中，一艘艘渔船隐没在江边的芦苇丛中，熄了橹桨，降下桅帆，巧妙地避开敌伪的盘查，为苏区送去粮食、弹药；你会看见朱老大们浑身胆魄，驾着航风船，冒着枪林弹雨支援前线的矫健身影；你也会听到周老大们从虎狼之口，机智地运出盘尼西林的故事；你更会明白，全镇老少面无惧色，抄起家伙，凛然应对悍然来犯的土匪敌人时的群情激昂。厚实中不乏智慧，淳朴中也有彪悍。厚朴镇从来都是惹不起的！

厚朴镇子弟李海波将军，自幼聪明机灵。在这样一个混沌的岁月，他对父辈以及镇里乡亲的事迹耳濡目染，从玩耍的年龄就已养成浩然正气。他组织镇上的孩子玩杀敌的游戏，他时常手举一把刻着“上斩昏官，下斩污吏”的木质大刀，希望杀出一个公理。16岁那年，在父亲的支持下，毅然孤身去苏北寻找革命。他先后参加过淮海、渡江等战役，作战勇敢，不怕牺牲。历任作战参谋、副军长、驻外武官、沈阳军区副参谋长等职。1988年被授予中将军衔。

还有王英（后任南通军分区副司令员）、周安清（电影《51号兵站》原型人物）以及无数个厚朴镇子民，只要认准了黑暗中的一星光明，他们就义无反顾地投身到火热的生活中去。

1968年，三圩港坍塌了，人们在旁边新挖一条避风港，也就是新开港。随着渔民大队整体迁往海星、新港村的重新规划，厚朴镇也消失在了时代的变迁之中，仿佛随着蒙蒙的烟雨，逐渐而又悄悄地远离了人们的视线。

但是，老辈人之所以还时常提及厚朴镇，不只是因为她是长兴岛的一分子。她善良的品格，她不屈的精神，也是中华民族的一分子。她是一个时代的缩影，记录着沙洲上正在渐渐老去的过往经历；她更是一座丰碑，镌刻着老一辈人改天换地的豪情壮志。

对于生活，她应该说是永远清晰的！

（2018年7月29日）

苦难的童年

顾希良

我的老家是在崇明岛保安镇(现合作乡)。祖父顾鸿涛擅长中医内外科。他在镇上开了一个药店,加上祖母出嫁时候带过来的十几亩地,家景比较好。

父母亲年轻时跟着祖父学中医。父亲偏于中医内科,母亲偏于中医外科和小儿科。他们结婚后曾在平安镇开过药店,由于经营不善而倒闭。迫于生计,父亲到上海先当店员,后开个烟纸店,日子还过得去。

1937 年“卢沟桥事变”后,日本侵略者于同年 8 月 13 日发动对上海的战争。他们狂轰滥炸,父亲的小店被炸成废墟。父母亲死里逃生来到鸭窝沙(长兴岛前身六个沙洲中间的一个)厚朴镇。他们先借住在周金奎老人的一间东向草房里。第三年,我就出生在这间又矮又小又暗的房子里。当我三四岁时才借住到另外的地方,所以直到现在这间茅草房还留在我的脑海里。

当时鸭窝沙是六个沙洲中最大的一个。厚朴镇又是这个沙洲上最大的集市中心。那时候这个镇的南面离长江边才 300 多米远。镇上的人经常能听南面海浪的吼叫声。

在厚朴镇中间有一条河从三圩港口直接通到北部,河里还有一条往西走的支河。镇上有四五十户人家,分别住在两条河的两边。

镇上除河东有两三家住砖瓦房以外,其余人家全部住在简易的草房里,搞点小本经营的小买卖。他们有卖肉的,有卖豆腐的,有卖纸烟糖果的,有卖面食的,还有卖茶水的。反正是八仙过海各显其能,各谋其生。

我家初来乍到,没房没地没本钱。父母亲只能靠自己学到的中医本事,给人看病和采卖药材挣点钱来养家糊口。那个年代老百姓穷呀,得了病能顶的顶,能挨的挨,内科病人就诊的比较少。外科的疮疖及小儿科的多一些。有上门就诊的,有要求出诊的。这些都是母亲的事。母亲小时缠过脚，小脚走起路比较费劲，出诊就辛苦了，特别是下雨天或路远的病人家，出诊一次就得一两个小时，甚至大半天时间。我们看在眼里，但有什么办法呢？这样干了几年，无奈之下只好在镇东面靠河边借了两间草房，放上两三张桌子做起生意来，有时候做面食店，有时候开茶馆店。为了广开财源，另外租了十来亩地。

这样一来事情就特别多，父母亲既要看病又要做生意，地里的活只好请帮工，再就是把我们动员起来一块干。

富人家的小孩子吃得好穿得好，除了上学就是玩。我们是吃不好穿不好还要干活。我记得我很小就会做家务，扫地擦桌、烧火洗碗都能干。那时人小灶头高够不上，只好放个小凳站上去才能洗筷洗碗。为了增加收入，家里每年总要养猪养羊养鸡鸭。为了少吃饲料少花钱，父亲给我们每天割一大篮猪草或羊草的任务。这个任务在夏秋两季因为草长得多，比较好完成。深秋和初春这些草少了，有时要走很远的地方才能割到。那季节天气冷，双手冻得像红萝卜，手发麻了还得找猪草割，直到满了一大篮才能回家交差。

那时候我们家经常缺钱没米熬日子。有时候家里连买火柴的钱都没有，还得等母鸡下蛋，我拿上热乎乎的蛋去小店换火柴。外出借米是经常的事。父母亲出去借，我们也出去借。因这里的老百姓忠厚老实，加上父母亲人缘好，一般总能借到。不过也有为难的时候，第一次到人家借米好开口，第二次去，特别是上一次借的还没有还清时，就不好意思再借了。我和二哥顾希仁只好在人家宅沟边转来转去，不敢进人家的门。想想如果借不到家里就没米下锅了，最后还是硬着头皮走进去借。这种有上顿没下顿，有今天吃的不知道明天吃的在哪里的苦日子真难过呀！

我们弟兄几个小小年纪就得干活，还要和父母一样节衣缩食。别人家吃干饭能吃饱肚子，我们吃稀饭也不让吃饱。父亲也吃得少，一点都不浪费，每次吃饭总要用舌头舔碗，把碗舔得光光的。舔不到的地方用手指头刮，把碗里的饭粒弄得光光净净。由于吃不好吃不饱，父亲的身体越发虚弱。别人家大人的肚子是平的、鼓的、挺的，我父亲的肚子是往里凹的。弟兄们吃的也是受到限制的，只能半饥半饱，来了亲戚朋友连饭桌也不能上，靠在灶头上吃。

家里穷没钱花，吃饭困难当然穿衣也不会如意。富人家的孩子一年四季有新衣服好衣服穿，我们家就不一样了。就连父母亲也没有几件衣服替换，我们小孩就更不用说了。老大也许能穿件新衣服，轮到我老三只好穿旧的补的了。那时候的冬天比现在冷多了，每年河里沟里都结冰，冰还很厚，大人小孩都可以到冰上玩。天气严寒最苦的是穷人家的孩子。我记得渔民家的穷孩子衣服又破又薄，甚至连双鞋也没有，光着冻红的脚在船上或地上走。我虽没光脚但棉鞋是旧的不保暖，身上的衣服又少又旧，头上也没帽子戴。这样从头冷到脚，鼻子里的鼻涕能不流吗？那时候没有手绢，办法很简单，用左右手的棉衣袖子来回擦。时间一长，两只袖子上积了光光亮亮的一层鼻涕。就这样也没有一件替换的棉衣。同样冬天穿的内衣也很少有替换的，时间一长就生虱子，多的时候它会爬到外面来。虱子咬了以后，身上会发痒，就让大人帮助搔，或者弟兄之间互相搔。晚上等我们睡下后，父母亲坐在豆油灯下给我们捉虱子。虱子一般藏在内衣的缝子里并在那里下卵，父母亲就沿着缝子找，见一个捉一个压死一个。有时小虱子和卵太多了，他们就用嘴咬，我们能听到啪啪的虱子被咬死的声音。在这个时候我们才感到了父母的爱和家庭的温暖。

解放前夕，我们好不容易买下了原来借人家的两间草房，算是有了自己的家。不过这房子的前后左右都是用芦苇秆编成笆，房顶上又是用稻草铺的。这种笆缝隙很多，风能从外面吹进来，阳光能从外面射进来，屋内屋外温度差不多，所以它有冬冷夏热的特点。这种房最难过的是冬天，家里简直和外面一样冷。晚上我和二哥睡一个床，床上垫被薄，盖的一条被子又旧又僵硬。我们两个人晚上怕睡，早晨怕起。因睡的时候被窝里是冰冷冰冷的不想钻进去，不过还得钻，钻进去以后兄弟俩互相抱住对方的脚取暖。第二天早晨被窝里暖和了，外面却很冷，就不想起来。等父母催叫几次才勉强爬起来。

从 1948 年到 1950 年的三年里，我们家遇到了两次火灾，一次水灾。家里又回落到一贫如洗的境地，而且欠下新债旧债累计有 4 000 余斤大米。后两次遭灾，好在有人民政府帮助，要不后果不堪设想。

我们家乡是 1949 年解放的，1950 年 12 月开始土地改革，我们家分到了 10 多亩地。中华人民共和国成立了，苛捐杂税没有了，地租也没有了。就一般人家而言，通过自力更生吃穿是不用愁了。而我们家里不一样。一是我家有地没劳力没耕牛；二是我家因三次灾害负债累累。这样种地还得请帮工，工钱也得 1 000 余斤大米。欠亲戚朋友 4 000 多斤大米债还要还。家里的 12 亩地正常年景能收4 000多斤稻子，折合大米也就是 3 000 多斤，这样除了帮工的工钱，全部用以还债还差很多呢！这样秋天还债，春天借，形成了有规律的恶性循环。

家里多灾多难，大哥顾希明、二哥顾希仁小学也读不下来。大哥 14 岁离家去上海何福奎炉灶厂当学徒。我也两次辍学，一来交不起学费，二来需帮助家里做家务和割草喂猪、养羊，有时还要做一些力不能及的农活。1949 年大水灾，三圩破了，给我们家分了挑土护岸的任务。别人家都是大人们挑泥，而我们家父亲有病，母亲小脚，小弟顾希乔才六岁，只能是二哥和我去。那时二哥只有13岁，而我10岁。我们二人还没有泥络担(挑泥工具)高呢，怎么挑呀？我们两个只好用两只手抱泥一点一点往上传。没多少时间，弄得我们满脸、满身都是泥。搞了几天人家都完了，我们还差很多，最后还是在亲戚朋友们的帮助下完成了任务。

1950年家里第二次遇到火灾后，父母亲无奈，又要我停学养鸭子。那时我才11岁，因自小得不到温饱，身体长得又小又瘦，像我这个年纪养鸭做帮手是有的，但独立操作是没有的。另外养鸭又是一个技术活，怎么办呢？我首先到养鸭能手黄文明那里请教。他告诉我鸭子各个阶段的喂养办法和注意事项。

大人一下给我抓了100只小鸭，我们在地上用芦苇席子围了个圈，下面铺了稻草，把黄毛茸茸的小鸭全放进去。然后根据人家的经验来进行管理。例如晚上要起来把鸭子拨拉开，防止鸭子抱团出汗，大米用水泡胀以后喂小鸭。最难的是挖蚯蚓，用的主要工具是野钉耙(农具)和一只小木桶。这个钉耙有七八斤重，耙柄有三厘米左右粗，我身单力薄手小，手勉强能握住把柄，握得远了还拿不起，只有握到靠近钉耙的地方，才能举起来挖蚯蚓。没有多少时间手上就打起泡。为了完成任务咬着牙忍痛也要挖到蚯蚓。蚯蚓这个东西不是什么地方都有，自己挖了几次以后知道它的规律了，一般在柴堆下面，倒脏水的地方，肥沃的田边。找到好的地方两三个小时也能挖三四斤。回去把蚯蚓切碎喂小鸭。每次喂的时候发出一种“哟啦”的呼叫声。用不上多少时间，我只要喊出这种声音，鸭子就一边叫一边跑到我身边等喂吃。它们逐渐听我指挥，这时候我才感到养鸭的乐趣。等它们长到一定程度，就把它们赶到河里、明沟里、稻田里，找小鱼、小虾和蛸蜞等东西吃。它们在外面吃野食越多，回来吃的食料就越少，也就越省钱。为了节约饲料省钱，我利用蛸蜞晚上出来的规律，自己背上竹篓提上小方油灯到明沟里捉蛸蜞，有时一个晚上一两个小时也能捉好几斤，第二天把它们砸碎和米糠混在一起喂鸭子。

从小鸭到成鸭一般要喂60天。我第一次喂技术不到位，用了65天时间才把鸭子喂到四五斤重，父母亲很开心，为了奖励我，他们让我一起坐船到上海卖鸭子，还给了我2 000元钱(旧币，相当于现在二角钱)。我不知道有多高兴。听到人们说上海瘪三(小偷)多，自己怕被瘪三偷了这2 000元钱，在公共汽车上一只手抓住横杆，一只手揪住这2 000元钱，就怕让人偷了自己的钱。此情此景，现在想起来觉得好笑极了。

卖了鸭子，父母亲感到我老在家干活，不上学、不读书，没文化将来怎么办？他们下狠心克服困难才让我第三次上小学读书。

情系厚朴镇

任　平

对我来说，长兴岛是第二个故乡。1976 年离开后，快 40 年了，魂牵梦绕，常会想起当年情景。人到老年，更是怀念青年时代，尽管很艰苦，回味时反倒觉得是一种甘甜。1966、1967、1968 年连续三年，我们都到横沙参加"双抢"和"三秋"，当时的想法，插队也不过就和去横沙劳动一样。跟王鼎元老师及一群学生到了长兴公社革委会办公室，知青办的蔡德忠简短介绍后，各个生产队的队长就把人带回去。大多数队长是推独轮车来的，知青行李一装，就带人走了。我和我表弟喻平一起下的乡，等到最后，一男一女上来认我们了，男的是新兴 13 队的队长黄文明，女的是政治队长王金芳。我正犹豫怎么没有独轮车时，黄文明已用扁担和担绳把我们行李捆好，挑上肩，金芳在前，我们跟着，走了约 40 分钟，看到一座铁塔，金芳说，到了。随后就安排我们先在仓库住下。右边是周兰芳家，左边是张永法家，先期已到的知青是少云中学的，叫江海平，一问，家在复旦附中边上，离我们复旦宿舍很近。我们三人，任平，喻平，江海平，成了新兴 13 队的新社员。

下午，跟队长去镇上买农具。在凤凰镇农具厂，碰到了谭其骧的女儿谭德慧，她在农具厂工作。锄头、铁锗、扁担、泥箩、矮锹，办齐了，回到队里，蔡友根伯伯又帮我们绞担绳，一切就绪，第二天就出工了，我们开始了扎根农村的征途。

11 月 2 日到长兴，3 日出工，记得是收稻。收工时，记工员来记工分，一听三个都叫平，笑起来，油瓶、醋瓶、酱油瓶都有了，大家都笑了。我才知道，记工员叫宋七妹，大名宋柳琴，宝山中学一九六六届高中的，她还有一个妹妹，宋小妹，大名宋柳霞，罗店中学一九六八届高中毕业的。当年农村能读到高中的少而又少，整个新兴大队，宋家的小孩教育程度最高，当时就对宋家肃然起敬。一天又一天地出工、收工。终于到了评工分的那一天。我们满心期望能评个九分，结果三个人分别是七分四、七分一、六分八。我算最高，七分四，一群小孩乱叫，“吃粪水，七分四”。我狼狈不堪，心想一定要把工分提上去。以后就拼命干，什么都学，推独轮车，摇水泥船……第二个月的大寨式评工分时，评到九分一，虽算不上十分工，但也算强劳力了。

1968 年的长兴岛还没用电，晚上点煤油灯，秋收脱粒用的是双人脚踏的稻车，闲时，家家女的纺纱织布，男的海滩上放钩捕鱼。1969 年大队开始装电灯，开始实行农村电气化，脚踏稻车变成了电动稻车，一根铁丝加搭地的有线广播喇叭进了屋，电灯也有了，按灯头收费。我认识了大队电工王惠堂，他负责一家家在灯泡插口上贴封条，防换大支光的灯泡偷电。他们是 1960 年从上海市区迁移下来的上海人，其实是骑三轮车、拉黄包车、划舢板、拉老虎车的底层居民，被安置在解放圩，后又拆散开分到各个生产大队。很快我和惠堂成了好朋友，他管机口(排灌站)时，我把内间封起来做暗室，带他一起冲胶卷、印照片。每次从上海市区回来，带一些纸包装的显影粉、定影粉，和一些相纸。被农村认为神秘的拍小照，从拍照到印成照片的全过程，都展现在惠堂面前。不幸的是，惠堂在一次稻田水泵漏电的事故中触电身亡。

长兴是海岛，每年冬天要挑岸和开河，那是知青最辛苦又最开心的一段时间。挑岸和开河劳动量大，很辛苦，但又搭“环筒舍”，大家住在一起，有专人烧饭，逢下雨不能做的时候，大家挤在一起，有打牌的，也有讲故事的，这时大家好开心。我第一次挑岸就是小长凤圩，后又参加金带沙和圆沙大坝的挑泥，大坝连起来后，再南北挑岸，修坝筑海塘，一下子围出 7 000 亩地。天天挑泥，肩膀压得又红又肿又痛，忍不住摸，却在肩膀上长成一边一个肉馒头。贫下中农说，担子骨练出了，以后挑担就不痛了。真的，以后再累，肩膀倒并不觉得痛了。长兴岛是粮棉区，水田是双季稻加小麦，旱田是棉花加油菜，农民口粮是稻和麦，有时还有玉米。我们三个知青刚下来，以为不再像城里那样定量，可以放开肚皮敞开吃。干活很累，饭量也大，每次淘米总是三斤多，恨不得一个人一顿要吃一斤米，新轧的米像拌了猪油，咸菜下饭，两大碗呼呼地就吃光了。结果，半年分的口粮，三个月就没了，反映到大队，那时马士达是粮管员，给我们讲了一通计划用粮后，写条子让跟生产队借粮。仓库里只剩麦子，我们就借 200 斤，以后就天天吃麦粉，那一段苦日子足足熬了三个月。

勤艺沪剧团下放到我们生产队，杨飞飞、赵春芳、黄国顺，每天和我们一起劳动。杨飞飞是上海本地沪剧名家，沙腔哑调，无人能及，她抽烟很凶，讲话就更沙；赵春芳不太讲话，是编剧本的；跟知青最谈得来的是黄国顺，他是作曲、二胡、扬琴、手风琴，都很拿手，田间休息时，就讲些沪剧曲调，如“娃娃调”之类，以前一点也不懂的沪剧，总算也能哼一点了。粉碎“四人帮”后，在宝山工业局组织宣传队时，在化工厂又见到杨飞飞。以后剧团恢复，杨飞飞又重登舞台，这就是后话了。

我们每人有一分四的自留地，懒汉种法就是黄豆蚕豆轮流种。我也想织些土布，就种棉花、施肥、打药水、摘尖头、摘棉花，送镇上弹出皮棉来，再请人纺纱、织布，也攒下好几匹四夹一条子土布，还弹了两条棉花胎，带回上海，让周围邻居好生羡慕。

一天，长兴小学倪善才校长找我，说有一教师要生小孩，问我愿不愿当代课教师？那时能当上代课教师是美差，我哪有不愿意的，几天后，就到长兴小学去当代课教师了。

长兴小学离我们知青房100米不到，最大的好处是有唐家妈妈烧饭，我和喻平三顿饭都在小学里搭伙。农村小孩也很机灵，上课时会问很多为什么，很多不是课本知识能回答的。电灯为什么亮？马达为什么转？为什么人触电会死？人的影子怎么钻到照相机里的？这些问题我倒好讲，可是为什么猪英语叫“pig”之类，我只好说，人家外国人的语言，几千年就这么叫的，就像你为什么叫这个名字一样，你是爷娘起的，人家是老祖宗传的。然后大家哄笑一阵。聪明的学生，如陆桂兰、陶琴、金秀，至今仍记得他们当年的样子。长兴小学有好几位上海来的教师，仇志云、李松韵、丁慧蓉、陈英华，还有本地的施安达、吴龙兴、沈阿六、杨小章。很快，休产假的老师要回来了，长兴中学又叫我去代课。小学进到中学，教学内容变了，但对我这样的老高中生来说，各种课程基本没有太大困难。倒是要上音乐课有点头大，王焕青老师就说，不要怕，一上来先吊嗓练声，再教一首简单的歌就行了，要不就讲讲乐理知识，很快一堂课就会过去的。照章行事，还真灵，一个星期下来，上音乐课的反应还不错。以后主要是上语文，语文大组长金景成，丹阳人，对知青特别友好，备课和教案都帮我们看过，还讲明板书的写法，要形成条理，学生好听好记。荣占军又是我高中同学，沈志华、葛元妹、张月英、唐月华，都是年纪相仿，插队两年就上调师资培训分到长兴中学的。长兴中学师资除一部分老师范生，半数是知青。这所学校充满青春活力，各项活动都有声有色。李华其书记走后就是邵全元做书记，他更是知青的贴心人，不论正式教师还是代课教师，他都一视同仁。知青课上得好，就组织上公开大课，还不断和教卫组商量，再有师资培训名额，一定要先把代课的知青送出去。以后很多知青是从长兴中学代课后送出去的。邵全元、施安达、蔡德忠，他们几次帮我，均因出身成分（父亲右派）而刷下来。当我心灰意冷时，邵全元就说，你就一直代课吧，轮到转正，也是一样的。我在长兴岛上的几所学校转来转去地代课，语文、物理、英语、音乐，什么课都上。先后在长兴小学、长兴中学、长明中学、潘石中学，现在回想，长兴岛上我教过的学生还真不少哩。1973 年，我还做过一届高中毕业班的班主任，那时是五年制，初中三年，高中两年，潘石中学第一次办高中，我和黄欣路把这个班带到毕业。

1976 年，我是在潘石中学上调的。那天海星大队的书记李承祥驾船去吴淞，船在潘石港，我就搭船离开长兴，去宝山工业局报到。船出闸进入长江口，长兴岛越来越远，但那一刻的心情，五味杂陈，至今还常会回味。

（作者系宝隆宾馆工程部经理，第一上海投资工程经理）

一个泥水匠的遐想

胡志荣

长兴,因水而长,因水而兴。我站在长兴江南造船厂门前,凝视着这片蒸蒸日上的热土,一幅幅魂牵梦萦的画面油然而生。前半生农村插队,天天和泥土打交道;后半生搞水文,天天和长江水、黄浦江水打交道,我自嘲是一个不折不扣的“泥水匠”。

远方,曾经的长凤圩南岸有我的家,在那儿我摸爬滚打整整十年,我青春的热血曾与这块土地相融,梦想和企盼时时在这里彷徨。

一、和泥土打交道的十年

1969 年 2 月 23 日,农历正月初七,是我母亲的生日,也是我青春起航的第一天。背起行囊告别家乡,开始了人生独立生活的第一次远行。这也是我第一次享受组织分配,开始人生第一堂课——接受贫下中农再教育。

从那一天起,我在这块土地上与泥土结交整整十年。在与长兴岛父老乡亲共同劳动生活的岁月里,我深深地感到生活在这块土地上的农民是多么纯朴、善良、顽强、智慧和艰辛。

刚到长兴,映入眼帘的村宅到处是星星点点的稻草房,入夜,煤油灯似萤火虫在户户闪烁。随处可见用树枝、水缸、草帘支起的茅坑,高低不平的乡村路上推着独轮车的农民和吱吱作响的牛车在行走。家家基本上吃的是玉米粉和元麦粉糊的杂粮饭。“盐鸡汤”是家家必备的辅饭汤。电灯电话,楼上楼下,是大队书记为他们描绘的远景和愿望。但正是在这样艰苦的生活条件下,我看到他们依然保持着乐观和开朗的性格,年复一年、日复一日地辛勤耕耘着这片土地,一步一步地改善着自己的生活。在他们身上，我学到了自我生存的能力，适应和改造自然的能力。他们利用天然资源，因地制宜，制作生活用品和生产工具，用毛竹、芦芭、稻草为我们盖房，用树枝、芦芭稻草垫做床。在他们的特制工具中也体现了他们的智慧与创造。劳动创造美，是我切身的体会。

华锹，窄长的身段，微微弯弓的锹肩，蕴含着杠杆原理；

泥络，树枝与麻绳做的网络，简洁轻便不沾泥；

扁担，用榆树或桃树心材做成的两头翘的扁担。

这三件组合是长兴人民保卫家园、开创家园的最佳工具。而由此组成的大堤和劳动大军，整齐划一的大堤如城墙一样，挑着泥担一张一弛的节奏，行走在大堤上，展现出一道劳动创造世界美丽的风景线。

铁锴，也是集开沟、除草、垒堤、翻土、扒田等多种农活于一体的神器。从中我体会到"工欲善其事，必先利其器"的真谛。要用心做事，在我脑中留下深深印记。他们在看似简单的劳动中、生活中享受着创造家园带来的美。

原始的、纯朴的简单生活，智慧勤奋的艰苦劳动，那是长兴人最纯朴的美，给人启发，赐人留恋。在他们身上我看到基层干部身先士卒、吃苦在前、享乐在后的精神。火车跑得快，全靠车头带，是农村干部的必备条件。民主选举，自报公议，大寨式评工分，更是体现当时农村公开公平公正的民主议事方式和当家做主的精神。他们教我干农活，种蔬菜，送自家的蔬菜和鸡蛋给我，送捞来的鱼虾给我，帮我们做农具，修房子，设身处地想方设法安排我们做力所能及的农活，使我感到虽处异乡，仍有亲人在旁的温暖。一次脚受伤，大队干部背我回家，并叫来赤脚医生帮我治，使我很快恢复，让我深深铭记。

十年来，我结识了很多相濡以沫的知青朋友和农村青年，在艰苦岁月里建立起的友谊绵延至今。十年中，我第一次体会独立生活的艰辛；第一次遭受病痛折磨，与大难擦肩而过；第一次摇着水泥船去镇上买农药；第一次作为"土记者"采访农村新闻；第一次为 16 岁以下少年扫盲；第一次被选为生产队政治队长；第一次被选为宝山县人民代表……我生命中的无数个第一次在这里开始。

长兴，在我青春年华的年代，接纳了我，哺育了我；从这里，我从幼稚懵懂逐渐走向成熟。长兴，我的第二个故乡，我深深地怀念你。

1978 年，改革的春风吹遍大地，我收到了人生第二张通知书，一份转业证。十年了，一个可以改造好的知识青年，终于完成了再教育的课程，步入而立之年。农村十年，培养了我真诚务实的为人处世的性格，练就了吃苦耐劳的工作作风，充满青春活力的体格和经历为我打下应对人生风雨的坚实基础。

二、和江水打交道的日子

12 月 18 日，我的人生第二堂课开始了。从此与水相伴 30 年，对专业知识的渴求，使我重拾儿时的梦想，完成大学的学业，并圆满完成其间的各项任务和工作。

青草沙水源地是万里长江赠给长兴的一块宝地，是世界上最大的河口江心水库，也是长兴人民献给 2 000 万上海人民的厚礼。我有幸参加了前期的勘察、调研和监测。作为曾在长兴插队十年的老知青，我能为第二故乡的开发和发展，贡献一份绵薄之力，感到非常荣幸和光荣。

1989 年 7 月，时任市水利局局长的朱家玺、王总、赵总和市局围垦处、设计院、工程管理处、市水文总站及宝山县水利局一行人，踏上青草沙，正式开始实地勘察。

当时制订的方案是：先搞清水文详细情况，水位、流速、泥沙、底沙、颗分、水洁、含氯度，建立与时间相关的综合坐标函数资料。这一段工作，主要由市水文总站来执行。

我们在主港设三重线，由抛船定点施测，另设滩地点，在滩地汇流点，架印刷海流计监测。首次作业是 1989 年 8 月 2 日至 12 日，由总站贾瑞华带队，部分区县参与，7 月 31 日出发至 8 月 13 日结束，其间遇上 13 号台风，这样资料就更有代表性。所有资料收集齐，再投入到实验室工作，终于将计算复核的完整资料，提交水利院。

1990 年，市水利设计院在《青草沙促淤工程可行性研究报告》中提出，青草沙滩涂“促淤可行，圈水可行”。我们水利工作者实事求是的科学论证，为上海确立优质水源地的立项开发提供了可靠依据。我们水文工作者提供的第一手资料，为市政府下决心起了关键作用。在市政府的要求下，我们又开始了长达 15 年的全面的青草沙水文资料跟踪调查，并开始深入开展水下地形的测绘，为上海人民谋福利的重大工程的前期准备正式开始了。

2006 年后，市水文总站再次组织青草沙水源地的大规模调查，为青草沙水库的建设提供了坚实的保障。如今，水库建成，源源不断的优质水通过地下巨型管泵输向市区，黄浦江上游取水逐步减少直至停用。而我们仍坚守在水情监测的第一线。

如今，水文的“十三五”规划正在编制，长江口一网 47 站的规划正在筹划，长江口开发的前期站网建设及水文资料的收集正在有序地展开。长兴，这颗长江入海口上的明珠，将伴随长江口的大规模开发，创造更多辉煌。

长兴，海洋装备基地已逐步建成，强军强国之梦，有长兴的贡献。在新开港东面堤外，大型船坞上可见巨舰身影，我作为青春年华融入长兴的老知青，衷心祝愿长兴永远奋发向上，永远朝气蓬勃，永远淳朴善良，长兴永远是我心中的圣地。

（作者系长兴下乡知青，1978 年后，在上海水文总站工作，
退休前为水文总站高级工程师兼总会计师）

沙的眷恋

黄玉昌

岛上的人爱说“沙”。鸭窝沙、金带沙、潘石沙、圆圆沙、瑞丰沙……老辈的人耳熟能详。

沙小，不过一颗尘埃。尘土扬起，漫天黄沙，落归何处，都是道不清的偶然；沙也大，江河之洲即为“沙”。方圆几十里，月寒烟笼，就此成了故土。

沙，“禁锢”了母亲一生。

小时候，母亲说外婆家在很远很远，在北沙。一年到头，只在寒冷的冬天，母亲会带着我坐船、坐车、再坐船，一路向北。北到天涯，才到北沙。

记忆中，每年都去北沙。去了北沙，才知道，北沙不是北沙，是江苏海门，只是人们一直叫它北沙。外婆告诉我：“要不是没有米吃，你娘才不去鸭窝沙。”

记忆中，每一次，在鸭窝沙码头，母亲抱着我，提个包裹上船时，哥哥总是哭得天昏地暗。母亲赶他回去，母亲不让他去北沙。“那么远，怎么走？”“我去看娘，你去干啥？”“弟弟小，你大！”

记忆中，每一次，在青龙港，母亲牵住我的手，提着鼓鼓的包裹上船时，外婆总是泪眼汪汪：“过完节再回吧，啊……”“不了，家里还有三个，不放心……”小姨搀着外婆：“姐，多住两天吧！”母亲背着身子，只管走。外婆缠着小脚，拉着小姨，颤颤地跟在后头。船开出老远，母亲才会回头，定定出神，任凭风吹泪流。这一路回程，又是天黑走到天黑。

鸭窝沙种水稻，鸭窝沙有米吃。母亲随着一批姐妹，到鸭窝沙讨生活。沙尘扬起，只看见母亲在田间稻垄孤独而忙碌的背影，如同散落于四野的一颗尘埃，在苦苦地讨着他们这一辈的生活。早几年，一同前来的姐妹多少有些联络往来。时间久了，各自忙开，能顾上的只剩各自家里大大小小的嘴了。日出而作，日落而息。

母亲逐渐学会了在北沙从未做过的农活，母亲成了彻彻底底的鸭窝沙人。母亲说，做沙上人好，她喜欢沙的性格，随遇而安，不事张扬，不行抱怨，踏踏实实，落地生根。

到我略微懂事的时候，家里几乎很少看见母亲的身影了。

沙上人都在江边。汛期的时候（沙上人叫大汛），江潮凶猛，沙的四围堤坝坏得严重，甚至出现决口。汹涌的潮水从天边涌来，“涮”得沙上人家一片狼藉。小汛的时候，还得围圩造田。在江边滩涂上围出一块一块良田，把“沙”与“沙”之间连成一片。沙上人不分日夜，挑泥堵漏，挑泥筑坝。

沙上人家挨家挨户摊派劳力。因着父亲常年在外、哥哥姐姐也小，母亲一副泥络，一根扁担，加入到滚滚的人流中去。你能想见，堤上岸下，几千几万个身影来来回回，几千几万根扁担晃晃悠悠，几千几万声号子轰轰烈烈。滩涂上，一方方青黑色的沙泥，滴着江水，混着汗味，堆积起来，夯实起来，宽宽的、高高的，像城墙般连成蜿蜒曲折的百里大堤。从此，堤外是滔滔的江水，堤内是安详的家园。母亲和许多像她一样的、“沙”一般性格和命运的人，硬是用肩膀向老天“讨”成了一个生活！你可以轻视一颗沙土的卑微，但你又怎能忽略，无数颗卑微的生命聚集在一起时，所凝固成的那般无穷力量？这是沙的力量！

“沙”是天然形成的，“圩”是母亲这一辈人向老天“讨”来的。围成一片的“沙”和“圩”形成了一个卧蚕形的绿洲，那便是长兴岛。

长成和母亲一般高时，我和哥哥也挑上了担子，随母亲一起去吴淞卖橘子。以前一直叫的鸭窝沙码头，官方称呼就是马家港码头。候船室内人山人海，到处是出外卖橘子的乡里乡亲。

十年沙洲，田间乡里、宅前屋后，到处种上的橘树繁茂成荫，终于开花结果。“鸭窝沙”是早已忘记的名字，人们渐渐习惯称之为“橘岛”。当初，村里动员农户改种橘树。在人们犹豫的眼神中，母亲一口气多要了几块地。外婆捎信过来说，这沙地上橘树能成活吗？在橘苗不结果的头几年，家里怎么活？

母亲说，熬过头几年就会好。母亲学着别人的样，在橘苗边上的空地，种上西瓜、洋萝卜；母亲带着全家种蘑菇，种西红花；母亲多方打听，一人坐车去常熟摸索着进牛仔裤；母亲成了凤凰街上最早一批摆地摊卖服装的人……母亲的性格变得愈发刚强，说话做事也风风火火起来。

母亲用她顽强的性格和勤劳的双手，为那段艰难的日子打满了幸福的补丁。在这片沙地上滚过生活的人，很少戏沙，也不哭沙。煎熬的岁月里没有赋闲，有的只是印刻在骨子里的沙的情怀：顺势而为，迎难而上；富有韧劲，柔软细腻。待到橘树上硕果累累的时候，母亲的脸上终于也盈满了笑容。

几十年的风雨如沙画般铺开又抹去，我终于可以搀扶母亲的手，陪她静静地望穿斜阳。眼前，万亩的沙地，滋润了一切静静的美好。

如今，岛上产业结构已然发生巨变，一座现代化的海洋装备岛呈现在世人面前，岛域地容地貌也发生了翻天覆地的变化。北桥南隧，交通变得十分便捷。从岛上去海门只需一个半小时的车程。我问母亲什么时候去海门看看，她枯瘦的指尖掠过银丝发际，笑容同天边的夕阳一样温和。长兴岛成为沙洲不过百年，老辈人多数来自崇明，来自启东，来自海门……风沙掩不尽他们的乡愁，但是，他们都把自己定格在了这一片生命的绿洲。

只是，再和小辈们谈起厚朴镇，谈起长凤圩，很多都是茫然的表情。新港樊老先生说，记得也罢，淡忘也好，但是，世世代代长兴人骨子里印刻的“沙”的性格，是永远不会改变的。

但愿如此。应该如此。

（2018 年 7 月 2 日）

长兴岛之水遐思

吴德兴

一方水土养一方人。长兴岛的水土,不仅养育着 4 万余本地户籍的民众,还吸纳了超过 6 万的外来人员生活、工作在这片沃土。

长兴岛是有水才有土。奔腾不息的万里长江,携带大量泥沙东流,遇东海而滞缓,潮涨潮落间,泥沙沉淀淤积,沧海桑田,在长江口形成多个沙洲,其中由鸭窝沙、潘家沙、石头沙、瑞丰沙、金带沙、圆圆沙等 6 个沙洲岛屿连缀而成的长兴岛,围滩涂造地约在百年间,现有陆域面积 160.1 平方公里。2000 年全国岛屿普查时,以面积 87.86 平方公里,排名第 13 位。如今若加上青草沙水库总面积 72 平方公里(水面 67 平方公里),排名超过第 8 位金门岛(134.25 平方公里)、第 6 位香港大屿山(147.16 平方公里),当在全国岛屿前六之列。

组成长兴岛的最大沙洲是鸭窝沙。据说此沙洲成陆时,滩涂芦苇密集,水草丰茂,阡陌纵横,鱼虾繁多,远来的野鸭寻食便利,于是集聚生息,春夏之交,野鸭下蛋在窝,孵化延续后代。芦苇荡里到处有鸭窝,于是此沙洲以此闻名。

解放前夕,鸭窝沙等南沿的滩涂延伸至长江航道,致使航道狭窄浅险,数千吨的船舶还得候潮进出上海港。中华人民共和国成立后,随着航道疏浚变宽变深,滩涂南塌北涨,岸线北移,在南堤加固后,北边滩涂日长夜大。原德茂小学所在的建国圩是中华人民共和国成立初期围垦的,处于此沙洲的北沿,到 20 世纪 60 年代,已在岛的中线,如今离岛的北沿(水库南岸)超过 3 公里。

公社化之前,长兴岛居民不足两万人,大片的滩涂无劳力去围垦。1958 年冬,上海为扩建副食品生产基地,由市机关事务管理局在岛的中部,虹口区在岛的东部,华东电业管理局在岛的沿海东南部,市物资局、市外贸局在岛的西部(后与公社围地调换到东部),市商业一局、商业二局在岛的中部围垦滩涂,创建农牧场。1963

年，归属市农垦局后，虹口区畜牧场、华东电业管理局农场和物资局长兴岛农场、外贸局长兴岛农场、商业一局长兴岛农场合并为上海虹口区畜牧场。1964年，虹口区畜牧场和商业二局农场(又名三高农场)合并为三高农场。1966年，三高农场和市机关事务管理局农场(又名金带沙农场)合并为现在的前卫农场，面积达13.1平方公里，合19 655.91亩，其中耕地面积1.1万亩。

我读小学时，石头沙、瑞丰沙、圆圆沙尚未与鸭窝沙连缀，我去在圆圆沙的舅舅家时，还得乘木帆船摆渡。到我初中毕业时(1966年)起，长兴人担土筑坝，经几年的奋战，几个沙洲陆续凝聚在一起，形成了带状的长兴岛。之后“农业学大寨”，不断围垦滩涂，陆域面积三五年增千亩，至2000年，形成东西长32公里，南北最宽处6.1公里，可耕地面积达37 868亩(不含前卫农场)。长江之水源远流长，长兴岛滩涂持续扩展。仅2010年前后，就完成北沿6 600亩的滩涂促淤圈围，较多地弥补了岛上建设开发、居住用地的消耗。

长兴岛东面临海，三面环江，地势平坦，属亚热带海洋性气候。由于四周水体的调温作用，夏季湿润凉爽，冬季温和，有着优越的地理条件和独特气候环境。1967年，前卫农场创种柑橘，依靠科学技术，大胆试验实践，柑橘种植面积迅速扩大，产量逐年提高。1990年发展到6 330亩，并向当地农村推广，长兴镇柑橘种植面积2009年达到33 375亩，总产超过4万吨。

长兴岛四面环水，地势较低，20世纪60年代中期前主要靠自流水灌溉粮田、人畜饮用。潮来河涨，通过堤岸下的水斗，引水入渠。水斗平置，进出水口各有一扇木阀门，引水时将堤外的阀门提起，若让灌满水的渠道存些时日，在退潮之际将堤内侧的木阀门放下即可。若遇到大雨，农田需放水，在退潮时将阀门勾起就自行排洼。到处流水潺潺，零散的农家炊烟袅袅，呈现鱼米水乡的特色。沧浪之水浊兮，可以濯我足;沧浪之水清兮，可以濯我缨。少年时，夏季随父亲去北滩割草，草桐串成排，或坐或趴在草排上，顺潮水而行。60年代后期起为防汛需求，整修自流水河道为运河，建闸管水，抽水到渠道，然后送水灌溉和储存各家宅沟。

岛屿海拔低，水资源充沛，不愁干旱，可充分享受水之利。然而，一旦没管住，水利则会变成水害。真所谓：水能载舟，亦能覆舟。我生亦晚，没经历过上海刚解放后的1949年的7月24、25日水淹(父辈常说起这农历六月廿九的大潮没)。但我清楚地记得的1962年7月31日特大风、雨、潮，几个小沙岛的海塘均被汹涌的潮水冲开缺口，然后由北向南逐圩突破。那时，我家所在的建国圩已是岛的中线位置，也被水淹。好在我家地势高，屋后有杨树、楝树、桃树众多，五间屋受风面虽大，由于屋顶用粗绳拴在大树和地桩上，房屋安然无恙，屋内也未进水。但圩中的德茂小学，水淹至屋檐。

在校值班的龚仲华老师，爬在镂空的人字梁上，用皮带把身子固定在梁上，等到第二天八九点钟潮水退了些，才爬下来，等见到稻梢少许露出水面，才找了根竹扫把杆探路，顺着3尺宽的田埂，冒雨深一脚浅一脚，五六百米走了不止半小时，到我家时已成落汤鸡。龚老师是58岁的城里人，从未经历过这样的情景，好在我祖父比他大4岁，没和我父亲同去参加防汛救援，就关照他换衣鞋、吃住。那时，我已参加了初中入学考试，就陪伴教过我五年级语文的龚老师，观望房前屋后水淹状况——只见堤岸冲得龇牙咧嘴，漂来的死猪死羊、猪舍鸡棚等横七竖八地搁在岸边，一些失散的鸭子在稻梢上游动。过了三四天，风小了，雨停了，潮水也退了许多，露出了田埂，龚老师回学校看了看，一见只塌了几堵墙，刮坏了些门窗，集中存放桌椅的教室无大碍，就拿了些个人衣物，又回到我家。又过两三天，才乘船去吴淞。

1998年夏季长江发生大水灾，沿江百万军民抢险，损失巨大。这时，长兴岛已有坚固的海塘，坚如磐石，无一决口。

水，有时给人带来灾难，但不能否认，水对我们人类的好处。水是宝贵的资源，更是生命之源。水是构成细胞的主要成分，动植物所需的营养物质、含氮物质得溶解在水中才能运送到相应部位。有科学实验表明，人离开了食物可以活7天以上，一旦离了水，恐怕3天都活不过。况且，如同水域占据地球表面积70%一样，我们体重的70%也是由水分组成。如此看来，人可真的离不开水呢。

然而，地球尽管水量充沛，但97.5%是咸水，仅2.5%为淡水，其中又有70%冻结在南极北极的冰层中，江河、湖泊、水库及浅层地下水等易于开采供人类直接使用的不足淡水总量的1%。全球淡水资源不仅短缺，地区分布也极不平衡，而且人类对水量的需求与日俱增。我国淡水资源总量为28 000亿立方米，占全球水资源的6%，名列世界第4位，但人均只有2 300立方米，仅为世界平均水平的四分之一，世界排名第110位。中国又是世界上用水量最多的国家，2002年全国淡水取用量达到5 497亿立方米，约占世界年取用量的13%。据统计，我国目前缺水总量估计为400亿立方米，每年受旱面积200万至260万平方公里，影响粮食产量150亿至200亿公斤，影响工业产值2 000多亿元，全国还有7 000万人饮水困难。北方资源性缺水，南方水质性缺水！中西部工程性缺水！中国是一个中度缺水的国家，已从长江中游千里迢迢南水北调，入京解危。上海曾被列为全国36个水质型缺水城市之一，还是联合国预测到21世纪饮用水缺乏的世界六大城市之一。

好在上海近江先得水。长兴岛西侧青草沙所处的长江水量充沛，年均径流总量为4 896亿立方米，占上海过境水资源总量的9 896亿立方米的49.5%。此水源地位于长江口江心部位，不受陆域排污的干扰，水体水质属于一类至二类。水量丰富、水质优良，使青草沙成为上海难得的优良水源地和城市供水的战略储备。进入新世纪，上海多次出现“水危机”，水质恶化和供水不足，开拓黄浦江外的水源地摆上了议事日程。2005 年 12 月，市水务局组织国内 9 个相关学科的 26 名资深专家对青草沙水源地进行了评估考证，2006 年 1 月 20 日，“扩大长江水资源开发，利用青草沙水源地”，被正式列入上海市“十一五”规划。2007 年 6 月水源地工程正式启动，建设者科学施工，以长兴岛北沿堤岸为基点，向长江北航道中部合围。2009 年 1 月 2 日，48 公里长的环库大堤合龙，其中 22 公里是江中崛起的长龙，钢筋坚壁，抵得住惊涛骇浪撞击，抗得住狂风暴雨冲刷。配套的取输水泵闸、长江原水输水隧道、陆域输水管线及增压泵站等工程，相继落成。2010 年 2 月 4 日原水过江管输水隧道全线贯通，是年上海 570 多万市民率先喝上来自青草沙水库优质长江水。2011 年 6 月 8 日青草沙水库正式竣工，沪上 1 100 万居民受益，至 2015 年，将惠及 1 500 万居民，改变了以往上海 80％以上自来水水源取自黄浦江的格局，一举扭转了上海水源短缺的被动局面，令世人瞩目。170 亿元的大手笔，画出了上海可持续发展的美好远景，显示了上海的眼光、上海的智慧、上海的胆魄、上海的竞争实力。

站在申崇长江隧桥桥面西侧眺望，全国最大的河口水库——青草沙水库，犹如一头巨大的海豚，安静地俯卧在长兴岛北侧的江水中。啊！太壮观了，水面 67 平方公里，好似 10 个杭州西湖，库容 5.24 亿立方米，足够大半个上海饮用。有道是画龙点睛。那青草沙，本是长江河口的一个冲积沙洲，水库建设者保留它，想来还有深意，然正是在烟波浩渺中留一丛青绿色，恰如海豚亮着的眼睛，水库顿生灵气。

在水库建设前，长兴岛西北方，有时隐时现的中央沙、若即若离的青草沙。青草沙成岛形于 20 世纪 60 年代，曾有北小沙、固定沙之名，1986 年始称青草沙。此时，青草沙中间原有东西向时宽时窄的小泓穿越而过，犹如挺立在波光粼粼之中两株并蒂莲，青草南沙面积为 1.871 平方公里，青草北沙为 1.983 平方公里。弹指一挥间，10 年光景，融为一体，仿佛腰间解开金丝带的玉翠搁在杏黄绸缎上，绚丽珍奇般跃然中流。

青草沙，是一片芳草地。青草沙的滩面较高，其东南端伸出高滩沙嘴，与长兴岛西部的石头沙高滩沙嘴遥相对峙，距离不过 800 米。那时，青草沙上，无固定居民，无青砖蓝瓦房，无白墙红顶楼，也无简棚陋屋，唯一的小小建筑物，是 1994 年所建的氯化物(程度)自动观测点。夏秋时节，三三两两的人员从长兴岛或徒涉或划小木舟上沙洲捉蛸蜞，摸草虾，拔茭白，割芦苇。风平浪静时，三五叶无帆的小舟，在两岛间游弋，拖网捕鱼捞虾。芳草碧波荡漾，长江浪涛滚滚，渔人船头悠闲，海鸥不时穿越，相映生辉，一幅天然水墨画。若非冬季，坐在石头沙江堤北岸，眺望青草沙，映入眼帘的总是青青草色，稀稀落落的野生绿树。那平坦环水的沙洲，似乎春天来得格外早，当一声春雷过，春风吹又生的茅草，便迫不及待地从松软的沃土里伸出尖尖的小嘴，吞咽着滋润的雨露，随即纤弱稚嫩的苗叶迎风招展。似有遥看草色近却无的意境。盛夏，充沛的水分，鲜艳的阳光，青草更是生机盎然，草叶如韭菜般肥嫩碧绿。没有树高，没有花香，将本色装点自然。没有人为割伐，没有牛羊侵扰，青草悠闲，仰望蓝天白云，享受阳光风雨抚摸，与滩涂上的芦苇、野茭苗、灌草、蒲草同呼吸，与白鹭蝴蝶共舞蹈，快乐地滋生蔓延。“青青河畔草，悠悠天不老。”郁郁葱葱的青草，裹携着如梦似幻的芬芳，让人如痴似醉流连，灵动的碧波温柔地漫过你疲倦的心田。青青芳草地，绿色梦天涯。虽说天涯何处无芳草，但青草沙的芳草会让人流连忘返。如今，青草沙已成为浩渺水泊中的一片绿洲。上海世博会期间，我陪远道而来的亲戚特地近距离观赏青草沙。尽管已按预定目标蓄水成库，碧波荡漾中，岛更精致了，距离也远了些，但仍清晰地呈现在我们的眼前。只是为了保护水源，不允许无关人员登临小岛了。即使如此，在秋高气爽的午后就近观赏，蓝天、白云，碧水、青草，绿树、斜阳，白鹭低飞，也别有趣味。

长兴岛为保护水源，建设了现代化的污水、垃圾处理系统，改造农居厕所，河道流向长江南支，无一通水库。岛南片为工业区域，沿东西向主通道建绿化带，北片 20 平方公里农业区域多栽橘树，保证空气清新。

水源地的安全保障可谓戒备森严。聘请专业保安公司值守，外来人员和车辆进出水库受到严格控制。进办公地有两道岗亭，核准进入者须登记信息、留下证件，还需佩戴水库的通行证。若要去进水前池，还需再通过一道岗亭，再次进行详细登记。在闸井，多见锁起的铁门，外人不得入内，并有渔政、海事、边防部门联手定期巡逻库区。在水源地控制中心，配置自动监测水质的仪器，通过电脑控制平台，水质实时信息一目了然。通过平台上“视频控制”，前池里各个重点区域的工作情况清晰可见。用于生产监控的探头达到 20 个，整个水源地工程探头则多达 105 个，全天监控。水库上部取水，下部可放水，两边都有闸门，一旦在水域当中发生一些突发性事故，比如说油污染、化学污染，或者是边滩污染的扩散，会在第一时间关闭水库的闸门，有效切断外面污染水体对水源地水质的侵袭。平时水库的运营水位在 3 米左右，如果把水库闸门关闭，这 3 米水位的库容能用 30 天。当蓄水 3.87 亿立方米时，50 天不取水仍可日供水 719 万立方米。青草沙水域处于低盐度区，咸潮威胁不大，年不宜取水日一般不超过 15 天，最多 38 天。咸潮入侵期间水位提升到 6 至 7 米，按最大有效库容 5.53 亿立方米蓄水，68 天不取水可日供 950 立方米。

长兴岛水源充沛，水质优良，水产相当丰富，年均淡水鱼养殖和远洋捕捉的各类水产超过 4 000 吨。鱼类品种达 100 多种，凤尾鱼、鲴鱼、刀鱼、鲈鱼、海蟹等名特水产，四季均能品尝。2010 年 1 月 21 日，上海首个国家一级渔港——横沙渔港开工，辟为集渔人文化、渔品交易、餐饮娱乐、滨江景观于一体的特色小镇。届时，人们临渔港看渔船穿梭进出，品刚上岸的时令海鲜，听渔歌唱晚，赏别致的渔风水岸。

有水，才有深水岸线。长兴岛南岸有深水岸线近 20 公里，水深 12 至 16 米，最深处达 22 米，宽度为 1 000 米左右。水情稳定，无泥沙淤积，适合建造码头、港口机械、造船、修船、物流中转基地。可停靠 30 万吨级轮船，而且进出方便，为长兴发展海洋装备产业奠定了坚实的基础。

出生在水乡，我喜欢水。水的精神，水的性格，水的力量，水的胸怀与博大，水的清澈与宁静，水的灵气与淡然，水的美丽与多情，水的执着与坚韧，都让我喜欢。水，滋润着尘世，养育着人类，美化着大千世界。观望浩渺涌动的水库，总是令我遐想联翩。我想到人生，人生如水，如水人生，我们该像水一样面对人生，面对生活。

人生如水，就要有水的胸怀与博大，有海纳百川的气魄。人的一生不可能一帆风顺，“不如意事常八九”，当我们像水一样用博大的胸怀去面对困难，面对坎坷，我们的眼前就是一片蓝天，海阔天空。无论自然界的灾害，还是事业上的挫折，无论工作中的“挠头事”，还是家庭里的“难唱曲”，当淡泊从容，沉着应对。胜不骄、败不馁，宠辱不惊，贫富不移，处顺境而不张狂，陷困境而不沮丧，遇险境而不惊慌，遭逆境而不失望。若此，则“不管风吹浪打，胜似闲庭信步”，“任凭风浪起，稳坐钓鱼船”。

人生如水，我想到了“滴水穿石”。一滴水的力量很渺小，可是借助岁月的砥砺而穿石成孔，这就是恒久的力量，坚持的力量。我们人生，有时候就是缺少了一些这样的力量。坚定者是水，“抽刀断水水更流”；坚韧者是水，长江之水曲折来，奔流到海不复回。人生如若有滴水穿石的精神，就是要怀有一种对人生的信念，有一份属于自己的信仰，相信只要坚守这份信念，像水一样经得起恒久的等待和磨砺，耐得住寂寞，默默地无怨无悔付出，我们的未来就会是一片光明。

如水人生，我又想到水能适应环境的品格。水的适应性令人赞叹，可以说尘世间无以堪比。水，无论面对什么样奇形怪状的容器，都会轻松地进去，坦然地存在，不在乎自己成为什么形状。水的适应性不仅改变着自己，也改变着这个世界。水可以执着地经历千回百转，奔涌流淌在江河之中；可以凭借一阵风的力量，翻卷浪花；水还可以承载帆船驶向既定的彼岸，还有那无垠的大海，那是世间水的汇聚之地，大海中的水的力量更是无与伦比，可以随着月圆月缺随波逐浪，惊涛拍岸，由此感受到水的气吞山河、包容环球的力量。我们有时候不能选择的东西太多,出生城市还是乡村我们不能选择;富有还是贫穷不能选择;容貌不能选择……好多客观的东西决定和左右着人生的命运,我们何不像水一样,包容世界,面对现实,顺应周围的环境来选择和经营我们的人生,懂得适者生存的道理,不要感叹命运的不公,不要叹息生不逢时,更不要怨天尤人,快乐面对现实,才能成就快乐的人生。

如水人生,我还会想到水的宁静与淡然,含蓄与深沉。我们不免想到:"宁静如水""心如止水",水的静的境界也是令人赞叹和眷顾的。一湾碧水,深沉含蓄,清澈见底,静得没有半点响声,走在这静静的水边,我们会感觉到尘世的一切喧闹都复归平静。其实人生不也是如此吗?生活中,我们忙忙碌碌,坎坎坷坷,饱尝人生的磨难与痛苦;人生的起起落落中,我们有时会觉得心神疲惫,我们何不也像水一样找寻一隅清静之地,给心灵找回一种宁静,回归自我。只有如此,我们才能在宁静之中思索人生,感悟生活,走向成熟。唐代诗人刘禹锡感叹"长恨人心不如水,等闲平地起波澜"。人心虽不如水,但不等于不可以达致。水从高处来,只向低处流,乃至归入大海,贵在平静低调。人生如是,遇事当有平常心:知足者常乐,在名利问题上,没有奢望,就没有失望,更不会绝望;能忍者常安,除非大是大非,少争我高你低,忍耐、忍让一下也就海阔天空。平和心态静如水,如果名利会成为人生羁绊,何必要把名利看得太重?如果金钱有时代表的并不是幸福,何必非要有万贯家财?如果地位提高也并非给人带来快乐,何必要苦苦追寻?一份淡淡的快乐,一种平静的生活,一份快乐的心情,一份洒脱,一份淡然,都是一种人生的选择,这与地位无关,与金钱物质无关。所以,有的时候像水一样,顺流而下,走向低处,未必不是一种快乐,也许在低处才真正拥有高处所看不见的风景,也只有在这片天空才能充分展示自我,实现自我。当然,顺流而下并不等于放弃人生的追求,只是要求人充分面对现实,懂得自己需要什么,多一些现实,少一些虚无,顺应环境。例如,我们需要一份工作,尤其是刚刚毕业的学生,这第一份工作就应该从最简单最基本的工作做起,这才是最好的起点,只有如此,人生才能走向真正的事业的高点,人生幸福的高点。所以说,顺流而下,其实就是一种顺应环境、顺应人生的洒脱心态,一样也是一种积极向上的人生态度。如水般柔韧、水般洒脱。

青青河畔草,绵绵思远道。长兴岛正在发展具有鲜明特色的景观旅游,若你有机会岛上一游,在走马观花江南造船、振华港机、渔港小镇、万亩橘园之余,不妨去欣赏"海豚"形水库,立堤眺望那波光粼粼中迷人的绿珠——青草沙,也许会更加心旷神怡,境界高远。

海盗落脚三圩港

黄元章

在童年时代，我经常听到三圩港、厚朴镇的小新闻。因为三圩港年代早于马家港不少于 20 年。在先进村的东南角、丰产村的西南角那只“老圩”是鸭窝沙开天辟地佃农挑成的第一只圩，然后在老圩西边是二圩，在东边是三圩，在二圩北边又围四圩，在西边先后又围成五圩、七圩，这才与二圩四圩中间形成马家港。

三圩港最早应该在三圩和六圩中间属东西向的横河。这横河两岸后来形成厚朴镇一条小街道。在三圩东边的永字圩围垦应该比三圩晚 3 至 15 年。因为用数字围八只圩后，接下去围“长兴增福寿、永固庆康庄……”按照这个顺序围到永字圩已排到第 14 号位置。假设每三年围一只圩，如果是这样的话，三圩是在 1850 年左右，永字圩在 1886 年前后围垦起来。如果两年围一只圩，那永字圩在 1872 年围起来，这样的话晚三圩 22 年。这说明鸭窝沙向东涨得慢，向西涨出去快。有永字圩后才有南北向的三圩港。

三圩港形成后，来往于鸭窝沙的船只，有了一个停靠点；还有长江中游一批捕鱼船，我们崇沙帮人叫“网船”，也有了一个落脚点，而台风来时，则成了避风港。那时三圩港河东永字圩、后庄字圩、庆字圩也相继围垦。至此，小市场就兴隆起来：那后勤副食品，船上人吃的“伙仓”必然要到市场上去买，农民种的蔬菜自吃有余的则会出售。到了 20 世纪初几十年中由于向北不停地涨出去、范围不断地扩大、来自各地的佃农挑泥筑岸人也不断地增加，这座镇的市面也不断地兴隆起来。笔者在年轻时曾经问丰产大队老干部沈隆生，鸭窝沙第一个镇为什么叫厚朴镇？他告诉我，那时候鸭窝沙不断地扩大，镇上的闲杂人员、不务正业，包括好吃懒做、不劳而获、旱吃卜赌的人同样在增加。“厚朴镇”由此而得名，特别还有来自各地的沙船，白天在镇上打牌白相，也有坐茶馆店里喝喝茶水一到夜里那些靠海上抢劫的船只，也有些民船运输生意清淡,走上抢劫之路。

在那个年代,我经常听到大人之间谈论海里强盗不但抢财物,更毒辣到把手无寸铁的船民扔进海里,也有连小孩妇女都不放过。在长兴的海盗大多拥有他们自己船,把三圩港作为落脚点,守牢东南方长江口进来的宁波船。浙江、福建的船都是尖头船,他们来上海有的是进货、有的是送货,遭到他们抢劫。还有一个港口瑞丰沙东小泓(洪),那里的强盗守住吴淞口,那些宁波船从上海批了货回浙江去也遭到抢劫。

那些海盗有真枪实弹,因为厚朴镇有商店出售枪支弹药,但也有用木块或树断头做成假手枪,用红绸布一包,用来吓唬人家,那被抢的人吃不准是真是假。那些海盗出海抢劫一般都在夜里。我记得先丰村有顾姓父子俩有一条船,本来做做运输生意,后来也动起歪脑筋去做海盗。中华人民共和国成立后,他俩得到风声要捉他俩,白天不敢回家,利用后半夜到家补充伙仓(食物),后来风声越来越紧连夜里也不敢回家,一连几天船不敢靠岸,最后还是被公安人员捉住,难逃法网。1949 年后,共产党为穷苦群众、为海上被抢劫的受害者伸张正义,一共镇压了 63 名反革命和土匪流氓狗强盗。这 63 人,不全都是长兴人,也有外县人。长兴籍的死刑犯放在外县执行的也有。因为那时崇明县(属南通专区)都归苏北行署领导。

那时宣判死刑犯大都安排在凤凰中心小学操场上举行,执行枪毙在野草丛生的河边上(后来建造长兴粮管所朝东屋地基南边)。我记得在宣判时(每次执行有四个、六个最多八个),其中有一死刑犯是海门人,边哭边说:“请原谅我呀!我还有 90 岁老娘在家啦……”我听了后想,把人家扔在海里时怎么不想想他们的老娘呢?

中华人民共和国成立初,大张旗鼓地镇压了一批地痞流氓狗强盗后,地方上的社会秩序、社会治安得到大改变。在这之前的千百年中,各家各户每晚临睡之前门闩、门扉横检查竖检查以防疏忽,防贼骨头钻进来。从那“镇反”运动以后,你的东西随便放,夜里门不用关、门不用闩,太平无事到天亮。

海盗争斗记

虞培康

光阴如箭，日月如梭，转眼之间，我即将步入八旬行列了。上了年纪的人，近期的事，忘得一干二净，但童年的记忆，却牢牢地印在脑海里。小时候，看到的、听到的、做过的事，经常会在眼前浮现，像看电视剧中的一个个精彩惊险有趣的镜头，触动了我的灵感，使我忆起童年时有一年夏天晚上乘风凉，我们几个小朋友，相约到我的寄爷樊杏清家去玩。平时寄爷有空总会给我们讲一些妖魔鬼怪、英雄好汉的传奇故事，当寄爷忙完家务，坐下来休息时，我们用渴望的眼神让他再讲一个故事，寄爷清清嗓门爽快地微笑着答应了。

海滩巧遇

寄爷说这是他亲自参与共同救人的一个真实故事。在1942年农历十一月，在金带沙东部，一个潮来一片白茫茫，退潮一片关草荡，老百姓都叫它脱乱子沙的荒岛上，对面与横沙岛一江之隔，相约三个好友，金带沙的徐其郎、董和尚、施和尚，一起在这荒岛上挑了一个土墩子，上面盖了一大间用芦苇稻草搭建的能挡风遮雨的环筒舍。利用冬闲时间，在小潮汛时用三奶(一种毒药的俗称)包在锡纸内捆绑在关草的嫩芽上，药杀野鸭(大雁)。那年冬天，天气特别冷，天寒地冻，滴水成冰。我们四个人住在环筒舍内，早晨东方放亮，四个人分两组，向两个方向绕海滩寻找被药杀的野鸭。大约走了十分钟，大家同时发现了在海滩边，有一个长长的东西，静静地躺在那里一动不动，哈哈……我们今天运气好，不知汆来什么好东西，发洋财了，加快步伐走近一看，“哎呀，哎呀”惊叫起来，原来是一个冻僵的人，已经奄奄一息，生命垂危。我们大声呼叫，一点回音没有。“怎么办？怎么办？”当时手足无措，死马当活马医，大家不约而同地喊："快快快，时间就是生命，救人要紧！"马上以最快的动作把他背到环筒舍内，七手八脚地脱光了他身上冻硬的湿衣服，把他裹在棉被里。有人生火取暖，有人淘米煮饭，经过一阵紧张的抢救，被救者慢慢苏醒过来。这时，我们赶紧喂他喝粥，以增加他体内的热量。我把他两只脚，放在我胸口取暖。当他体温逐步上升后，我感觉到胸口黏糊糊的，掀开被角一看，惊得我目瞪口呆，他的双脚底部没有一块完整的皮肤，血肉模糊，全是伤口。时间一分一秒地在煎熬中过去，被抢救者能断断续续开口说话了，我们四个人吊在喉咙口的四颗心，终于放下了，这时我们才有心情去辨别被救者是何许人也。不看不要紧，一看吓一跳，此人是我们认识的海匪头子范巧林。

我们小心翼翼地照顾了他三天，三天中我们从他口中了解了事情的经过。讲到这里，寄爷突然问我们："你们知道，范巧林是什么样的人吗？"我们睁大眼睛，异口同声地说道："不知道。"这时我站起身，拿了一只小碗，给寄爷倒了一碗凉开水，端给他喝，并拿了芭蕉给他扇风降温，寄爷清清嗓门又继续讲下去了。

赴宴遇险

范巧林，在横沙岛（现在的民生村）新民镇北面，他经常到厚朴镇岳父沈云庆家来玩，也算是半个厚朴镇人。他人高马大，性格直爽，为人仗义，从小肯吃苦，练就一身功夫。在他们那个年代，政府腐败，民不聊生，迫于生计，所以他结拜了一帮子穷兄弟，劫富自救。他们的公开身份是海盗，老百姓把海盗土匪统称强盗，区别是一个在海上抢劫，一个在陆地抢劫。他是这帮兄弟之首，在浦东还有总老大张阿六（后被国民党收买封为少将旅长，中华人民共和国成立后逃往台湾）。他们的势力范围，有浦东白龙港，启东青龙港，阿窝沙厚朴镇，横沙本岛。他们有船队分布在这几个地方，船队桅杆顶上飘扬着黑色范字三角黄龙旗，威风八方，他的主力船队在启东青龙港。他这次落难，不是被日本鬼子和政府追杀，而是结拜兄弟反目成仇引起的内讧。起因有三：（一）死争面子。范巧林在他的管辖范围内硬性规定，兔子不吃窝边草，不准部下胡作非为欺压当地百姓，可是他们阳奉阴违，我行我素。例如有年夏天，他最小的兄弟宋云其，人称宋癞子，他和另外八个兄弟合伙围海造田时，强迫老百姓在 39 摄氏度高温下，为他们挑泥筑岸。百姓敢怒不敢言。这事被范巧林知道后，大发雷霆，当众臭骂了他们一顿，并且对宋讲让乡亲们回家休息，我们两个人一起挑泥，使宋云其不但脸面扫地，还使这只圩没有及时围垦好，遭受了很大损失。为此他们怀恨在心，一定要挣回面子。(二)断了财路。没有永久的朋友,只有永远的利益。范巧林经常为一些不明身份的人,往苏北运送各种物资,还为一些商船保驾护航,不收保护费。宋云其怀疑他私下里和共产党有往来、做生意,独吞了钱财,挡了他的财路。(三)取而代之。久而久之,他们兄弟之间的分歧越来越大,面和心不和。因为他们的所谓兄弟是没有真正感情基础的,而是出于个人目的,相互利用,当自己的利益受到损害或侵犯时,为了扫清拦路虎他们暗下杀机,除去范巧林后,自己取而代之。于是宋云其请了八个兄弟一起密谋,在宋家设下鸿门宴,邀请范巧林吃酒谈心。范巧林只身一人去宋云其家赴宴。在酒席间,他从兄弟们的举止上发现他们有点怪异,谈话中有些阴阳怪气,从脸部表情发现了他们皮笑肉不笑的嘴脸。在和一个兄弟举杯饮酒时,发现对方的手不停地发抖,表情和平时特别不一样。范巧林虽然是没有文化的大老粗,但他粗中有细,细中有精,多年行走江湖的经验告诉他,今晚要有大事发生。看穿了他们的险恶用心后,他在心里盘算着如何尽快摆脱眼前的危险处境。当务之急,必须当机立断,想出脱身之计,于是,他站起来拱手说:“我去方便一下,兄弟们自便。”他不慌不忙直奔茅厕,斜视身后,有宋云其的两个手下,手提盒子炮(手枪)也跟了出来,在不远处放哨监视着他。他从口袋中抽出一支香烟点上火,抽了一根芦头,把香烟夹在芦头上如坐在茅坑上的样子,再把军大衣脱下挂在茅坑门口的篱笆上,从外表上看,好像还在里面方便。一切就绪,他悄悄地从坏篱笆中钻出去了,拔腿飞快地朝北奔跑。当他飞奔到新民镇,刚过桥,发现有一辆车头朝北的自行车停放在路边一户人家的屋檐下。世上没有不透风的墙,这辆自行车是范巧林兄弟中某一人在暗中帮助他逃跑时用的。他不管三七二十一骑上车朝北飞快就向前踏,这时身后喊声伴随着枪声,他平时的那帮兄弟,紧紧追杀过来了。他灵机一动,下车用尽全身力气把新民镇一座双木桥拔掉丢到河里,来挡追兵,减缓他们的追杀速度。尽管如此,子弹还是在身边耳边唰唰唰乱飞。为了防止被身后子弹打中,他骑车时成S形左右躲闪,一路逃跑过家门口也不敢进门停留,直奔横沙岛西北角。上了海岸,这时追兵越来越近,枪声越来越密,前面是一片芦苇荡,芦苇割光,荡上布满了尖尖的朝天芦桩,芦荡外与金带沙之间隔了一条足有两公里宽的江。他急中生智直奔一间田头舍(横沙农民种田在离家远的地块搭建的能放农具肥料,能在里面休息的棚舍),拆了一扇门扛在背上,拼命在尖尖的芦桩头上奔跑,连鞋子脱落也不知道,只知道脚底钻心地疼。走到海水边放下背上的门板。这时,身后的枪声喊杀声虽然离他很远,但海岸上一道道手电筒光柱还在闪来晃去寻找他。回去肯定死路一条,向前跳江或许还有一线生机和希望。只要能活命,留得青山在，不怕没柴烧，前面就是刀山火海也要闯，枪林弹雨也要穿，惊涛骇浪也要跳。于是他跳入冰冷刺骨的江水中，利用门板的浮力划呀划，游呀游。不知道什么时候划到了这个荒岛上，下面大家已经知道了，他冻僵在海滩上，被救的全过程我不再重复。三天后，大潮汛来了，我们也应该撤离荒岛回家了，他说要到浦东找老头子张阿六讨个说法。我们挑了行李，两个人扶了他一拐一拐地走到了界河边(长明村一条河名)，碰到了两个人叫他不要去浦东，去了有危险，力劝他到北沙(启东)一起打鬼子，劝了很久他还是坚持去了浦东。后来传来消息，他前脚刚到张阿六家，后脚横沙的九个兄弟也赶来了，逼着张阿六交出范巧林，并把盒子炮拍到张阿六桌上。张阿六当时已经被国民党封官许愿收买了。那时虽然国共已经合作组成了抗日民族统一战线，但国民党内部还是采取防共限共方针，暗杀共产党人。张阿六平时也听到了一些范巧林帮新四军运送物资的传闻。他既要确保自身的政治地位和经济利益，虽也舍不得杀害跟随他多年的手下心腹，但权衡再三在万般无奈的情况下忍痛下令杀害范巧林，并且不同意他提出的在临死时和家属见最后一面的请求，只答应保他全尸。于是宋云其用船把范巧林押回横沙岛，在新民港口外海滩上残忍地把范巧林活活勒死，遇害时他只有 30 岁。后宋云其通知范的家属把尸体运回家，埋葬在自己的土地上。寄爷的故事到此结束了，但也留下很多谜团。

盗亦有道

笔者把 65 年前听来的传奇故事凭童年的记忆，把它粗略地记录了下来，但心里总有些七上八下，不够踏实。在朋友的启发和指点下，于 2016 年 3 月 14 日骑车乘船渡江亲赴阔别 30 多年的横沙岛，寻问范巧林的后代，采访核实故事中的情节。我登上横沙岛码头，呈现在眼前的是一排排整洁的农村小别墅，一条条清澈如泉水的河流，一条条平坦的柏油马路，一张张幸福快乐甜蜜的笑脸，啊……横沙岛你的巨变，让我欣喜，你的面貌焕然一新。一路上我专找年纪大的老阿哥、老阿姐问路，找人攀谈，最后，在横沙岛民生村干部的帮助下，找到了范巧林最小的儿子范振国先生。到了范家，几句简单的客套话后，我单刀直入说明来意。在谈到他父亲时，范先生很激动地说，我父亲的一生可用四个字来表达，那就是“盗亦有道”。“我父亲做海盗，对国家、对人民肯定犯有很多不可饶恕的罪行。”我说：“是啊，假如你父亲能活到解放的话，可能也要受到人民政府的镇压。”范先生接着又说：“但他从 1940 年至 1942 年 11 月遇害为止，他接触过地下党，帮助过新四军运送枪支弹药,在启东青龙港九龙镇曾经和日本人打过仗,还死伤好几个兄弟。从这段时间内父亲的所作所为来分析,他管教部下兔子不吃窝边草,不准欺压当地老百姓等规定,横沙岛年纪大的人有深刻体会。”这和寄爷讲的内容不谋而合。我接着他的话题说:“是啊,当时我们国家和人民正遭受着日本侵略者烧杀掠夺,汉奸走狗认贼作父卖国求荣,国民党钩心斗角派系林立,各种政治势力粉墨登场,只有中国共产党在统一战线的旗帜下,忍辱负重,团结抗战勇敢杀敌。在这错综复杂的战乱时期,要在这夹缝中求生存找出路,没有敏锐的政治洞察力和清醒的政治头脑以及坚定的信仰,是很难选择出正确的人生道路的。你父亲没有选择好正确道路,他这样的结局是早晚的事。”

握手解仇

接下来谈到故事中另两个关键人物宋云其和张阿六。范先生说宋云其在横沙岛还没有解放就逃往海外,至今下落不明。树高千丈叶落归根,被逼下令杀害我父的张阿六在 20 世纪 80 年代,他 80 岁生日时乘着改革开放的东风,回浦东老家探亲,当地政府设宴热情款待他。他还通过有关部门找到了我哥范振华,特意请他去做客。当我哥怀着复杂怨恨的心情和他见面时,我哥见到他的双眼含着泪花,用颤抖的双手紧紧握着我哥的双手,久久地不愿放手,对我父亲的死只字未提,但我哥从他的脸上完全感觉到他内心是痛入骨髓的难过悔恨。一切的仇恨在这悲喜交织的不言中消失,过去的让它过去吧,我们要携手沿着“九二共识”的光明大道化解仇怨,团结一致向前看,朝前走,为实现中华民族伟大复兴的中国梦出一份微薄之力。

清明祭拜

范巧林之死谜团揭开后,范巧林的小儿子范振国,为了报答救他父亲的四位长兴岛人,于 2017 年 2 月 11 日打电话给我说:“自从听了你(作者)的关于我父(范巧林)遇难的全过程后,全家人心里万分感激,几十年来朝思暮想的奇迹终于出现了。几十年来有种种传说,有人讲是圆沙一个小船船民救的,还有的说是长兴岛金带沙药野鸭的人救的。现在终于云开雾散,真相大白,我们全家人,知恩一定要报恩,感谢救命恩人。”并委托我寻找四位救人者的后代,结果找到了其中三位,分别是樊杏清之子樊士杰,徐其郎之子徐汉民,施和尚之子施龙祥,我们约定在 2017 年 4 月 2

日清明节期间前来长兴岛“长亭冥园”祭拜救他父亲的四位恩人的亡灵。

4 月 2 日那天天气晴朗。范振国携家属分两路，一路从上海市区赶来，一路从横沙岛赶来，相约在冥园大门口见面。上午九点左右，两路人员相聚，一场有特殊意义的祭拜仪式，按本地风俗开始了。范先生在恩人亡灵前，千恩万谢，深深代父鞠躬。祭拜结束后，临别时大家依依不舍，握手致意。这正是：清明祭拜谢亡灵，知恩感恩结友情，化去干戈成玉帛，一段故事传佳音。

厚朴镇

——童年的回忆

姚伯祥

20 世纪 50 年代，记得我 10 岁左右吧，那是冬月的一天，大哥征得父母同意，要带我去园园沙舅父家。从记事起这是我第一次出远门，心中十分高兴。那时长兴还未连成一片，石头沙、潘家沙、鸭窝沙、金带沙、园园沙之间都有一条宽阔的“小洪”隔着，沙与沙之间要用摆渡船。到园园沙去的摆渡船码头设在厚朴镇三圩港。吃过稀饭加咸菜的简单早餐，大哥带着我出门上路了。我家住在凤凰镇西先丰村，穿过横跨在马家港上的凤凰桥，往厚朴镇的路尽是乡间小路，按现时的地址就是先进村七队八队，丰产村的六队九队，在丰产村和先进村的交界处有一个圩角镇。说镇，也就是有几家杂货店，其一家较具规模的老板姓龚，店铺内香烟、老酒、油盐酱醋应有尽有，方便了周边的百姓，可付现金，也可赊欠，还能用鸡蛋换货。龚老伯的老伴看店，他还挑着货郎担四乡八村去吆喝，牛皮糖、弹子糖、针头线脚品种齐全，可用破铜烂铁、鸡毛鸭毛调换。不要小看一爿小店，一副货郎担，在那时的农村是一个十足的小康之家。

再往东就是丰产村的范围。那时的三圩港，河面开阔，港口停靠了不少网船，镇区还有一条西向的横河，河南岸边是新港十三队的地界，横河延伸到了丰产村。横河岸边有一标志性的建筑——航标铁塔，虽然只有三四十米高，但在那时已是几个小沙的最高点了。塔基周围是杂草丛生的水塘，这块茅草地还是一个乱葬岗，那么多年的无主或流浪人员的身后，还有在长江里捞起的无主浮尸往往就葬在那里。这一段不足千米的路段在口口相传之下，不要说小孩，就是成人走过，早晚行人稀少时，也会毛骨悚然。半夜三更更是谈虎色变。胆大的顺着铁塔的扶梯攀登到顶部，领略环岛一周的自然风光。本人年轻时曾经想过好多次，做一下攀登铁塔的尝试，但终究没有胆量而遗恨至今。

近午时走到厚朴镇，街面上人来人往，店铺老板笑容满面迎送顾客。在我的记忆里，那时商店不像现在，因没电做不出灯箱招牌，老板的品行诚信就是广告。首先印记在脑海中的是黄早林杂货店。黄早林是矮胖子，挺着圆圆的大肚子，脑门油得光亮，忙里忙外，不时在招呼客人。多年后，他的儿子在长兴中学任教，还是我的语文老师。

郁钱郎肉店前站了一帮子人。那时的肉店门前两张高脚凳上横一块长方形的门板，方肉、腿肉、猪头肉、内脏放在上面，任你挑选，一根木杆秤，按斤论价。后来在副食品站的陆金虎，一刀下去，随口报上钞票多少，不用称、不用算盘而分毫不错，那是后话。没有电谈不上冷藏冰柜。当天猪肉当天卖，高温天卖不完，隔天只能腌咸肉。做好早市，吃过中饭，老板肩扛一杆大木杆秤，走乡串村，见到农户家的生猪，面议价格过称，在肉猪的屁股猪毛藏密处用剪刀剪出号码字，等级重量一目了然。傍晚前由农户用独轮车，夫妇二人或父子二人一推一背送到“达子”上。拿着花花绿绿的钞票高高兴兴回家，顺手带一刀五花肉，全家老小美滋滋地吃几天。店主第二天五更起个早，烧水、宰杀、煺毛、开腔破肚，猪血、内脏、前胸、后脚、肋条、蹄髓，分门别类，一分货、一分钱，一点不浪费。早市卖光，下午再出去，周而复始。肉店老板多是肥头大耳、油光满面。

汤义郎鲜行三角形鲜旗高高地飘在 5 米高的竹竿上，不说三五里就是十里八里也能望得到。鲜旗一扯出来，表明“鲜达子”有江鲜、海鲜或者河鲜，东海的小黄鱼、带鱼，长江的烤仔鱼、白米虾、面丈鱼，河鲜的白鱼、青鱼，按季节轮番上市。货色新鲜、价格便宜。没有冰箱的年代，冰厂的自然冰也能保鲜好几天，村民在河浜或“官宫”里捕捉的鲜虾、鱼鳗可以在马路边上零卖，也可在“达子上”由老板代卖，老板收一点佣金。船在长江甚至在东海捕捞的批量鲜货，一般都由鲜行代销，佣金照例。鲜行还能为网船解决资金周转的问题。那时的网船是小木船，一只网船载重3至5吨，老老小小七八人，干活的少，吃白饭的多。捕鱼的季节性很强，旺季鱼上市量大，零卖卖不出好价钱。淡季无鱼可抓，老小还要天天吃饭，网和船要修理还要置新。天天在网船上风吹雨打，寒冷潮湿，船民离不开酒。渔行老板往往为网船老大帮到资金的借贷周转的忙。网船人是很艰辛的。出东海捕黄花鱼的是五桅大船，黄花鱼汛期鲜旗一飘，寻常百姓家晒个几十斤上百斤黄鱼干也是小事一桩，不像如今东海野生大黄鱼上千元一斤那么珍贵。

走过横河桥，马家轧米厂的单缸十六匹柴油机声音震天响。因为单缸，机身旁挂个一米直径的大飞轮，随着吸气、喷油、点火、爆发四个冲程的动作，哐哐的机声响彻云霄，给宁静的小镇略带来一份时代气息。没有轧米厂的年代，你知道人们是怎么把稻谷变成米，再煮成香喷喷的白米饭的？用手搓，带壳蒸不行，用石臼舂米。舂米榔头在石臼里舂，在屋角挖个圆坑，用石灰抹糊做成坚硬坑，做一个杠杆式的丁字形木槌，如图，用脚来"踩"。可惜，这些老祖宗传下来的器具没有很好地保存下来。待有个三五户，几百斤稻谷，轧米厂就开机。柴油机均速后，工人用长木棍上长皮带拖动碾米机。后来有了电动机直接带动碾米机，再也不用上皮带了。单缸柴油机发动靠人力摇动飞轮，达到一定速度点火起动，如小拖拉机一样，靠手摇发动，没一点技艺和体力还真不行。

不大的一个小镇，要不了半个钟头就可以走个遍，大小茶馆就十来爿。对于10岁左右的儿童肯定是悟不透其中的道理，用现在的眼光看那是水到渠成的事。1949年中华人民共和国成立前后，特别是前几十年，三圩港鼎盛时期，上至石沙下至元沙靠捕鱼为生的"网船"，几十上百只船停靠三圩港，一家老小吃住在船上，油盐酱醋要到镇上去买。长江捕鱼讲究涨水落潮，讲初三潮十八水，大汛小汛，不是天天好抓鱼，日日可撒网，其余时间怎么办？成年男人就一壶茶一杯酒，泡在茶馆里。海水泡，海风吹，确实离不开酒。泡茶馆那是最好的去处，南来北往的货船，靠三圩港后，撑船人跑茶馆，四乡八村的中老年人，忙里抽空坐一坐茶馆，不务正业之人天天上茶馆。在那时没有报纸，没有电话，没有广播，更不要说电视、网络。百年前就是达官贵人也没有如今平头百姓人手一部手机。当今中外时事新闻、趣闻逸事都在这方寸之中。那时只有在茶馆才能听到天南海北的新鲜事，只有在茶馆才能听到左邻右舍的隔夜新闻，只有在茶馆才可以听说书人的“三侠五义”“三国水浒”的精彩传说，只有在茶馆才能“推牌九”“赌梭哈”……

施来升的摆渡船停靠在横河南三圩港河西，是 3 至 5 吨载重的木结构行风船，要等退潮顺水时开船。说码头就是选一块平坦的河坡地，搭上一块跳板，竹篙当扶手走上船，在船舱的周边搁几块板，十几个人围成一圈，起锚出港，扯起风帆，一路向东朝园园沙方向驶去。西北风不大，顺风又顺水，不足一顿饭工夫，就到了园园沙的西镇港，照例用一块跳板朝河边平一点的坡岸一摆，小心走上去就行了。如潮水已枯，跳板搁不到坡岸，只好赤脚下水上岸，那也是常事。“赤脚鸭窝沙”之名由此而来。

舅家在西镇港南不远处，合心村的七队。大舅二舅在合兴村算是殷实人家，不缺柴米，见两个外甥远道而来，晚饭有鱼有肉，白米加玉米粉吃了两三碗，舅妈又把锅底的白米饭盛给我。

此情此景已过去了足足一个甲子，但一旦打开记忆的匣子，厚朴镇的瓦房店铺、米厂茶馆，港口两边人字形稻草屋面的冰厂、航标铁塔好像就在昨天。

三、矢志不渝追梦人

世上凡事业成功者，都是怀有梦想、矢志不渝地追求和奋斗的人。本篇章中描写的一些人物，无不例外。《两毛钱的音乐梦》中的樊学章，如痴如醉地钻研音乐，终于自学成才，成为音乐达人；《故乡情》的作者顾玉红，是一位赫赫有名的大律师，身上有许多光环：上海市女律师突出贡献奖，市三八红旗手、市新长征突击手等，在成功的背后需要付出多少艰辛的劳动；《工作让我忘了疾病》的主人公王伟，身患白血病，还在法院执行庭庭长的岗位上拼搏着、奋斗着，故事催人泪下……

故乡情

顾玉红

长江入海口的璀璨明珠——长兴岛，是我的故乡，新港村是生我养我的地方。掐指算来，我离开故乡已有 36 年。但故乡的人、故乡的水、故乡的情总是萦绕在我的脑海里。故乡给予我生命、给予我智慧、给予我力量，是我人生中取之不尽用之不竭的源泉之地。故乡如一首歌，唱尽了人生的四季；故乡如一首诗，满含浓浓的乡情；故乡如一幅画，深深印在我的脑海里。故乡种植着游子的根，乡情是每个远走他乡的心灵最温暖的归宿，因为故乡养育并放飞了每个人生命中最美好时代的单纯梦想，那时、那地、那人，是我心底永不褪色的记忆。

近 200 年历史的长兴岛是由长江上游的泥沙一路下泄冲积而成的几个小沙相互连接形成的。

长兴岛留给我童年的记忆是每年冬天，父母将我们年幼的兄妹三人留在家里，相互照顾，自行解决温饱问题。他们则背起简单的行囊加上泥络、扁担，挑灯夜战去开河、筑坝。那是挣工分的年代，没有人会以孩子年幼为由请假。因为家境贫寒，加之父亲 30 岁身患重病，我们一家在生产队透支了八年，妈妈一人艰难地支撑了这个家。每当逢年过节，家家户户忙着过年蒸糕做圆子，孩子们欢天喜地的等待穿新衣服、拿压岁钱的时候，我们兄妹三人在父母的严管之下不允许出门到人家家里去蹭吃的。记得那一年要过年了，当时我才五六岁，生产队里杀了一头猪，分成若干份，以家庭为单位，采取抓阄的方式进行有偿分配。妈妈抓到了三户人家共同分配的一个猪头，考虑到难以分割就放弃了。我当时就急了，哭着让妈妈不要放弃。那个年代，只有过年时才能吃到一顿猪肉啊；那个馋，现在的孩子是无法体会的。但是妈妈最终还是放弃了，且因为我的哭闹，还没少挨妈妈一顿揍。可当时的我年幼无知，无法理解妈妈的处境和心思。若干年后，我长大了、懂事了，每每想起这件事，我深叹我父母养育我们的艰辛、不易。这件事将永远铭记在我的心灵深处。

父亲在我们年幼时曾经告诉我们兄妹三人一句话，因为他身患重病，我们当时分别是7岁、5岁、2岁，如果他因病走了，留下我们母子四人，讨饭都走不动，所以他必须坚强地活下去，给我们一片天。在我童年的记忆里，父亲因病长期卧床，无力帮助妈妈料理家务。所以，穷人家的孩子早当家，在我八九岁时，放学回家就帮助妈妈洗衣做饭，割草喂猪养羊。十二三岁时，我学会了帮人纺纱、编织毛衣；初中时，我学会了自己纳鞋底，做鞋子；学工学农之际，我又学会了农田里成年农民应干的农活。那时的我过着清贫简单的生活，但生活的艰辛培育了我吃苦耐劳的品格和坚韧的毅力。

1978年，改革开放的春风沐浴着祖国大地，高考制度随即恢复。我正好进入高中阶段学习。那时候我还不知道考大学意味着什么，只听父母说，只要跳出农门离开长兴岛，哪怕上街扫马路都会有工资，这就是工人。

自上小学一年级开始我就担任班长，可谓品学兼优。慢慢地长大，我对军人、警察情有独钟。初中时，正巧遇部队招收女兵，我准备报名参军，但遭父亲反对。高中毕业时，我准备报考警校，但父亲希望我报考师范院校，毕业后回到岛上成为一名乡村教师。在填报志愿时我违背父亲意愿，偷偷地填报了法学院校，最后被上海华东政法学院录取，虽然是大专，走读自费生，但我如愿了，人生由此改变。在我接到录取通知书的时候，奶奶曾高兴地与邻居说我们家小鸡窝里飞出了一只金凤凰。三年的大学生涯可谓艰辛，我借住在上海东北角的杨浦区明星路长兴毛纺厂（由长兴乡政府开办的国集联营企业），转乘三辆公交车到达上海西南角中山公园后面的华东政法学院。为了节省每月五角的公园月票费，宁愿绕公园多走15分钟的路程到校。三年的苦读，华政给了我专业的知识和智慧。1986年，我毕业分配到了上海市宝山县司法局公证处，正值全国开展"一五普法教育"。当时，法律专业人士稀缺，我被借调到法宣办开展全县范围内的普法讲课，至今，仍有人称呼我"顾老师"。

1988年是我人生的又一重大转折点。适逢上海司法局培养懂法律、懂经济、懂英语的"三懂"律师，我有幸应试入学成为上海29名成员之一，进入复旦大学法律系脱产一年研修涉外法律及英语。这一年涉外法律的学习，为我日后的律师生涯、学历和职称晋升奠定了专业知识的理论基础。1990年我通过考试取得律师资格；1992年我完成复旦大学经济法专业本科学习，取得法学学士学位；2000年我取得高级律师职称。

律师，为人排忧解难之师。1990 年我从公证员转变为一名职业律师至今已 28 年，在人生旅途中可谓不短的时限，有幸见证了我国改革开放、法制建设不断健全的全过程。我亲手经历的案件不计其数，我曾创下了两周开 18 个庭的纪录，其中的酸甜苦辣，五味杂陈。但是，我无悔当初的选择，无愧于律师的称号。每当我看到我的当事人合法权益被法院支持、矛盾定纷止争，当事人的脸上露出满意的微笑或满满的谢意时，我就感到付出是值得的。律师职业，人人皆知辛苦，付出的时间和精力倍于其他行业，年中无休是常事，业内笑称法律农民工。但是，幼年时在故乡的历练，造就了我吃苦耐劳的品格和坚忍不拔的意志，这样的经历是我人生的宝贵财富。想想当年在故乡农田里承受体力活的辛苦，现在坐在宽敞明亮的办公室里动动手、动动脑，算不了苦。

2000 年底，律师事务所与国家行政机构——司法局脱钩改制，我所在的上海市宝山律师事务所更名改制为上海市银星律师事务所，我有幸担任改制后的律师事务所主任，至今已近 18 年。多年来，我们律师事务所的业绩每年在宝山近 40 家律师事务所中名列前茅。我们律师事务所曾先后获得上海市司法局文明单位、上海市司法局先进集体、宝山区文明单位等荣誉称号。

从业近 30 年，我先后荣获上海市首届优秀青年律师、上海市新长征突击手、上海市三八红旗手、上海市女律师突出贡献奖、宝山区平安英雄等荣誉称号。荣誉称

号是对我多年来工作的认可，也是对我的鞭策。

我感恩我的故乡、感恩我的父母。是长兴岛这块土地滋养了我的智性；是我的父母造就了我的品性。月是故乡明，人是故乡亲。乡音是一种亲切，乡情是一份温暖。甜不甜故乡水，亲不亲故乡人，无论身处何方，故乡永远是我精神的家园，心灵的归宿。祝福我的故乡——长兴岛永远繁荣昌盛，百姓富庶。

顾玉红，上海银星律师事务所主任，法学硕士，中共党员，高级律师。主要社会职务：市、区二级政府信访办志愿团成员，区工商联执委，区高级专家委员会委员。曾荣获上海市十佳青年律师，上海市新长征突击手，上海市三八红旗手，东方大律师提名奖，上海市女律师突出贡献奖，上海市司法局平安世博先进律师，宝山区十佳律师，宝山区第六、七批拔尖人才，宝山区“争先创优优秀共产党员”等荣誉。

顾玉红律师坚持“勤勉尽职，诚实守信，为当事人提供优质高效的法律服务”的执业理念，以维护法律的准确实施、维护当事人的合法权益为天职，凭借丰富的法律服务实践经验，清晰敏捷的办案思路，灵活得当的工作技巧，参与办理了不少大案、难案，充分发挥了律师提供法律服务的独特作用。顾玉红律师擅长刑事辩护、民事代理所涉的建筑工程与房地产、公司法、合同法、金融等民事、商事领域的诉讼和非诉讼业务的法律服务。

两毛钱的音乐梦

刘　萍

精彩而富有意义的人生，需要自己去创造。孜孜不倦的努力和永无止境的攀登，是成才的阶梯。只有不断学习，刻苦实践，勇于探索，才能实现自己的梦想。音乐达人樊学章因他的勤奋好学，坚持不懈，通过不断自学、苦练，才成就了他的音乐梦，演绎着他的精彩人生。

两毛钱的故事

樊学章11岁那年，他和许多农村孩子一样，跨进了学校的大门。在那个年代，上学读书实在是不容易的事情。他家境贫困，兄弟姐妹又多，共八个，他排行老六，但父母还是想尽办法让他去读书。在学校里，他和同学们一起学习、玩耍，童年的乐趣依然记忆犹新。但他与同学间发生的一件小事，却让他的人生之路发生了巨大的变化，并染上了瑰丽的色彩。

事情是这样的。有一天，他的好朋友要钱急用，他将好不容易攒下的两毛钱借给了他，并说好第二天就还的，可他等了快一个月，也不见同学有还钱的意思。当时两毛钱，对学章来说是一笔重要的款项。学章经过几次催讨没有结果，人小鬼大的他，看到这位同学天天拿着笛子玩，心里痒痒的，于是，他就提议把笛子给他，两毛钱就不用还了，这位同学倒也愿意接受。就这样，学章拥有了一支属于自己的笛子。笛子和他形影不离，他把笛子视如珍宝，爱不释手，只要有空就试着吹。当时的农村，既没有音乐老师，家长也不会指导，全靠他对音乐的一种悟性，摸索着学习吹笛。学章有着一般同学不具备的音乐天赋，只要他听过的音乐，都会过耳不忘。童年的他既不懂简谱，又没人指点，全凭着他的那股牛劲和对音乐的那种挚爱，反复操练，通过几百几千次的摸索，终于能吹出笛子上每个笛孔的音符。那年的“六一”儿童节，他自告奋勇向老师提出要表演节目，老师用怀疑的眼光看着他，问：“你能表演什么样的节目呀？”他很认真地回答：“我会吹笛子。”老师问：“谁教你的？”他回答说：“是我自己学的。”老师说：“那你先吹给我听听。”于是，他像模像样地吹了起来。老师听后，感到很惊讶，觉得这个小孩不一般，当时就答应了他的请求。那年的“六一”儿童节，使他终生难忘，第一次上舞台表演的那种情景一直在眼前浮现。从此他与音乐结下了不解之缘，他更加喜欢音乐，把音乐看作是生活中必不可少的一部分，并把音乐融入他的生命里。当时插队下乡的知识青年任平，当代课教师后担任他的班主任。任平喜欢音乐，有较好的功底，开始教樊学章识简谱，教他吹口琴，成为他走上音乐之路的启蒙老师。

那时候，别的小朋友放学回家，结伴打弹珠、打牌包、捉迷藏等闹着玩，而学章却沉浸在他的音乐世界里。平时他喜欢守在广播喇叭旁，拿着笔记本、铅笔把广播喇叭里播放的歌词记录下来，把音乐的旋律记在心里，然后再用笛子对照着心里记下的音乐旋律一遍又一遍地吹，边吹边用耳朵听。琢磨得差不多了，再到任平老师那里，吹给老师听。老师非常惊叹他对音乐的非凡悟性，也佩服他小小年纪就具有的那种刻苦、执着的自学精神。

琴弦里的酸甜苦辣

20 世纪 70 年代初期，比他大八岁的二哥加入了文艺小分队。他的几个哥哥省吃俭用，瞒着父母，用六元钱买了一把二胡，放在家里进行自学。由于兄弟姐妹多，家里穷，这把二胡要算是家里最值钱的宝贝了。二哥回家后，就郑重其事地警告大家，没经过他同意，谁也不许碰这把二胡。当时还是小毛孩的学章，却早已盯上了这把二胡，就是不敢动手去拉。只要平时二哥一拉二胡，他总站在那里静静地看着，默默地记着二哥的手法、音乐的旋律，有时偷偷地摸摸这把二胡，心里也觉得很开心。他只能等家里没人时，才小心翼翼地偷偷玩这把二胡，一次次偷偷地摸索，终于，像样的旋律从他的弓弦上流淌出来，成功的喜悦让他忘乎所以。终于有一天，他正陶醉在偷拉二胡欢乐之中时，被二哥的“给我放下，谁让你拉二胡的”呵斥声惊醒过来。原来在附近农田干活的二哥，突然听到悠扬的二胡琴声，他循着琴声一路寻到家里，发现学章在偷拉自己的宝贝二胡，顿时火冒三丈。但又觉得弟弟拉的二胡要比自己好，虽然嘴里骂骂咧咧，心里倒产生了默许他拉二胡的想法。从此以后，学章更加痴迷于拉二胡了，并想方设法去买各种有关乐器吹拉弹奏知识的书。没钱怎么办？他捕鱼、钓蟹、捉黄鳝，攒钱买书，音乐书籍家里买了一大堆，但身上却没有一件像样的衣服。

勤学苦练，追求梦想

他属牛，学习、工作更是牛劲十足，吃苦耐劳不在话下。由于受到“文革”读书无用论的影响，初中毕业就没学上了，但他还是没有放弃对音乐的热爱。因为他有音乐这方面的特长，被长兴公社文化站看中，破格录用成为公社文艺小分队一员，从此，他便与群众文化结下了不解之缘。踏上工作岗位后的他，更加发愤图强、勤奋学习、刻苦钻研，见到一种乐器，就要动脑筋下苦功把它学会；听到一曲新歌，就要把它唱会；看到一个搞笑滑稽的小品就会暗暗去模仿。学习文艺技能到了废寝忘食、如痴如醉的境地。领导见他如此投入好学，就不断地送他去县里的各种文艺培训班及音乐学院的短训班学习。日复一日，年复一年，聪明加勤奋，使他的业务技能有了突飞猛进的长进，二胡、笛子、扬琴、唢呐、葫芦丝、电子吹管、电子琴、电吉他、长号、萨克斯、打击乐都很精通。还有许多乐器，到他手里也会玩得像模像样。

拿到一首好的歌词，他可以为它谱上动听的曲谱；有了一个好的小品剧本，他可以上台演主角……只要他上台演小品，总会引来台下的阵阵掌声，观众们都会笑得前仰后合，大家都把他看成是“长兴岛上的小品王”。

创新思维，发明“悦管”

2010年以后的一段时间里，人们又发现了他喜欢捡垃圾，把那些丢弃在路边的建筑垃圾比如塑料油漆桶、长长短短的塑料水管(PVC管)、断掉的毛竹片等捡回去，隔壁邻居经常听到他老婆的责骂声：“叫你不要捡回来，你又捡回来了，家里又不是垃圾场。”老婆把他捡回来的垃圾扔出去，他又悄悄地捡回来，老婆也知道他的牛脾气，你不让他做的事他偏要做，他决定要做的事没人能改变他。就这样扔出去捡回来，如此经过多次反复，老婆也就听之任之了。只要一有空闲，他就坐在那些破烂货旁发呆，每次他哥哥、姐姐经过他家时，总是看到他边看书边用锯子不停地锯呀，用榔头轻轻地敲呀，都说：“没事找事，何必这么累？”他回答说：“我要制作乐器。”“好了，省省这份心吧，现在高档的现成的乐器要多少有多少，谁会喜欢你用那些废弃材料制作的破玩意，还不知道弄得成功弄不成功呢？”他听了也只是淡淡地一笑了之。通过一次次的揣摩和尝试，塑料油漆桶变成了二胡，塑料水管成为首届市民文化节上的打击乐器,还申报并通过了国家知识产权审核并给予专利保护,冠名为“悦管”;不起眼的毛竹片也被他制作成了长短不一的打击乐器。人们在折服的同时更是刮目相看,自叹不如。

学有所用,成就梦想

云南文化考察回来后的有一天,单位职工小黄到他办公室交文件,刚到门口就被他发出的“突克吐、突克吐、突克吐”的异样响声给镇住了脚步。停顿片刻后,“突克吐、突克吐、突克吐”的声音还是不断,小黄想:“站长有高血压的毛病,会不会是发病了?”连忙发声:“站长,我可以进来吗?”连叫了几声,他才回过神来说:“进来吧。”小黄赶紧进去,担心地询问:“站长,你是不是哪里不舒服?”他回答说:“没有啊!”小黄连忙说:“那好! 没事就好!”然后带着疑惑匆匆地离去。后来,人们发觉他在走路、开车时也总是像在自言自语发出“突克吐、突克吐、突克吐”的声音。出于好奇,小黄终于忍不住问:“站长,你为什么一天到晚发出‘突克吐、突克吐’的那种声音?”他笑着说:“噢,我是在练葫芦丝吐音的方法。上次云南考察受益匪浅,特别是看了勐巴拉娜西超级歌舞秀的精彩演出,学到了很多东西。这段时间我在练习葫芦丝《欢乐的泼水节》,难度比较大,我必须锻炼舌头的灵活性。”终于,功夫不负有心人,凭着一首葫芦丝独奏《欢乐的泼水节》,在 2013 年首届上海市民文化节上荣获大奖,获得了首届上海市民文化节“纸韵杯”家庭音乐会大赛最佳才艺奖、上海市“乐学申城精彩人生”2013 年社区家庭才艺大赛一等奖。

面对荣誉,他不骄不躁。“大江波汹涌,不见轻舟影;唯有搏击人,悠然登浪顶。”这是他的座右铭。他虽然年过半百,但他坚持活到老、学到老的思维方式,他说“生命不息、音乐不停”,在他的音乐路上孜孜不倦地追求着,实现他的音乐梦。

春蚕到死丝方尽　蜡炬成灰泪始干

2014 年 8 月 25 日,一声晴天霹雳,重重地打在樊学章同志身上。在医院的病例化验报告上明确写着“肺癌晚期”四个字,这是一个撕心裂肺的坏消息,这是一个令亲人、同事、朋友扼腕痛惜的不幸结论。英雄只怕病来磨,一位多么优秀的音乐达人,将要与病魔展开殊死的斗争。可是,学章同志却一笑了之,他说“死并不可怕,可怕的是碌碌无为地离去”。他一边配合医生积极进行各项治疗,一边继续上班,从生病到他悄然离去,除了需要到医院治疗以外,他还是坚持上班,从不迟到早退。他就是这样一位默默坚守在长兴群众文化战线上的平凡的共产党人，始终坚持文艺为大众服务的方向，坚持为工农群众服务。他一生挚爱着自己从事的事业，三十多年的风风雨雨，他义无反顾，一往直前，在长兴人民心里留下了美好的记忆。这真可谓：春蚕到死丝方尽，蜡炬成灰泪始干。敬爱的樊学章同志，你安息吧，长兴人民永远怀念你！

葫芦丝独奏　欢乐的泼水节
表演者　樊学章
伴奏　樊氏家庭成员
本节目参加上海市“纸韵杯”家庭音乐比赛获一等奖

人生在于不懈地追求

——从厚朴镇走出的农民大学生

宝　英

1956年4月1日清晨，地处东海之滨上海吴淞口外长兴岛上的一个普通渔民家里，随着雄鸡一声声高亢的啼叫，排行第十的小男孩诞生了……妈妈陈川宝亲自给他取名叫杨顺林，心愿是希望这孩子一生顺顺当当，能够成才。照理说，生得五子五女，算是十全十美了，是一件让这个大家庭值得庆贺的喜事。但从小在长江边以打鱼谋生的当家人爸爸杨宝法整天心事重重，愁眉不展。

因为家里贫穷，之前已经不得不将女儿老二、儿子老四送给了人家，才勉强让这些孩子勉强存活下来。而今天又添了这个丁，家庭负担压得他更是气都喘不过来，怎么也高兴不起来。

1962年，老二响应政府的号召应征入伍，家里其他的五个弟弟妹妹都在读书。此时，恰逢三年困难时期，家里已经揭不开锅，哪里还有钱供这么多孩子上学。无奈之下，爸爸只得让哥哥姐姐一起辍学，只剩下最小的弟弟一个人上学。在部队当兵的二哥以他切身的经历，写信回家再三关照父母，家里再苦再穷，也要供小弟弟上学。以后干哪一行都需要知识啊！家里有个有文化的人，今后杨家过日子也好有个指望。在父母和哥哥姐姐的悉心照料和关怀下，小弟弟也很争气，以优异的成绩读完了小学和初中，随之就回到了长兴人民公社新兴大队（现长兴镇新港村）务农。在后来的三年中，杨顺林与知识青年一起为大队搞宣传、办田头广播，深入到每个生产队，边劳动、边学习，利用晚上的时间写稿、投稿，像海绵一样，从农民和知识青年身上汲取着生活养分，不断地巩固和丰富着自己的知识。

1974年9月1日，是杨顺林一生中最难忘的一天，刚满18岁的他，作为长兴人民公社新兴大队推荐的一名农村优秀青年，被上海外国语学院德法系德语专业录取。从此，他跨进了中国培养外交人才的高等学府，如鱼得水，徜徉在知识的海洋。为了不辜负父老乡亲们的重托，他从零起步学习德语，刻苦磨炼，从不放弃任何一次锻炼的机会。无论是口腔溃烂，还是伤风感冒，他从不落下一节课；为了消化新的语法或新的知识点，他一头扎进阅览室或校园大树下细细琢磨；买不起词典，就自己动手抄写，在毕业前的三个月中，放弃晚上休息时间硬是完成了《德汉词典》几百万字的抄写任务，有了一本属于自己的词典。在大学短短的三年时间里，他不仅以优异成绩完成了本专业的德语课程，还在学业的最后半年，完成了第二外语英语的选修课程。

1977 年 9 月，他一毕业就响应国家号召，积极参与国家现代化建设，由国家冶金部分配到武汉钢铁公司"一米七工程"(注："一米七"是从德国引进的一套冷轧板轧制设备，以填补国内罐头等用料的空白)外事处，担任德语的口、笔翻译工作。在武钢工作期间，与德语同事共同完成了中国冶金行业第一本中外文对照工具书《冶金工业德汉词典》的编写。同时，出色地完成了上级交给他的配合武汉市国家安全局的涉外工作，受到了相关政府部门的表彰。在工作之余，不忘身体的锻炼，积极参加集团和机关的体育活动。曾获得武汉钢铁公司 5 000 米和 10 000 米长跑团体第一，蛙泳 1 000 米第二名的优良成绩。1979 年荣获"武钢外事处优秀共青团员"称号。

1980 年 9 月，由国家冶金部统一调配参与宝山钢铁工程的建设，继续从事冶金工业的德语口、笔翻译。参加了从德国引进的宝钢钢管、热轧、冷轧工程的技术谈判、现场安装、调试、生产的全过程翻译，也完成了几百万字的技术资料和图纸的书面翻译工作。其中，为技术改造和索赔主要谈判翻译，出色地完成了任务，争取了主动并赢得了超过 200 万美元的索赔。在 1987 年至 1989 年工程建设期间，连续三年被评为宝钢工程指挥部优秀工作者和优秀共产党员。从 1983 年 5 月至 1990 年，受宝钢工程指挥部选派，多次随技术总体设计、设备监制、设备安装、生产培训等团队出国担任主要翻译。

1990 年 9 月因宝钢外贸业务发展的需要，由宝钢集团从工程师和翻译中审核挑选 100 名干部，通过考核后杨顺林再次被录取，进入上海外贸学院接受脱产一年的专业强化培训。英语函电、法律、外贸专业等 17 门专业课程通常是专业大学生 3 至 4 年学习的内容，他们要在一年中强化完成。1992 年他顺利通过全国外销员考试，获得国家颁发的《外贸销售员证书》。在以后的八年外贸工作中，他被分配到宝钢国际贸易总公司，被任命为上海宝钢浦东国际贸易公司贸易部部长，主持宝钢经保税区进出口的一切外贸业务。圆满完成了宝钢总部下达的创汇指标和各项任务，受到了宝钢国际贸易总公司的多次嘉奖。

1999年底，他被选派到宝钢技术协作公司担任支部书记兼内外贸部部长。带领80多人的贸易团队，积极开发，勇于改革创新，内外业务同时展开，两年内使一个原本亏损2 400万元人民币的企业实现了盈利4 000多万元人民币。得到了宝钢国际贸易总公司的表彰和嘉奖。

2000年，为了适应现代化管理的需要，他再次报名参加由美国加利福尼亚大学和东北大学联合举办的工商管理（MBA）两年制的学习，并以优异成绩顺利获得美国加州大学硕士学位。这年，他47岁。

2002年初，学完MBA课程，还没来得及拍毕业照，他又被宝钢集团再次指定派往欧洲，担任宝钢欧非大区新产品开发部经理一职。一干又是近五年时间，协助总裁圆满完成了各项任务，实现了宝钢集团欧非市场的合理布局和创建中外员工队伍在海外稳健发展的规划目标。

在冶金行业最后的十年里，他主要是负责宝钢外贸业务员工队伍的传帮带工作。协助宝钢金属公司的市场开发和内外贸业务的整合，圆满实现了一生工作的交接。

2016年4月1日，杨顺林在宝钢集团金属公司办理了退休手续。此时，中国养老问题已成为社会、媒体和人们的热门话题。李克强总理把养老服务作为朝阳产业、大产业提上了议事日程，要让养老产业作为拉动中国经济的新动能。受上海福乐康社区养老服务有限公司的聘请，担任该公司的总经理一职。在德国期间，他有心留意过德国的养老模式，也曾考察过德国养老机构和他们的志愿者组织体系，对他们的"时间储存"颇感兴趣。现在是不是可以创新，结合起来试试呢？他的想法得到了上海市老领导和公司董事会的赞同。于是，说干就干，招聘软件开发专业人才，自主研发创新的"时间银行"。根据市场老年群体的需要，整合社会资源，联合社会力量，创建服务大数据，搭建社区大平台，打造养老大产业。在新的领域里，他又找到了工作的乐趣与生活的活力。这种无形的乐趣和活力，渐渐地形成了一股合力，凝聚着社会上越来越多的人加入到中国的养老产业。

2018年4月28日，在北京第十五届中国诚信企业家大会暨第七届诚信中国节表彰会上，杨顺林光荣地被评为"中国诚信企业家"，上海福乐康社区养老服务有限公司作为中国养老行业唯一的企业被评为"中国诚信经营和服务示范单位"。会后，杨顺林作为养老服务企业代表接受了中央电视台的采访。他在采访中说，中国的养老产业是不可能一蹴而就的，它是一个漫长的打造过程，每一个产业链的打造都需要我们按照市场的发展规律，寻找到符合老年群体乃至家庭的需求，将我们整合的资源引导到实处，真正体现我们的服务宗旨以人为本，诚信经营，做好自我，和谐互利。让老人们在我们福乐康的社区服务平台拥有一种幸福、快乐、健康的感受，这种感受才是老人们需要的“超越家的感受”。

从长江边的农田走来，曾经跨洋过海搭起中外交流的语言桥梁，今天又从头学起，干起了养老服务的行当。他没有辜负父老乡亲的期望，如今退休不下岗，为中国的老龄事业发挥着余热。在他的身上仍保留着我们农民骨子里天生造就的淳朴、憨厚和刻苦钻研的本色，彰显着一种与时俱进、活到老学到老的中国传统文化品质。“百善孝为先”的中华孝道火种正在新时代继续接力传承，衷心地祝愿杨顺林先生和他的上海福乐康团队带动新一代的年轻人，将永不熄灭的火种燎原中华大地！

（2018 年 5 月 20 日）

“工作让我忘掉疾病”

——记宝山区法院执行一庭庭长王伟

陈琼珂

“王法官，我有一个偏方，很管用的。我明天把药快递给你。”一位原本吵吵闹闹的当事人得知王伟的病情后，转而为他四处求偏方。

这位当事人不仅关心王伟，还理解了王法官的苦口婆心，“你讲的都是对的，我再闹下去没意思”。这让王伟很欣慰。

“他这个人，就像一团燃烧着的火，工作充满了热情，根本看不出是一个病人。”

同事眼中的王伟,永远是那么兢兢业业。

54 岁的王伟是宝山区法院执行一庭庭长,三年前查出白血病。

两大包卷宗一大包药

4 月 8 日凌晨四点多,王伟从被窝爬起来,跟妻子说了声"出去办案"便开车出去了。

其实,他是去医院看专家门诊。为了节约时间,王伟提前网上挂号,争取排在第一或第二个,早点看完可以早点回法院上班。这次,医生拿着他的验血报告很严肃:"淋巴细胞指标 60,高出正常值一半。你要按时来检查,平时不要太累。"

医生让他至少每月来看一次,王伟却因工作太忙,常常两三个月才去看一次,"白血病听起来很吓人,其实病情不同,也不用太当回事"。

毕竟是比较凶险的疾病,怎可能不当回事?

2010 年底,王伟接到体检医生的电话,说他白细胞高,可能是白血病,让他去复查。复查中要做骨穿刺、淋巴切片,王伟都是一个人去的,令护士格外惊讶。

捧着确诊为"慢淋"的诊断书,王伟坐在医院长椅上,感到整个人都在发软,心里一阵阵冰冷。他想了整整一夜,最后告诉自己:病既然来了,那就一定要想开,要像攻克执行难关那样,咬紧牙关去攻克它。但他准备瞒着家人,"不想增加家人的心理负担,我能挺过去"!

工作起来,王伟常忘了自己是个病人。4 月 5 日晚上 7 点,在家休息的王伟接到电话:"一名'老赖'入住了浦东一家五星级宾馆!"他当即叫了法警一同驱车前往宾馆,等到凌晨一点多,在外潇洒过后的"老赖"走进大堂,就被眼前出现的法官惊呆了。王伟的训诫让"老赖"知道再也躲不过,他拿起电话,让朋友把两万多元欠款立刻送来。凌晨五点,王伟疲惫地回到了家。

青年法官马培和王伟一同到苏北出差,两天跑了 7 个地方,办了十几个案件,常常是在高速服务区吃上一碗面就匆匆赶路,一直到晚上八九点才到住地休息。"他随身带着的是两大包卷宗还有一大包药,我劝他不要这么拼了,他则乐呵呵地说,我这个病其实是缓慢发作的。不管遇到什么情况,保持生活的积极态度最重要。"

王伟把写满很多页的病历和厚厚一叠化验单锁在办公室柜子里。每次配完药,他都把药瓶一个个小心翼翼地撕去标签,然后放在公文包里。每天坐在办公室里,他大把大把吞下药片。因为要切片化验,他脖子上绑了纱布,妻子诧异地看着他:“你脖子怎么了?”他轻描淡写地说道:“割了个小疖子。”

有一天,妻子很紧张:“外面都在传,说法院有个叫王伟的得了白血病,不会是你吧?”

王伟故作镇定:“哪会是我,同名同姓的有好几个呢!”

遇到险情总是冲在最前

王伟有“拼命三郎”之称,即便生病,他也不希望被当作病人看待,依然忙碌在办案一线。他所在的执行一庭有十六七个法官,每年办案超 4 000 件,人均办案近 250 件。对那些大案,由他确定执行方案、四处协调联络,常常加班到深夜。有些案件是难啃的“硬骨头”,王伟就亲自上阵。

一位姓陆的崇明阿婆,一发脾气就挥舞拐杖打人,宝山法院上上下下都认识。陆阿婆夫妻原本在宝山有套小房子,十多年前,陆阿婆和丈夫离婚,她“要钱不要房”。男方后来将房款的一半 4.5 万元给她,陆阿婆却拒绝领受:“现在房子值几十万! 我现在不要钱,就要房!”虽然她没有案子在法院,但 87 岁的陆阿婆还是习惯性地每隔两三天就来到宝山法院诉苦,要求法院给她盖新房。

“阿婆,最近怎样? 身体还好吧?”王伟搀着陆阿婆坐下,递上一杯茶水。王伟是长兴岛人,和陆阿婆语言相通,几乎每次都是他出面接待。老人絮絮叨叨地讲着,王伟笑眯眯地听着,不时开导几句。一个小时过去,陆阿婆情绪渐平,说要走,王伟私下塞给她两百块钱,开车把她送到轮渡码头或公交车站。这样的情形,王伟已经记不清有多少次了。

和王伟共事十多年,执行庭法官袁爱忠印象最深的是:“每次遇到险情,王伟总是冲在最前面。”3 月下旬的一个上午,“老赖”李某喝了点酒来到法院。他事先将一把美工刀扔进法院,过了安检后捡起刀,将十多厘米长的刀刃抵在自己脖子上。“你们把我的银行账户冻结了,不让人活了?”情绪激动的他叫嚷不止,脖子已经出血。

王伟闻讯从办公室一路奔过去,站在李某对面喝道:“住手! 你有什么困难,跟我说!”两人离得很近,李某挥刀就能划到王伟的脸。但王伟毫无惧色,他安抚着李某的情绪,“冻结账户是法院执行的常规手段,把钱还上就会解冻。”李某渐渐平静下来,趁其不备,一旁的法警冲上去将他制服。

走南闯北十多年,王伟算不上九死一生,却也是险象环生——遇过大雪封路车辆抛锚,遇过车匪路霸围攻堵截,还遇过当事人威胁报复。

"这辈子最亏欠的就是老婆。"

"以前我可是模范丈夫，现在我连袜子都不洗。她很贤惠呢。"谈起妻子，王伟洪亮的声音变得柔和许多。

年轻时，王伟在部队，妻子在村橡胶厂工作，还要照顾年幼的女儿。妻子随军后，王伟承包了洗衣做饭全部家务，成了军队大院里公认的模范丈夫。当了法官后，王伟变"懒"了，出差回来倒头便睡，扔给妻子一包脏衣服。

妻子的支持和爱，是王伟一心扑在工作上的底气和后盾。前几年，王伟查出来血脂高，她听说三七和西洋参同服能降血脂，便买来许多磨成粉末，仔细装进一颗颗空胶囊里，以备他出差时方便服用。

王伟一家三口如今仍挤在一套75平方米的老房子里，那还是1998年王伟单位分的房，地段偏远、户型老旧。不止一次，同事和王伟一同出差办案时，夜深人静之际说起家人，王伟总说："这辈子最亏欠的就是老婆，将来退休了，一定要多带她出去走走。"

这个周六，王伟照例向朋友借了车，带上一大堆蔬菜，和老婆一起回到长兴岛新港村的老家，和79岁的母亲一起烧饭吃。王伟的父亲前年过世，他每个周末都回来看看母亲。

只是，无论是妻女，还是老母，都还不知道王伟的病情。

即使是最早知情的妹妹王虹，也是在父亲的葬礼上看到大哥异常疲惫，一再追问之下才探出真相。王伟一再叮嘱她守口如瓶。"他大我9岁，我读师范时他寄钱给我，长兄如父啊，他在，我心里就很踏实。"说起大哥，王虹哽咽难言。

"你准备瞒到什么时候？要是你老婆知道了，你怎么解释？"记者问。

"能瞒多久瞒多久。"王伟站起身，"你看我这样，哪像生病了？我会向她解释，她会理解的。"

"如果你母亲知道了呢？"

沉默良久，王伟抬起头："我怕我妈知道……她不识字，不看报，我希望别人不要告诉她。"

记者手记

病情，今天公开

"王伟是一线法官的典型代表，他像头老黄牛一样勤勤恳恳、带病坚持工作，缘于他对工作的热爱。他的事迹，可以鼓舞我们的法院干警。"在宝山法院采访时，院长汪彤很希望记者能写一写王伟。

王伟的病情目前比较平稳，身体各项指标控制得不错，他认为这与领导的照顾和同事们的关心密不可分。2011 年 2 月，王伟的病情确诊，直到 2013 年，在宝山法院内部的一次报告会上，一位副院长向全院干警讲述了王伟的故事，引起极大震动。同事们对王伟提供各方面支持，安慰他、鼓励他。每个周六上午，袁爱忠都会陪他打两小时乒乓球，而在王伟的家里，袁爱忠则会自觉地闭口不谈他的病情。

"现在可以公开病情了，因为这病不是不治之症，我有战胜病魔的勇气。"王伟决心拿出年轻时练长跑的劲头，创造奇迹。在军校时，他每天都要练跑至少 15 公里，后来他参加 1987 年大连国际马拉松赛，用时 2 小时 45 分钟跑完全程，国家一级运动员水平。"当初不告诉家人是怕他们担心，病痛和压力让我一人承受就够了。现在身体状况正在好转，家人知道了，应该也能理解。"

（引自 2014 年 6 月 8 日《解放日报》）

父亲影响了我们的人生

黄松涛

父爱如山，慈父伟岸，这一形象早已铭刻在我们子女的心中了。如今，虽然父亲是个风烛残年95岁高龄的老人，但在我们的内心世界里，父亲永远是伟岸的，永远是坚韧顽强的，他永远是我们的榜样和力量。

父亲生于1924年12月18日那个军阀混战、战乱不断的忧患岁月。幼年拾过狗粪，少年做过雇农，青年做过日本人的苦工，历尽了磨难，尝遍了人间辛酸；中华人民共和国成立后，靠共产党翻了身，入了党，做了村干部，担任了村支书；50年代

初党中央号召开展农村“三大合作”运动时，受党组织的重托和父老乡亲的信任，我父亲毅然挑起了筹建长兴农村信用合作社的重任，开创了长兴岛农村金融的先例，并担任长兴信用社主任长达28年直至退休，其间还兼任中国农业银行长兴营业所主任和联合党支部书记至退休。

父亲对党信念如坚、对事业忠诚有加；对同事关怀备至、对邻里热心帮助；对家庭精心呵护、对子女身教切切。

克己奉公的父亲

平时，父亲戴着草帽串家走户，回笼资金和贷款扶贫两不误，使多少家庭脱贫，又使多少单位脱困，切切实实促进了地方经济的发展。至今我们遇到一些老同志忆起这些时都会说一声：“老黄真好！”感激之情溢于言表。从我们记事起，父亲的身影始终是忙碌的，父亲的时间永远是不够的。除了星期天，平时吃住在单位，几乎把所有的时间都交给了单位。尤其在农忙和农村年终分红时，他的身影要么在某个生产队的农田里，要么就在村里财务室，始终为工作而忙碌着。以至于不管父亲的“老坦克”自行车停在哪里，看到的人就知道“老黄又来了”！父亲因饭食无常患了胃病，发病时疼得在床上打滚(直至退休后才将胃病治好)，但始终没有离开过自己的工作岗位，他视工作比自己的生命还重要。父亲任劳任怨、克己奉公，28年如一日奋斗在农村金融条线，默默奉献了他的全部智慧和心血，为长兴地区经济发展做出了自己的贡献。为肯定父亲等老一辈金融人的辛勤付出，当时的上海农村信用合作联社和现在的上海农商银行总行分别采访过父亲，并将采访的视频陈列在了上海农商银行行史馆内，供全行员工及外来人员参观学习。

善良正直的父亲

父亲天性善良正直，在带领长兴信用社职工取得一个又一个成绩的过程中，他作风踏实，关心爱护下属，诚信对待客户，赢得了信用社内外的一致好评。在父亲28年工作历程中，曾经多次将加工资的机会让给下属困难员工，其中有一次加工资时，父亲发现元沙分社的一位员工家庭特别困难，于是他毫不犹豫地将自己加工资的机会让给了这位员工，致使80多岁的这位员工还常常在我们子女面前念叨此事，从内心深处感激父亲。也因此事，有个别员工想不通责问父亲：“为什么加给他不加给我”？父亲正气十足回答说：“你比他困难吗”？父亲的正直可见一斑。还有父亲临近退休前一年，单位又有一次加工资。本该是退休前的最后一次加工资的机会了，但父亲全然没有考虑到自身的利益，毅然又将加工资的机会让给了其他更需要的员工。

勤俭持家的父亲

父亲的心中一直有两个家，一个是父母子女组成的我们的小家，另一个是员工同事组成的单位的大家。不管哪个家，父亲都深深地挚爱着，勤奋地打理着，辛劳地操持着。

从我们记事起，父亲就一直不停地忙碌着，一星期七天中，只有到了周六晚上才能见到他回到家里。他常常关照单位的同事们要"勤俭办社、爱社如家"，要随手关灯，节约每一度电；要关紧龙头，节约每一滴水；采购物品要切实，必须低标准；使用物品要合理，确需不浪费。在"勤俭办社、爱社如家"观念的影响下，信用社业务稳步发展，农信精神也代代相传，作为这种精神传承的象征，长兴三代信用社主任的视频被陈列在了上海农商银行行史馆。

父亲不但常年忙于单位工作，也不忘家务琐事。父亲心灵手巧样样在行，从我们小时候起，常记得父亲每年更换草房屋面(草房盖屋)时爬上爬下，农忙时的田间驾着耕牛东耕西耙，快过年时所有的蚊帐被子总有父亲帮着母亲换洗，平时家庭生活中的木工活、竹篾活、牵磨(人工磨粉)等，都少不了父亲的身影，直至哥哥们长大，而且都是在周日完成这些家务劳动。

宽宏仁爱的父亲

最难以表达的是父亲对我们的爱。在我们成长过程中，经历了一穷二白，经历了"大跃进"和人民公社，经历了三年困难时期，还经历了"文化大革命"，承受了多少的艰难困苦，省吃俭用才将我们拉扯长大，但就是在这些艰辛的岁月里，我们的成长始终得到了父亲的呵护。在我们的印象中，父亲虽然做事严谨、教育严格，但和我们的母亲一样从来没有打骂过我们，父亲对我们的爱是体现在生活的点滴中。记得每年中秋，父亲的工资很低家里穷买不起月饼，父亲会买上几个苏式月饼，让全家老少一分二或一分四地分着品尝。那个时候小小的一块月饼是多么珍贵多么香甜啊，以至于此情此景深深地镌刻在了我们兄妹的心灵深处，没齿难忘这种温馨。有时我们兄妹也会犯错，大哥还记得他八岁上小学一年级那年，家里的鸡蛋舍不得吃,凑多了送外婆家卖。由于父母忙,没空上外婆家,外婆就把 5 元钱委托大哥带回家,但大哥将钱移作他用没交家里。事后父亲对大哥的不诚实行为非常生气,但他没打没骂,而是采用威吓的方式,即用晒东西的芦苇链子松松垮垮地将大哥卷起后扔在河边,并留了逃跑的机会。以后弟兄们都牢牢记住了这件事,记住了做人必须诚实。尽管此事已过去 60 年了,大哥始终记着,其他姐弟也时常会言及此事。记忆中父亲循循善诱、不打不骂,充分给予改错机会的教育方法使我们得益匪浅。父亲那宽厚待人的处世之道,严爱有加的朴实家风无不潜移默化地影响着我们,继而进一步影响着我们的下一代。我们不得不说,没有我们亲爱的父母就没有我们兄妹们的今天,就没有我们今天这么幸福的生活,我们始终为有这样的父母而感到骄傲和自豪,更感到踏实和幸福。父母的谆谆教导和殷切希望,无时无刻不在鞭策和鼓励着我们工作学习积极向上,家庭生活和谐快乐。

父亲影响了我们的人生

我们的父亲不是高官,也不曾有厚禄;不是知识分子,仅读过两年多私塾。因此,父亲的爱更多地体现在他的行动上,他的处事方式、他的言行举止深深地影响了我们六个兄弟姐妹的人生。

大哥松桥是个兵哥哥,于 1971 年应征入伍到海军北海舰队潜水艇部队,上过军校,完成大学学历后担任过潜艇机电长,后转业进宝山区交通局第三航运公司担任党支部书记;第二是姐姐云芳,曾在长兴服装厂工作 20 多年,并长期担任记工员;二哥松林是个电工技术人员,曾任新兴大队专职电工,后进宝山水利局宝测 1 号船负责机电工作;三哥松培曾是长兴人民公社最年轻的政治队长,时年仅 18 岁。还曾任新港村团支部副书记,长兴砖瓦二厂团支部书记;小哥(作者本人)顶替父亲进信用社后完成大学学历,曾任上海农商行党群部工会办主任,高级政工师,业余成为一名摄影家,是中国摄影家协会和上海市摄影家协会会员,现任上海农商银行总行高级业务经理;小弟松才曾任新港村会计,自学大学学历,任新港村村主任和党支部书记长达 20 多年,现任长兴镇资产公司党支部书记、经理。

如今,父亲的第三代中获得同济大学、澳洲留学和自学大学学历的有 5 人,有三个在银行工作,其中一个基层银行副行长和一个行长助理,另外还有一名医师级医疗工作者和一名助理级非银行金融机构管理人员。第四代中更已有三名初中生,一名小学生了。

总之,父亲的言行影响了我们的人生,也深深地影响了我们的大家庭。

皱纹，揉皱了时光；白发，细碎了年轮。父亲在 90 多个春秋寒暑中，经历离乱沉浮，阅尽世道沧桑，尝遍人间苦辣酸甜。幸遇毛主席、共产党领导人民建立了新中国以及改革开放和建设中国特色社会主义的时代变迁，才使得老人家欣逢太平盛世，终于有了今天安度幸福晚年的美好生活！没有共产党就没有新中国，没有共产党就没有父母亲幸福的晚年生活。

借此，让我们晚辈们向我们的父母致以最真挚的敬意，并祝愿父母健康长寿、幸福安康！

（2018 年 6 月 9 日）

战斗在航海岗位上的长兴岛人

陈正杰

祖国的远洋航海事业，随着新中国的成长不断发展壮大起来。现在，我国远洋海运集团是全球最大的航运企业，为国家进出口物资的海上运输，提供了主要保障。无数的海员默默无闻地、几十年如一日地战斗在航运第一线，为国家的经济发展和人民的幸福做出了不可磨灭的贡献。

在这支庞大的海员队伍中，有一百多位就是我们长兴岛人。他们胸怀祖国，忠于职守，任劳任怨地奋斗在这条运输线上，他们不仅要同大自然的狂风恶浪搏斗，有时还要同恶贯满盈的国际海盗做斗争。

我和我的战友们几十年的远洋航海生涯，见证了新中国远洋航海事业的飞速发展，也感受到海员们为了祖国的尊严、为了人民的幸福而奋斗的大无畏精神。

我写这篇文章的目的，意在为祖国的远洋事业唱一曲颂歌，为可敬可爱的海员们写一首赞美诗。

为让读者对新中国的海运和远洋航海事业有所了解，我且做一个简要的介绍。

关于沿海海上运输

中华人民共和国成立以前，海上运输业主要由清末时期组建的招商局及其他民族资本下的海运轮船公司承担，远洋运输业主要由国外的轮船公司承担。

新中国成立以后，华东地区的海上运输业承担者，主要是在招商局的基础上，经过多次变更，于 1953 年 5 月 1 日正式成立的交通部上海海运管理局。多年以来，上海海运局投资和管理的各类船舶航线遍及国内沿海、长江中下游港口，承担了中国沿海的贸易和物资的海上运输工作，尤其是承运影响国计民生的煤炭、石油、金属矿石、粮食等大宗重点物资，承担华东沿海地区海上客运主要任务，成为华东地区经济发展不可缺少的重要支柱，1993 年 6 月 18 日改组为上海海运(集团)公司，属中央直接管理的国有大型骨干企业。

外贸远洋运输

1961 年 4 月 27 日，中国远洋运输公司在北京成立。成立之初的公司不专设机构，与交通部远洋局合并办公，远洋局局长冯于九兼任中远公司经理；同日，中国远洋运输公司广州分公司在广州成立，与远洋局驻广州办事处合并办公。成立之初这是一个仅有四艘船舶共 2.26 万载重吨的小型船运公司。1961 年 4 月 28 日，第一艘悬挂中华人民共和国国旗的“光华”号客轮，在广州黄埔港举行隆重的首航典礼。随后，“光华”轮驶往印度尼西亚雅加达港接运受难华侨回国。

1964 年 4 月 1 日，中国远洋运输公司上海分公司在上海正式成立。在上海外滩中山东一路 9 号办公。

1993 年，随着天津远洋、青岛远洋、大连远洋等公司的先后成立，国内形成了“广、大、上、青、天”五大远洋公司，随即在北京成立了中国远洋运输(集团)总公司。当时它是中央人民政府直管的特大型中央企业之一，是国内唯一从事外贸远洋运输的企业。

1978 年改革开放后，经营沿海运输的上海海运、长江航运等大型国内航运企业，也先后开展了远洋运输业务，沿海港口的地方航运公司像雨后春笋般相继成立，外贸运输业快速发展，国外航运公司纷纷介入中国的外贸运输业务。

1997 年 7 月，经国务院批准，上海海运、广州海运和大连海运等组建成立了中国海运(集团)总公司。远洋运输业发展迅速。

2016 年 2 月 18 日，中国远洋海运集团有限公司(以下简称中国远洋海运集团或集团)由中国远洋运输(集团)总公司与中国海运(集团)总公司重组而成，总部设在上海，是中央直接管理的特大型国有企业。

中国远洋海运集团经营船队综合运力 8 532 万吨/1 114 艘，排名世界第一。其中，集装箱船队规模 158 万 TEU，居世界第四；干散货自有船队运力 3 352 万吨/365 艘，油轮船队运力 1 785 万吨/120 艘，杂货特种船队 300 万吨，均居世界第一。

中国远洋海运集团完善的全球化服务筑就了网络服务优势与品牌优势。码头、物流、航运金融、修造船等上下游产业链形成了较为完整的产业结构体系。集团在全球集装箱码头将超过 46 个，泊位数超过 190 个，集装箱吞吐量 9 000 万 TEU，居世界第二。全球船舶燃料销量超过 2 500 万吨，居世界第一。集装箱租赁规模超过 270 万 TEU，居世界第三。海洋工程装备制造接单规模以及船舶代理业务也稳居世界前列。

长兴岛人从事远洋事业的历程

上海远洋是 1964 年成立的，1971 年正是上海远洋发展起步的阶段，远洋需要人力。1970 年，上海远洋在上海、嘉定、川沙三县招收了几百名远洋海员，由于政审和体检的要求比较高，三县没有招满计划，故在 1971 年，又从宝山县招收了 90 多名远洋海员。长兴岛被招了 12 名远洋海员，这是工矿企业第一次直接从农村招收工人。他们是：园沙新建大队黄永法(已故)，庆丰大队俞云祥，长明大队徐水祥，新兴大队陈正杰，先锋大队倪其相，北兴大队刘品祥，红星大队陈祥，增产大队邵忠良，建新大队陆邦祥，光明大队浦祖彪，插队知青陈永源、沈家康共 12 人。1971 年 9 月，12 人去上远公司报到，开始了航海生涯的陆上培训，经历了挖防空洞、平地基、卡车装卸工的短暂工作后，除两名知青直接进入航修厂当修船工人外，剩下 10 人全部被分配到黄浦区第二饮食服务公司所属的中型饭店学厨工，计划培训一年结束后，上船从事厨工工作。1972 年上半年，我们尚在培训期间，正赶上全国的大学因"文化大革命"而停止了六年招生后，恢复了招生。当时是由工矿、农村、部队三方面推荐适龄青年上大学，简称"工农兵学员"。有幸的是我们 12 人中，有两人被选送去了南京铁道医学院学医(刘品祥、陈祥)，一人选送去了上海外语学院学习外语(浦祖彪)，一人选送去大连海运学院学航海驾驶(陈正杰)。其余同志继续在饭店学厨工，直至 1972 年底培训结束，1973 年他们陆续上船工作，开始了他们真正的远洋生涯。上学的同志在 1975 年毕业，回到公司，也开始陆续上船工作，学医的上船做船医，学外语的上船做翻译。我学航海的上船做二级水手、一级水手、三副、二副、大副等工作，并于 1983 年 30 周岁时，考取了远洋船长证书，当上了一名远洋船长。徐水祥同志因上船做厨工过程中，手上皮肤经常性脱皮，做厨工工作显得不卫生，所以改行做了水手。他通过自学逐渐知晓了航海知识，并也一步一步从水手做起，直到考取了船长证书，当上了远洋船长。这批人均为远洋事业奋斗了一辈子。

据我了解，在我们这批人进入远洋之前，跃进大队(或是同心大队)有位老先生在远洋工作，做到轮机长后在机关管理部门工作，叫蒋玉弟(音，已故)；原在银行工作的陆惠仁的哥哥，也在远洋工作；还有一位是先进大队上学分配去上海海运局的，后也从海运局调入上海远洋公司的，叫汤建民，任电报主任；再有一位，也是先进大队的，是大连海运学院毕业的吴汉民，分配在上海航道局挖泥船工作，任轮机长(已故)。

我们被招入上海远洋工作后，1972、1973 年大学招收工农兵学员时，长兴岛有四人被招入大连海运学院就学，北兴大队的陆关祥，无线电报务专业毕业，后分配到广州远洋做报务员，北兴大队的高德兴，轮机专业毕业，后分配到上海远洋任机工，一直做到大管轮退休。先进大队女知青金丽雯，无线电导航专业毕业，后分配到中波轮船公司机关做船舶无线电管理，前卫农场吴惠芬(音)，无线电导航专业毕业，后分配到上海船研所工作。

在 1974 年前后集美航海学院招收了一批学生，新兴大队的蔡方俊等数人被招入集美航海学院，所学的专业有航海、轮机，他们毕业后都分配进了上海远洋公司，上船做水手和机工，部分同志不久就调离了上海远洋船舶工作，去了其他企业工作，部分同志在上海远洋一直工作至退休。

再后还招了一批回乡职工子弟去了上海远洋。例如丰产大队的顾汉桃等，具体人数不详，他们在船工作都是以水手机工为主。这批人也均已经退休了。

另有招过一批在农村的复退军人，团结大队的钮士昌、先进大队的施其郎、丰产大队的范其昌等，他们在船工作岗位以水手、机工、服务员为主。这批人也均已经退休了。

还有部分同志直接从部队复退进入远洋的，例如创建大队季月忠，他从水手一直做到船长退休。

1977 年恢复高考后，长兴岛籍学生陆续有考取航海类的本科、大专、中专生，毕业分配或与海运类企业签约从事海上运输工作的人也不少。20 世纪 90 年代初，新港大队的陈飞，考取了集美航海学院大专轮机专业，毕业后服务于上海远洋公司，在船任职机工、三管轮、二管轮、大管轮、轮机长等职务，担任轮机长数年后，去年被公司调入造船中心，担任公司新造船驻厂船舶监造工程师。另外，90 年代开始，社会上成立了相应的劳务公司，有不少作为劳务人员被航运公司聘为船员。在船舶做船员的长兴岛人也有，他们一般工作时间不长，有的做几个合同期后便退出劳务公司另谋职业了，有的在船工作也有十多年了。

综上所述，不同时期参与远洋运输事业的长兴岛人，总共不下上百人。他们任劳任怨，勤奋工作，为远洋事业做出了贡献。

我 1971 年招入远洋公司，1972 年又被公司推荐进入大连海运学院求学，1974

年毕业实习开始在船舶工作，直至 1991 年下船调入公司做船舶管理工作直至退休，在船工作 18 个年头，在公司机关工作 24 个年头，退休远洋工龄 42 年。在航海生涯中，我经历了不少恶劣的海况和海盗袭击事件，现简述如下：

海上风险恶劣海况

1977 年在船工作期间，我在上远的一艘 13 000 吨级的杂货船任三副工作，从国外装货回到了上海时，正碰上一个强台风袭击上海。时间是 1977 年 9 月 9 日(毛主席逝世一周年之际)，我轮在长江口锚地等待进港期间，受到了强台风对船舶的袭击。晚上 10 点开始，风力达到 10 级以上，什么是狂风暴雨、翻江倒海，这两组词，得到了实况的验证。船舶抛了两个锚都拉不住风浪对船舶冲击造成的移动，船舶只好开动机器顶着风浪的袭击，风力继续增大，直至船舶实测风力达到 14 级。我们双锚抛着，还边用车顶着风浪，人在驾驶台都不能正常站立，还要目不转睛地盯着海面可能发生的情况，过程异常艰难，连续苦战了 40 个小时，台风终于于 11 日早上 8 点左右在崇明的陈家镇登陆，登陆风力 14 级。我们的船舶首楼甲板和防浪板被浪打得钢板(12 毫米厚)像纸张一样撕裂开一条条手都能伸进去的口子，经过全体船员的奋力抗战，船舶受了点损坏，但全体船员安然无恙。

海上风险海盗袭击

海盗，在那远古时代，经常被小说描绘为在海上干些劫富济贫的事，曾作为勇敢的象征。现代航海中，作为海盗，时常为正常的海上运输添乱。海盗出没比较有影响的区域为南中国海、马六甲海峡、红海索马里海域、西非东岸尼日利亚沿海等区域。

1990 年 8 月 13 日，在我任船长期间，我驾驶的船停靠在菲律宾的第二大港宿务港，在卸货期间的那个深夜，由于港口下雨，不能卸货作业，工人在船休息等候。深夜 12 点 05 分，突然在夜深人静中传来几声响声，我在房间休息。正当我对船上发出的响声感到纳闷之际，船员急促地敲了我的房门，前言不搭后语地告知我船舶出事了，一名船员被枪击倒在船舶的走廊里。我立即赶往现场，并以最快的速度，让在船的菲律宾人安排救护车送船员去医院。在 20 分钟的时间内，我亲自将伤者送到了当地最大的华人医院，医院立即对伤者开展了抢救，无奈，经过了三个小时的抢救，还是没有抢救过来，一名年轻的水手被菲律宾当地海盗枪杀了，水手身中三弹,致命的一弹击中了脑袋。我作为船长,竭尽全力为处理好船员这一不幸遇难的事件,在菲律宾整整用了20天的时间,走殡仪馆、警察局、移民局,通过中国驻菲使馆和当地的华人机构的帮助,从当地的警察局了解了当晚的事情真相。据已被捕的歹徒交代,他是装卸工人,有自己的枪,当晚行窃作案时,去了该船员房间,在与船员发生争执过程中开枪击倒了船员。这么简单的案情,夺走了我们一位年轻海员的生命,可悲可恨!我还带领全体船员,一边保持船舶的正常工作,一边全力按照相应的风俗习惯,处理好船员的后事。摆设灵堂,为灵位一日三餐供餐等风俗都一一循例。船舶载了被害船员的骨灰,所以在航行出港转弯时,会拉响船舶的汽笛,提醒遇难者的灵魂随船回家。9月初回到国内厦门港,将船员的骨灰带回国内交给了公司专门的处理小组和船员的家属。我也随即被公司安排下船休假。抵达上海后,我直接住了一个月的医院,调理了一下自己的健康。出院后继续在家休息。没想到,这次惊险的事件,大大挫伤了我的健康状况,俨然成了我告别海上生涯的重要原因。这也是船员所面临的一大风险。

1991年,我被调到公司机关做航海安全管理工作直至退休。

比较有影响的船舶被海盗袭扰袭击袭持事件

防海盗工作也是航海安全管理的一项重要的工作。2008年前后,索马里海盗日益猖獗,不时袭击过往的船舶。我国的船舶,每天要有几十艘通过该海域,中国远洋、振华港机的船舶,都遇到过海盗的袭扰、袭击和袭持。2008年12月26日,中国海军护航编队第一次出征索马里海域,依照联合国的相关规定,为航经该海域的中国商船实施护航,外国商船需要主动申请后也可编入编队为其护航。

索马里海盗袭船的方式,是白天驾驶快速小艇,追上大船,夜间,趁大船不注意时,利用挂梯、锚钩勾住大船的船帮,实施强行登船。上船后利用武器威胁船员控制驾驶台,强行要求船舶驶往他指定的地点,然后对船舶的财物洗劫,对人质控制,向船公司要赎金,然后放船放人。

振华港机有两艘船舶,受到了索马里海盗的袭扰,一艘船舶受到了袭击,中远集团的一艘船舶受到了索马里海盗的袭持。

"振华25"轮被海盗袭扰

2009年8月7日,上海振华重工(集团)股份有限公司的商船"振华25"轮,航行至曼德海峡入口时，发现左前方1.5海里处有三条白色小艇，形迹可疑，每条艇上有五至六人。可疑小艇步步逼近，"振华25"轮拉响了警报，并集合全体船员紧急戒备。当三条小艇位于"振华25"轮左后方1.5海里时，其中两条小艇突然启动向"振华25"轮快速冲来，"振华25"轮立即向护航军舰886舰报告并要求紧急支援。就在危急关头，我护航海军直升机飞抵"振华25"轮右侧上空，对不明小艇进行驱赶，并发射五颗红色信号弹。随后，886舰和529舰也陆续赶到事发海域，为"振华25"轮护航。经过十几个小时的护航，海盗终于彻底放弃，陆续驶离。护航的整个阶段，"振华25"轮周围的不明小艇一直很多，雷达显示，最多时同时有八条小艇尾随。"振华25"轮船长说：祖国海军和中国海上搜救中心凭借快速反应能力，成功击退了海盗，保证了"振华25"轮的安全。有祖国海军做我们坚强的后盾，我们中国商船有信心战胜海盗。

"振华26"轮被海盗袭扰

2011年1月21日17时40分，上海振华航运有限公司经营的中国香港籍货轮"振华26"轮从苏丹开往上海途中，在阿拉伯海中部海域（北纬12度37分，东经65度）遭遇海盗袭击，经过该轮32名中国船员共同阻击，"振华26"轮成功摆脱海盗劫持。

据船长介绍，当两艘海盗快艇从船尾快速接近时，大家都异常紧张。海盗艇声东击西，向我轮左舷开火并发射火箭弹，炮弹落在我轮左舷救生艇甲板，一声巨响，随即两艘快艇迅速贴近我轮右舷举梯登轮，所幸我轮事先从船头主甲板导缆孔左右两舷各出一条缆绳拖曳至驾驶台前墙面，一只携带火箭炮的快艇骑在了缆绳上熄火，进退不能，被全速前进的我船差点拖翻，一名海盗闪入海中，估计是快艇螺旋桨受损，那只艇再也没有追上我轮。另一只海盗快艇三番五次接近我轮右舷中后部，每次接近都报复似的猛烈对着我们开火，因被缆绳所隔加上船员们啤酒瓶、铁块、救生信号弹、高升爆竹阻击始终无法贴上我轮船身。又几次试图从右船头缆绳前登轮，兴波作用加上用右舵又几次被推了出去，持续了一个多小时，黔驴技穷的海盗一通狂扫后停止了追随。阻击期间，完全分不清是枪声、火箭弹爆炸声还是船员阻击海盗的高升爆竹声。检查被火箭弹击中的左舷救生艇甲板后我们有些害怕，梯子钢踏板数处被弹片炸穿，救生艇钢丝被炸断，艇架变形，两翼围墙及驾驶台外墙几处镶嵌着子弹头，救生艇的透气帽多处被子弹击穿，所幸无人员受伤，平安脱险。

“振华 4”轮被海盗袭击

排水量六万吨的“振华 4”号面对的是一群什么样的海盗呢？据了解，索马里海盗队伍不断壮大，人数从几年前不足 100 人，发展到了 1 200 余人。2007 年 11 月 16 日，海盗因为赎金问题，杀死过一名人质。2008 年 4 月，在袭击一艘日本油轮无果后，海盗派人发射了火箭弹，将油轮轰出大洞，导致原油倾泻海面。索马里海盗训练有素，得手概率高。当时海盗手里有两艘被劫持的船受到世界关注：一艘是 2008 年 9 月 25 日，被劫持的乌克兰军火船“费那”号，被海盗劫走了 33 辆 T72 坦克；一艘是 2008 年 11 月 17 日被劫持的沙特超级油轮“天狼星”号。“天狼星”号油轮长 33 米，相当于美国一艘航空母舰的长度，载重达 31.8 万吨，劫持重大的油轮并非易事。

“振华 4”轮是国有大型企业振华港口机械集团公司所属的大型特种设备运输船。“振华 4”轮在苏丹港卸完了货回国的途中，在亚丁湾航行途中，早上 8 点 10 分，值班水手报告，在离船六海里的地方发现两艘快艇驶来，经过了雷达辨认是海盗船。该轮虽然没有什么正经的武器，但是有一些自制的秘密小武器，船长觉得应该能够对付一下海盗。“振华 4”轮的船舷较低，海盗会很容易上主甲板。可是从主甲板到生活甲板有两层楼那么高，在进入亚丁湾之前，船长就已经命令水手将主甲板到生活甲板左右两边梯子割掉，形成一个天然的障碍。除此之外，船长苦思冥想后觉得，海盗光着脚，不怕水却怕火，于是在甲板上弄一道火墙，火墙是用浸染了柴油的废布头做成的，船长还做了一个实验，火焰会有一米高，燃烧达一个多小时。为了应付外敌，船长还用啤酒瓶装上可燃的油气溶液，自制了 200 多个燃烧弹。除此之外还准备了两个撒手锏，一个就是抛绳器。抛绳器是在船舶遇险时，将细绳从一艘船抛向另一艘船带大缆的器具，射程达 300 米。船舶用它向海盗打出弹头威吓接近的海盗船。“振华 4”轮的船速是 9 节，而海盗的快艇达到了 16 节。在发现海盗 10 分钟之后，海盗船就追上了“振华 4”轮，躲过船上扔下的燃烧弹，海盗用自制的梯子轻而易举地从“振华 4”轮的前部登上了主甲板。海盗刚上船他们好像笃悠悠，一个个等同伙上来集合完毕，才开始劫船行动。七个海盗上船一边鸣枪一边有两个海盗还做了一个姿势叫我们投降。海盗上船时，水手开始用燃烧瓶点燃了第一道防线，也就是船长苦心经营的火墙，然而火墙的燃烧换来的是海盗更密集的枪声。四个海盗用自动武器扫射，打得船员不敢露头，前面三个一下就冲过来，怎么冲过来都不知道，眼睛一眨就不见了，直接冲到这个上面。船长还没有看明白怎么回事,第一道火墙就已被突破,这让船长有些沮丧。可是这并没有动摇船长的信心,他认为他的第二道防线,主甲板到生活甲板之间两层楼高的悬空应该是海盗难以逾越的。当海盗走到我们自制啤酒瓶汽油燃烧弹的有效投掷范围之内,我们突然一下子将几十个点燃的啤酒瓶同时往下扔,海盗都始料不及,赶紧往回跑。海盗都是光着脚的,燃烧瓶炸裂后产生碎玻璃,好几个海盗的脚上都划出血来。40 分钟内,海盗向生活甲板发动了三次进攻,可是燃烧弹太密集,海盗没能如愿,恼羞成怒的海盗这时亮出了火箭筒。这种武器能击穿生活区 10 毫米的钢板,为了避免伤亡,船长命令船员隐蔽。就在此时,海盗迅速利用自备的梯子,爬上了位于主甲板上方六米的生活甲板,第二道防线又被突破了,海盗离船员越来越近。那是最紧张的时候。攻破了这个门他们就直接冲向驾驶台了。这时船长自己亲自上阵,用船上消防泵打出的高压水向海盗冲去,因为水压力很大,一会儿就把海盗冲退了下去。在援兵到来之前,只有坚守。这个时候三名近距离的海盗被水枪和啤酒瓶压制在了舷梯的下面,不过主甲板上还有四个负责掩护的海盗,他们的冲锋枪对船员有着巨大的威胁,于是船长命令一位水手将报警信号筒扔到了主甲板上。有心栽花花不开,无心插柳柳成荫。那个信号筒是很大的,里面装有很多的火药,它本来是慢慢地冒烟的,结果扔下去的时候后面一个盖子撞掉了,不是冒烟了,是冒火了,像一个火箭筒一样,冒出很大的火柱。它变成一个无助的火箭一样,前半段就是由后坐力把它推了走,扫过海盗的脚,可能没扫到,反正是一个海盗被吓得赶快跳出去,蹦到后面,在主甲板摔了两跤,他也不知道什么武器,没看清楚什么东西,这个威力也是很大的。紧接着,船长命令发射抛绳器。这个抛绳器的威力很大,在他们四个人的中间穿过去,后面正好有一根铁轨,打在铁轨上,声音甚至超过他们枪打在我们钢板上的声音。然后他们四个人一看穿过了以后就跑,他们不知道是什么东西。主甲板上的海盗被不知名的武器吓得不知所措,这突如其来的猛烈抵抗,使海盗没有预料到,海盗们有些惊慌失措。这时主甲板上的海盗做出一个出乎意料的举动。一个身材高大的海盗,从主甲板的前部抱着头过来,双手乱晃,stop,stop,我知道他是要谈判,要对话。船长也不能放弃这个机会,赶快从驾驶室里面过去。"不能下去的,船长到驾驶室外面左侧去,叫海盗走过来一点。"船员们对船长说。我们看到海盗把那个脚抬起来,指指脚板,是说要鞋的意思,船长知道有一个海盗曾经中途逃下去的时候,在甲板上连滚带爬,摔了两跤,受伤了。还有两个海盗就困在上面,进退两难。两个海盗,就给了两双工作鞋,还有一双就扔到下面给他了。船长将两双没穿过的鞋扔给了甲板上的海盗,还有当场从脚上脱下来的鞋也扔给了海盗。穿上鞋的海盗并没有想走的意思,这时船长更着急了,因为有了鞋子,啤酒瓶的碎片就再也起不到阻挡海盗的作用了。船长灵机一动,对付这帮人,不管什么香烟拿上五条扔给海盗,赶快叫弟兄们去拿五条香烟来。那些兄弟还面面相觑,不知道怎么回事。船长说拿香烟给海盗,他们明白了,转过弯来了,反正船长房间的香烟都在外面,拿来后船长一条条地从上面扔下去,海盗眼睛发亮如获珍宝,飞奔过去就捡,收了烟的海盗退到甲板上停止了进攻。就在这个时候,中国部队的直升机来了。船员欢呼:"飞机来了!"海盗一开始好像满不在乎的样子。因为飞机不会对他们造成致命打击。然而飞机一个俯冲下来,对着海盗船两梭子子弹过去,打沉了一艘海盗小艇。这个时候国内传来了一份电报,说一艘马来西亚的军舰离他们只有三个小时的里程,正在向他们驶来,"振华 4"轮全速驶向军舰来的方向。带有全球定位仪和卫星电话的海盗,在接听了一个电话之后又扯着嗓子和船长讲起话来。海盗也知道可能是跟军舰相接近,他又过来了,他说:"船长向左转,不对……"这个时候我的船也知道军舰越来越近。无计可施的海盗,半个小时后放弃劫持,他们纷纷离开"振华 4"轮。

交通部海事局应急指挥中心第一时间接到"振华 4"轮遭遇海盗袭击的求救信号,海事局立即组织应急中心指挥人员,联系相关国际组织协同支援。我作为企业安全管理专家组成员,正好在交通部公安局研究我国整体防范海盗袭击的进一步措施,海事局立即让我们一起去指挥中心参与对"振华 4"轮的营救工作,因此比较全面地了解了"振华 4"轮与海盗交手的具体情况。

青岛远洋公司的"德新海"轮被海盗挟持

2009 年 10 月 18 日,正在印度洋航行的中国籍船舶"德新海"轮遭受了索马里海盗的挟持。海盗上船后立即控制了驾驶台,中断了一切外界通信,并袭持船长改变航向,向海盗指定的地点行驶。交通部海上搜救中心接到信息后,立即报告了中国海军司令部,海军司令部立即命令千里之外的中国海军护航编队赶往印度洋海域,并根据"德新海"轮的动态,准备与"德新海"轮会合。两天后,考虑到船员的安全,决定我军舰不与被劫持船舶正面接触,眼看海盗将船舶挟持到索马里沿海水域。海盗挟持了船舶后,将所有的船员集中在餐厅中,有海盗 24 小时武装看守,吃、喝、拉、撒均在餐厅。海盗洗劫了船员的个人财物,把船舶的工具备件开始搬下船变卖,并用枪逼着船员为海盗制作相应的工具。正值天热,船员只剩单衣单裤,没有洗刷,散发臭味,海盗把船舶伙食调换成霉变的大米和杂粮,整天在枪托的威胁下生活,精神近乎崩溃。

这边，从外交部、交通部、国防部、总参、海军司令部等国家重要部门，乃至公司管理部门，为了营救被挟持的船员，想尽了一切办法，动用了一切手段，投入了巨大的财物，惊动了中央主要领导。青岛远洋组织了专门的处理班子，还聘请了专家，协同与海盗组织谈判。海盗没有联系电话，使用船上的卫星通信电话与青岛远洋谈判小组进行谈判，只有海盗打来电话可以通信，这边打的电话一概不接听，给谈判工作带来了诸多的不确定性。72 天时间反反复复地与海盗组织斗智斗勇。一艘海军护航编队中的导弹驱逐舰，整整 72 天在印度洋合适的位置守候，既预防不测，又可随时听候国内的命令，执行解救任务。我作为中国远洋运输集团安监部总经理，责无旁贷地负责着全部的处理工作。考虑到保密的需要，整个工作在中远集团内部，只有少数人员直接参与。我负责处理进展情况的编制、上报，负责着国家部委所有的来往书面绝密和机密件的传达处理工作，上至外交部、交通部、国防部、总参、海军司令部等国家重要部委，下至青岛远洋公司，夜以继日地工作。因为自己的一句话，"德新海未解救成功，我不理发"，所以整整三个月没有理发。在最后的人质释放过程中，我直接在海军司令部与海军司令吴胜利同台指挥海军舰艇的接应工作。在海军司令部作战室沉默了 20 小时后，海盗离船了，海军立即起飞直升机空降了五名特战队员在"德新海"轮，进行了全面的检查后，起锚起航。北京时间 2009 年 12 月 28 日凌晨 3 时，被海盗武装劫持的中国籍散货轮"德新海"轮以及 25 名中国船员安全获救，让"德新海"轮的船员以及为此担心的所有人员轻松地去欢度 2010 年的新年。海军舰艇立即给船舶提供了必要的给养，一路伴航，直至将"德新海"轮送到斯里兰卡港。国内已经派出了整套班子的船员在斯里兰卡港等候，所有船员换班下船回国，归国船员换上了国内带来的整套衣服行李，乘包机回到广州再转机回到青岛，随即船员全部进入青岛海军疗养院疗养调整。

结束语

航海是社会上一个不平凡的行业，也是一个无可替代、不可或缺的行业。海员需要知识和智慧、勇敢和胆识、胸怀和毅力。航海既充满了浪漫的色彩，又伴随了巨大的不确定风险。希望了解和不了解这些情况的人们，支持远洋事业，投身远洋事业，为发展中国的远洋事业，建设"一带一路"海上丝绸之路贡献力量。希望了解和不了解这些情况的人们，尊重海员职业，崇敬海员工人。愿长兴岛籍的海员兄弟以及所有的海员弟兄健康平安！

海星女船老大王招娣

周品其

说起王招娣，长兴岛上上了年纪的人，都知道她是海星渔业大队一位出了名的女强人，是一名优秀的共产党员，又是一个获得众多荣誉的先进工作者。

20 世纪 60 年代初期，宝山勤艺沪剧团编排和上演了一出小戏《渔港新歌》，一时轰动了整个宝山地区。著名的沪剧艺术表演家杨飞飞担纲主演，观众们被故事的真实性和生动性深深打动了。看了这场沪剧小戏的人，有的至今还能背得出里边的一些歌词，如："一轮红日照东方，条条渔网闪金光。双手撒下千里网，夺来高产鱼满舱。渔民个个笑开颜，纵情歌颂共产党。"这出小戏是勤艺沪剧团的文艺工作者们深入生活的产物。他们来到海星渔业大队体验生活，与渔民同吃同住同劳动，真实的生活感受以及受到优秀人物的事迹的感染，根据先进人物王招娣的先进事迹创作的沪剧小戏，富有教育意义和艺术感染力。

王招娣是海星渔业大队一个普通的渔民，但又是一个与众不同的女性。她的人生经历，让人深深感受到党的温暖和妇女翻身得解放的幸福，所以她全身心地扑在捕捞事业上，创建了许多光辉的业绩，谱写了一个新中国女性的自强、自立、敢干、敢为、为国争光的美丽篇章。

王招娣 1907 年 8 月 13 日生于苏州。父亲名叫王蓝定，以捕鱼为业，还开设"鲜行"(经营水产品的行当)和轧米厂。按说，她家是一个比较富裕的家庭。但因其父亲在外面又娶了一个女人，于是家庭引发"地震"。她性格倔强的母亲，不满丈夫感情上的背叛，带着大女儿王招娣离家出走，过上了漂泊流离的苦难生活。也许艰苦的生活环境，磨炼了王招娣坚强的意志和吃苦耐劳的品格。

1920 年，王招娣才 13 岁的时候，就跟着妈妈在江阴一带的长江里捕鱼，不知遇到过多少风浪和困难，也不知吃了多少苦头。她多像一棵风雨中的小草，在艰难中挣扎，在悲苦中成长。为了生计，有时还兼做长江两岸对江摆渡的生意。“穷人的孩子早当家”，她懂得生活的艰辛，她拼命地干着，为孤单的妈妈分忧解难。

1926年，王招娣已经19岁了。她跟着母亲来到吴淞蕰藻浜一带的内河里捕鱼。正在这年，她与同为天涯沦落人的渔家小伙陈雪贵结婚成家，以捕鱼为业，以小船为家。王招娣的母亲则回到了家，待在张家港的两个儿子身边。

王招娣夫妇俩在近20年的捕鱼生涯中，过着居无定所的悲惨生活。有时在浦东、吴淞地区的内河里捕鱼，有时也到长兴岛北海边捕鱼。一家六七口人蜷缩在一只小船里，夏天蚊子叮咬，冬天好像钻在冰窟里。小小的渔船怎么也改变不了他们家凄惨的命运，况且渔民的社会地位低下，被人看不起。为了养活全家人，王招娣还乞讨过五年，主要向停靠在江边的宁波船上乞讨，因为宁波船大人多，心肠也好，看着几个嗷嗷待哺的孩子，都愿把一些剩菜剩饭送给他们。

大地一声春雷响，中华人民共和国成立了。王招娣一家和千千万万的穷苦渔民一样，生活开始发生变化。在党和政府的关怀下，帮助他们建房，让他们在陆地居住；捕捞做到有组织、有规模，有效地提高了生产力。

1955年，她的在长兴岛捕鱼的大儿子陈宝度，已经参加了渔业生产合作组织，并动员他的父母亲一起到长兴岛来参加渔业生产。就这样，王招娣一家真正成为长兴岛上的渔民了。

王招娣，这个从小就在风浪中锻炼成长的渔家女，似乎有一种男子汉的气质：勇敢、泼辣、果断，善于动脑筋、想办法。她的丈夫，性格上和她截然相反，胆小怕事，怕冒风险。王招娣从母亲那里接过了航船棒之后，练就了一套操桨把舵、撒网捕鱼的基本功。在海星渔业大队里，她成了唯一的女船老大。

“船老大”叫起来容易，当起来可并不容易。至少要有一套看风使舵的本领，还得懂得一些天文地理知识，如风力、风速、风向、潮水流向、流速以及天气的变化等。因而，船老大应该具有随机应变的决策能力，才能达到安全航行和有效地指挥渔业生产的目的。

在长江口捕捞作业，与在黄浦江里捕捞根本不同。黄浦江里江面狭窄，来往船只多，有小舢板，有大轮船，有吨位不一的木船，还有兵舰、拖驳等，如观察不力或处置不当，往往会酿成大祸。在长江口捕捞，活动范围大，要善于观察天气的变化，特别要注意风云突变，并想好防范对策。长江里的水产资源丰富，鱼类品种繁多，比如：春有刀鱼、面丈鱼、烤仔鱼，还有白米虾，冬有长江蟹等。这就要求掌握不同水产的繁衍季节，并熟悉它们在不同的季节、气候、潮汛、水流中的栖身水域，同时要配置合适的捕捞工具,要有熟练的操作技术等。

王招娣通过多年的实践,积累了许多捕鱼的经验。她通过早看日出,晚观日落,夜间观察星斗和月色,预测近日内的天气变化情况,判断鱼类的活动水域,为渔业高产丰收打下基础。王招娣既是一船之长,又是生产上的指挥员,每当渔船出港前,她总是第一个上船,对所有的渔具、人员仔细检查一遍,确定无误后,才下令"拔锚、撑篙、拉篷",船员们各就各位,有条不紊地按顺序操作,是那样利落,又是那样默契。当船到达捕捞点时,她又下达撒网的指令,渔民们像战士一样,迅速将网撒了下去。收网时,又在雄壮的号子声里,拉起渔网,船舱里满是活蹦乱跳的鱼虾,胜利返航了。

1958 年,海星渔业大队组建了一艘"三八妇女船",此船是木帆渔船,载重量为 10.71 吨。上船的是清一色的女同志,不过,这些都是经过大队挑选的年轻力壮、思想进步、有培养前途的女青年,她们是周金妹、周来娣、徐金妹、徐根娣、吴阿宝、陈老妹共六人。船老大和船长由王招娣担任,此时她已 51 岁。在这船上,有她的两个媳妇和一个女儿。但她能做到以身作则,大公无私,并根据各人的具体情况,安排工作,充分发挥每一个人的积极性。不管是谁,做错了事,都会受到批评;做了好事或有突出表现,都会得到表扬。劳动报酬方面,一律按劳分配,不搞亲疏,她的女儿因为年纪小,在船上负责烧饭和杂务,只记上七分工。在生产技能方面,王招娣一点儿也不保守,尽量把自己的经验和本领传给别人,她说:"高产丰收不能仅靠一条船,要靠大家的共同努力,才能走共同富裕之路。"

"三八妇女船"在王招娣的带领下,常年产量一直在全渔业大队名列前茅,是一艘出了名的高产船,起到了示范作用和标杆作用,渔民们暗暗地佩服王招娣能干、有本事。她不是须眉胜似须眉,真是妇女能顶半边天,甚至她比男同志还强。

"三八妇女船"在海星渔业大队的捕捞史上屡次创造高产纪录。一次在长兴岛北面的江面上捕捉面长鱼(形状如银鱼,是长江的淡水特产,味鲜美),一潮水竟捕到 600 公斤;一次在长兴岛南边的江面上捕捉烤仔鱼(凤尾鱼)一潮水竟捕到一千多公斤,还有挂在网眼上的烤仔鱼不计其数,船上的姑娘们花了两天两夜的时间才把它们全取下来。还有一次是在长兴岛南面的江面上捕春蟹,一天捕下来装满了七个大草包(草包是用稻草编织起来的一种物品,形状像麻袋,主要用于装土后堵决口用,用它来装蟹,主要是成本低,东西放得多,透气性好)。每只草包可装蟹一百多公斤。王招娣的女儿陈老妹,也在这艘"三八妇女船"上,现今 72 岁的她,回忆起当年捕鱼的往事,还是那样清晰,仿佛发生在昨天一样。

王招娣怀着强烈的翻身感,怀着对党的一片感激之情,在渔业战线上辛勤地战斗着，顽强地拼搏着，无私地奉献着。1959 年 8 月参加了中国共产党，决心把自己的一切献给壮丽的共产主义事业。从此，她更懂得了工作的目的和人生的价值，把自己从事的捕鱼工作和伟大的事业紧紧地联系在一起，对待工作更加认真负责，对待渔业生产的知识，更是刻苦钻研，对待群众更加关心，时时刻刻按照共产党员的标准严格要求自己。因为她工作出色，成绩显著，在她的人生履历表中记载着许多荣誉：1958 年被评为“全国妇联社会主义建设积极分子”，受到了国家主席刘少奇同志的亲切接见，并同她握了手。1959 年被评为“全国三八红旗手”，到北京参加了新中国成立十周年的庆典大会，幸福地见到了毛主席、周总理等党和国家领导人。1962 年被评为“上海市先进生产者”，1963 年被评为“上海市六好社员”等。此外，她还兼任着一定的社会工作，1959 年至 1966 年，担任长兴人民公社妇联副主任（不脱产），1958 年至 1986 年，任历届县、公社（乡）人民代表。她不负众望，努力做好各项工作。

在动乱的“文革”年代，王招娣也遭遇过不公正的对待，理由很简单，因为她受到过刘少奇的接见并与他握手。真是莫须有的罪名。在那黑白颠倒的年代，哪有道理可言？但历史是公正的，千秋功罪，自有评说。

王招娣同志 1997 年 11 月 27 日与世长辞了，但她勤奋工作、刻苦钻研技术、大公无私、不谋私利、关爱别人等许多优秀品质，永远留在人们的记忆里。

一生奉献的女村干部施琴苟

虞培康

施琴苟同志出生在厚朴镇河东新兴大队十二生产队，她有一张甜甜的笑脸，笑脸上有一对甜甜的酒窝。她是家中长女，从小乖巧懂事，善解人意，她在家帮助母亲料理家务，照顾弟妹，在生产队里担任妇女队长。她工作积极，乐于助人。在她 18 岁那年(1966 年)，生产队有户社员沈如龙先生的妻子，在长兴卫生院生孩子难产，大出血，生命垂危，转送上海大医院已经来不及了，只能就地紧急抢救，但急需血浆。施琴苟同志知道后，从水稻田里出来，赤着脚，带了队里社员步行到解放圩卫生院，经抽血化验，她和堂兄弟倪法祥、倪永祥兄妹三人符合条件，她(他)们不顾一些闲言碎语和旧的世俗观念，为了抢救他们母子二人生命，兄妹三人毫不犹豫卷起衣袖，各献了 200 毫升血，母子在医生的全力抢救下得救了，该小孩现在已经 50 多岁了。这件事，一时被传为佳话，新兴大队党支部开大会表扬了她(他)们，大队文艺宣传队为她(他)们编排了文艺节目进行宣传，就连厚朴镇上长兴小学小朋友都知道：有一位了不起的大姐姐施琴苟。

时间过得真快，一转眼施琴苟同志从妇女队长提升为政治队长，一晃到了 1976 年，她被广大社员一致推选为新兴大队妇女主任。上任后碰到的最难最艰巨的是计划生育工作。初期，人们对计划生育有强烈的抵触情绪。有一次上门做一对小夫妻的思想工作，他们就是不同意领独生子女证。怎么办呢？她下决心一定要做好工作，于是看到她家淘米煮饭时，就帮她烧火劈柴，帮她家拣菜、拣棉花，帮她家一起做生活，一边谈心讲政策，讲道理。那家户主看了心想：你来软的，我做硬的。就把她骑来的自行车丢到机口河里去，让她知难而退。施琴苟同志看天色已晚，准备回家，明天再来，可是骑来的新自行车不见了。后来在好心人指点帮助下，从河里把自行车捞了上来。施琴苟同志简单地擦了一下自行车上的烂污泥，忧心忡忡地回家了，她的丈夫曹永涛看到后，感到很奇怪，就迎上去，含着笑脸问："你是怎么啦，一脸不高兴?"施琴苟就把事情的前因后果原原本本地告诉了丈夫。他听后，默默地找了一块擦布，把自行车擦得锃光闪亮，一边擦还一边鼓励她，不要害怕，做计划生育工作，受一点委屈，不要泄气，明天继续上门去做思想工作。听了丈夫支持鼓励她的话，第二天，施琴苟同志骑着自行车笑眯眯地又来到他家，脸上丝毫没有责怪他们的意思。这家户主万万没有想到，用这种不当的过激方法，非但没有吓倒她，相反她还热情上门来，这太让人感动了。精诚所至，金石为开，在她的真情感化下，终于同意领独生子女证了，还向她道了歉，以后还成了好朋友。做计划生育工作是一项吃力不讨好的艰巨任务。施琴苟同志知难而上，不怕被人咒骂，更不怕打击报复，几十年出色地完成了计划生育的各项任务和指标，多次受到上级党组织的表扬和人民群众的认同。

改革开放的春风吹到了新港村(当年的新兴大队)，村里主要干部的工作重心，从单纯的农副业生产转到了市场经济的洪流中去了，村里提拔施琴苟同志兼管农副业生产的副主任，村里杂七杂八的工作全部由她负责处理。在兼任村副主任几十年里，施琴苟同志尝尽了各色各样的甜酸苦辣。例一，农忙时为了不误农时，日夜跟随拖拉机耕地，走遍了全村 2 000 亩水稻地的每一条田埂、每一块土地。拖拉机坏了，来回奔波拿配件，维修时帮助照电筒。有一个拖拉机手激动地跷起大拇指说：我们走了很多村，只有这个妇女干部陪我们同进同出，同耕同受苦。例二，有一次一个生产队请她帮助队里开村民会议，解决历史遗留问题，遭到了一些无理取闹的村民围攻，幸亏有一个女士站出来为她说了公道话，帮她解了围，化解了矛盾。这些人多次上门，赖在她家不走，看见她吃饭，就拿了碗筷和她一起吃，还不让她休息。施琴苟同志泰然处之，以礼相待，吃了饭，还送苹果给他们吃，陪着他们一起聊天，真情感动了他们，矛盾圆满解决。例三，在新港村房屋动迁时，个别人为了多争自己的经济利益，和施琴苟同志发生了矛盾；还有个别人为了经济问题当面谩骂她，还搞恶作剧，利用清明节夜深人静时，偷偷地在她家门口烧冥币触她家的霉头。

施琴苟同志坚持真理，坚持原则，难免会触犯一些人，所以她受到的报复、委屈实在太多了，她在忍无可忍的情况下，只能回家伤心地偷偷流泪，倾吐心中的委屈，但她经丈夫子女们的劝慰后，擦干眼泪，第二天又高高兴兴去奋斗了。解决各类事情，化解各种矛盾，担子重了，人是辛苦了，心却踏实了，和村民们的距离更近了。但是让旁人不解的是，在年终结算劳动报酬时，她的工资却没有增加。对此，施琴苟同志没有计较，也不闹情绪，相反把工作做得更好，用实际行动证明自己，后来组织上为她调整了应有的报酬。在逆境中和遇到不公正对待时，她都坚定一个信念：

为村民们办实事,做好事,让大家过上幸福美满的生活。

2014 年,已经 66 岁的施琴苟同志,她的一颗红心退而不休,还在农村第一线,为村民们操心服务。组织上关心她的身体,忍痛割爱,让这个三朝元老全线退了下来。可是村民们舍不得,要挽留她继续为大家服务,这说明施琴苟同志在老百姓心目中是一个多么好的村干部呀。

2018 年 5 月 23 日,笔者被她的平凡而优秀的事迹所感动,特意登门拜访了她。到她家后,翻看了她 48 年来部分区、县、乡、镇级颁发的各种荣誉证书,有三十本,有获得优秀共产党员称号的,有荣获宝山县计划生育先进个人的,有荣获三八红旗手光荣称号的。其中有一本荣誉证书上是这样评价她的:“十载风雨路,有你的智慧和奉献,十年成就,有你的寄托和希望。”笔者认为现在应再加上一句: 48 年一步一个坚实的脚印,换来了村民的真心拥护,真情爱戴。

伟大领袖毛泽东主席说过: 一个人做点好事并不难,难的是一辈子做好事,不做坏事。48 个漫长、艰辛而甜蜜的岁月,施琴苟同志,无怨无悔,一生奉献,甘做孺子牛,真可谓是实践毛主席这一教导的好干部,真是难能可贵,难能可贵呀!

拜访接近尾声时,笔者要求她讲几句话,施琴苟同志略加思考后爽快而激动地说: 四十多年来,我两袖清风,干干净净,对得起自己的良心,对得起培育我健康成长的中国共产党。感谢一贯支持我,帮助我的家乡父老乡亲们,虽然我已经退职退休,但我还会努力做些力所能及的工作,直到生命终止。

感悟人生

虞培康

2007年至2012年。在每年农历的正月十五，我们原长兴小学部分同学，连续6年欢聚一堂，交流、畅谈小学毕业60年，工作、学习，成家立业，各自丰富的人生经历，回忆童年的点点滴滴，再现儿时的喜怒哀乐，激活内心的青春动力、发挥夕阳的残光余热，幸福快乐地过好每一天。

在聚会期间，有些同学已经四海为家，扎根在祖国的四面八方，但他们不怕路程遥远，不怕路途劳累，满心喜悦地赶到集合地点，还有个别同学实在无法赶到聚会现场的，他们就打电话到现场，表示歉意问候和祝愿。6年间先后共有37位同学参加欢聚。

在聚会期间，同学们亲切地交谈了这60多年来，各自在自己的人生道路上经历的很多快乐幸福、坎坷曲折的人生故事。

有的同学高小毕业后留在家乡把一生的青春献给社会主义新农村建设；有的同学入了党，当了干部，积极为党工作全心全意带领群众艰苦奋斗战斗在第一线；有的同学响应祖国的召唤穿上军装，成了光荣的中国人民解放军一员，保卫祖国的领空、海疆、内陆边防，让人们安康；有的同学走上讲台，培养祖国的花朵，教育出一代又一代有用人才，成为新时代人人尊敬的人民教师；有的同学脱下学生装，或者放下手中镰刀，换上有背带的连衣裤、工作服唱起《咱们工人有力量》的歌曲，成了工人阶级的一员。

总之，我们的同学遍布祖国各地，奋斗在各个岗位上，半个多世纪以来，经历了万紫千红春色艳、山雨欲来风满楼的年代，同学们没有迷失方向，更没有掉队，坚实地走到了法定退休年限，愉快地离开了奋斗一生的工作岗位，开始新的旅程，我们人虽退休，但为人民服务的心不能退休，还应该做一些老年人力所能及的工作，参加一些有益的社会活动，充实自己的晚年生活。

记得有一年聚会期间，我因有事迟到，同学们还是像儿时课堂上一样，有同学提议，叫我认一个女同学，如果认不出来，罚站5分钟。我听从同学们的命令，因为这个女同学，随夫远赴边疆工作，首次来聚会，她的外貌变化特别大，而且已有60多年未见，我硬着头皮睁大小眼，仔仔细细，看了又看，想了又想，终于认出了她，她是我班女同学中最高的一个，我大声地、高兴地喊出了她的大名，博得了满堂喝彩，大家开怀大笑，现场气氛更加热烈，掌声经久不息。久别重逢激动万分，拥抱笑视，热泪盈眶，握手言欢，照相留念。千言万语，万语千言，一句话，同学今聚首，银丝已满头，童心仍依旧，友谊永长留。

在聚会期间，同学们童心未泯，忘记了自己的年龄，童心涌动，你一言我一语，道出了心灵开悟的童声，童声中展现在眼前的是我们生活越来越幸福，寿命越来越长，同学们敞开胸怀，只言片语，稍加整理，编成了顺口溜：六十小弟弟，七十多来些，八十不稀奇，九十过来稀，一百笑眯眯。同学们还收集了些适合我们老年人继续"充电"，继续学习的文字资料，供同学们共学同乐共对照。我把其中关系"人生点点感悟"的内容，展示给大家，让我们一起学习，一起参考，一起感悟吧。

人生点点

（一）为人处事五言：

1. 人生六是：职权是一时的；财产是子孙的；健康是自己的；知识是有用的；友谊是珍贵的；声誉是长远的。

2. 人品六为：大公无私为圣人；公而忘私为贤人；先公后私为良人；先人后己是善人；公私兼有为常人；损公肥私为罪人。

3. 为人六乐：进取有乐；知足常乐；先苦后乐；自得其乐；助人为乐；与众同乐。

4. 处世六然：凡事顺其自然；遇事处之泰然；得意之时淡然；失意之时坦然；艰难曲折必然；历经沧桑超然。

5. 行为六利：有利国家；有利民族；有利社会；有利他人；有利个人；有利后代。

（二）人生之贵

人以正为贵　身以健为贵

衣以洁为贵　食以素为贵

住以雅为贵　行以步为贵

喜以度为贵　怒以忍为贵

哀以节为贵　乐以趣为贵

家以和为贵　教以理为贵

友以诚为贵　情以挚为贵

师以严为贵　徒以尊为贵

官以廉为贵　民以勤为贵

富以仁为贵　穷以志为贵

（三）顺其自然，一生祥和

1. 日出东海落西山　生老病死属自然

2. 遇事不钻牛角尖　为人处事要舒坦

3. 每月领取养老钱　不计多少心喜欢

4. 少荤多素日三餐　粗细搭配利健康

5. 新衣旧衣不挑拣　防暑挡寒身舒畅

6. 常与知己聊聊天　现代生活乐逍遥

7. 内孙外孙同样看　儿女全家都心欢

8. 全家老少共慰勉　贫富都要来担安

9. 早晚操劳勤锻炼　忙闲带来永乐观

10. 心宽体健养天年　不是神仙赛神仙

（四）老年健康法

一明：明确人生的价值　生命的意义

二点：1. 潇洒一点　2. 糊涂一点

三忘：1. 忘年龄　2. 忘疾病　3. 忘怨恨

四有：1. 有老伴　2. 有老窝　3. 有老底　4. 有老友

五要：1. 脑子要用　2. 情绪要松　3. 身体要动　4. 待人要诚　5. 办事要实

看了以上四点，不知道有何感想、有何感悟、有何收获、有何建议？

结束语：人生感悟，悟其精华，贵在行动，动之以恒，延年益寿，长命百岁。

厚朴镇上升起的艺术新星

陆正国

厚朴镇，这个长兴岛上的小镇，在老一辈人的记忆中，也是颇有名气，它有着很多传奇的故事，也有着深厚的文化底蕴。它涵盖现在的新港、丰产两个村。在新港村里，有一户姓樊的大家族，从父辈到子孙后代，不论男女老少，都喜欢文艺，都会摆弄一些民族乐器，都会上台表演节目，不论是家庭大合唱，还是民乐合奏；不论是相声小品，还是戏曲演唱，个个都是精彩纷呈，各显神通。在小镇文化的传承中，在樊家家庭文化的熏陶下，樊家冒出了一颗耀眼的艺术新星，他就是一生追求艺术，奋斗终生的音乐奇才——樊学章。

樊学章这个音乐奇才，奇在哪里呢？

一奇：奇在出类拔萃。樊学章学历不高，只有初中文化水平，初中毕业后，进了长兴公社文艺工厂工作。在此期间，只有17岁的他，既当厂里的机修工，又参加文艺演出。由于他聪明的天赋，演什么像什么，特别在乐器方面，在家庭文化的熏陶下，有了较好的基础，二胡、扬琴走进了他的艺术生涯。他凭着对艺术的执着追求，对音乐无比热爱的渴望，以孜孜不倦的刻苦精神，勤学苦练，在艺术的海洋里砥砺前行。他悟出了音乐的真谛，活出了人生的精彩。一个30多岁的农家子弟，走上了领导岗位，担任了长兴文化馆馆长，而且一干就是26年，无人能替代。不论在宝山时期，还是划归崇明以后，同行们都称赞樊学章是不可多得的人才，是同龄人中的佼佼者，可谓出类拔萃。

二奇：奇在无师自通。樊学章深知，馆长这个岗位，不是好差使，而是在压担子，必须有真才实学，必须拿得出东西。因此，樊学章采用多看、多听、多记、多练、多演的办法，对每个节目、每件乐器潜心研究，细心琢磨，把全部精力扑在艺术追求上。他会的民族乐器有：二胡、扬琴、笛子、唢呐、葫芦丝；西洋乐器有：萨克斯、长号、电子吹管、电子琴、电吉他、打击乐等。真所谓十八般武艺，样样精通，所有这些乐器，在他手里，玩得自如，演得精彩，这其中樊学章付出的艰辛，是常人难以想象、无法理解的。他为了苦练葫芦丝演奏中的双吐、三吐技巧，他是走路练，睡在床上练，一有空余时间就抓紧练，练得舌头磨出了血泡，他还坚持练。经过上万次的苦练，他终于突破了双吐、三吐的技术难关。功夫不负有心人，2013 年，樊学章率全家组成的乐队参加首届市民文化节，凭着他一曲葫芦丝独奏《欢乐的泼水节》，荣获上海市民文化节“纸韵杯”家庭音乐会大赛最佳才艺奖，上海市“乐学申城”“精彩人生”2013 年社区家庭才艺大赛一等奖。这个节目，一年内两次得到市级大奖。担任评委的上海音乐学院教授、中国笛王陆春龄听了樊学章演奏后说：“吹得完整、完美、完好。”给了樊学章满分。同年，在笔者的引荐下，笛王陆春龄教授登门拜访了樊学章，在听了樊学章的汇报以后，陆春龄拉着樊学章的手说：“依靠自学苦练，把葫芦丝吹得这么好，实属不易，难能可贵。”陆春龄还对樊学章说：“这首《欢乐的泼水节》你比我吹得好，实至名归，应该得一等奖。”陆春龄还殷切地说：“我们年纪大了，农村的群众文化，中国的民族音乐要靠你们年轻人传承发扬。”最后，陆春龄还给樊学章留下了“文艺之家，群文之星”的墨宝，体现了陆春龄对樊学章多年来辛勤付出的肯定，体现了老一代音

樊学章　陆春龄　樊敏章

乐家对年轻一代音乐人的殷切期望和由衷的欣慰。樊学章还曾对我说过，他要把这首《欢乐的泼水节》吹到北京去，拿个全国大奖回来，可惜他的夙愿不能实现了。

2013年12月16日，以樊学章领衔的筹备小组精心策划，经过三个月的认真排练，推出一台“梦在舞台，红心依旧”专场文艺演出，将60、70年代原长兴公社及各大队文艺小分队人员组织起来观赏，一方面向老一辈群文工作者致敬，另一方面向老一辈文艺小分队人员汇报演出，剧场爆满。当时，崇明区文化馆领导、宝山区文化馆领导、长兴文化工作的历任领导、各村文化工作的领导都出席观看，崇明电视台专门进行了采访报道。樊学章用电子吹管演奏《天路》，吹奏得悦耳动听，惟妙惟肖，再加上舞蹈演员充满朝气的伴舞，把全场的气氛推到了高潮，掌声经久不息。樊学章在小品《老表退亲》中表演的戆大角色，演得活灵活现，恰到好处，观众笑得眼泪都掉下来了，全场响起15次掌声和笑声。这些掌声和笑声，都是对樊学章多年来辛勤付出的肯定，也是对樊学章在音乐的道路上勤学苦练、无师自通的赞赏。

三奇：奇在创新发明。樊学章不但对现有的乐器演绎得得心应手，炉火纯青，而且根据音乐、剧情、演奏的需要，创新发明新的乐器。他用塑料涂料桶，自主研究发明低音二胡，经过多次反复的调试，把低音二胡调到最佳状态，取得满意的音质效果；为了演奏的需要，他还发明了碗琴。他把10多只大小不同的碗一字排开，先用筷子敲打，听出每只碗发出的声音，确定一个基本音阶，每只碗再加一定的水，从低到高，确定正确的音阶，然后再演奏，敲击出来的音乐，清脆悦耳，煞是好听。他到虹口、崇明去演出，都赢得观众们热烈的掌声。在樊学章发明的乐器中，最得意的要算“悦管”了。在创新发明中，樊学章不知花费了多少心思，度过多少个不眠之夜。在他家里有一间房子，里面摆满了长短不一的塑料管(PVC管)、毛竹片、竹柄等材料，还有锯子、榔头、钢锯架、台虎钳、卷尺等各种工具。这间房子，就是樊学章创新发明的工场间。他为了自制乐器，经常是干到深更半夜，甚至通宵达旦。这次发明“悦管”这个打击乐器，工作量之大，难度之高，是前所未有的。他首先用粗细不同的三根塑料管，按高、中、低三个音部，定准一个基本音，然后再按高、中、低三个音部，定出每个音部7个音符和一个半音符。一组悦管就有24根长短不同、粗细不一的塑料管组成，把24根塑料管音定正是最难的难点，要严格按照乐理知识的原理，一根一根慢慢地锯，精心地校，直到音正达标为止。24根管子24个音，樊学章花了半年多时间，全部利用夜深人静时，精心制作，精心测试，不知经过多少次试验，度过多少个不眠之夜。第一组悦管上架安装，试验成功，音正达标，音质浑厚，音色柔和，达到预期目标，这对樊学章是个极大的鼓励，付出的心血有了成果，坚定了他批量制作的信心，为演出的需要奠定了基础。有了第一组成功的经验，后面的制作就顺理成章了。悦管制成后，先后在长兴岛上和崇明、虹口等区县演出，甚至登上了首届上海市民文化节的艺术殿堂，观众反应热烈，都说从未见过这样的打击乐器，真是举世无双，绝无仅有。"悦管"制作成功后，樊学章申报了国家知识产权专利，经过审核，国家给予了知识产权专利保护证书，正式冠名为"悦管"。樊学章这种干一行爱一行，爱一行钻一行，钻一行精一行的精神，体现了他坚忍不拔、不达目的誓不罢休的人格品质，他的这种精神和品德，成就了他的事业，2015 年樊学章被授为"崇明好乡贤"，这是樊学章几十年来在长兴群众文化沃土中努力耕耘、辛勤付出的结果，是广大群众对他事业、成就的肯定和认可。

在樊学章成长、成就的过程中，不得不提及一个人，他就是文化馆的前任馆长顾晓雪同志。是他的伯乐慧眼，看中了樊学章的音乐天赋，是顾晓雪一手培养、提拔，把樊学章推到了长兴文化馆长的岗位上，在往后的日子里，两人情同手足，亲如兄弟。樊学章要组织各项活动，顾晓雪总全力以赴，出谋划策，有时甚至通宵达旦全然不顾。2013 年 12 月 16 日举行的"梦在舞台，红心依旧"专场文艺演出，是樊学章从艺以来的经典之作，其中顾晓雪做出了巨大的贡献，功不可没。在樊学章事业的历程中，处处留下了顾晓雪的心血和汗水，烙下了辛勤的足迹。樊学章在学书法时，顾晓雪大力支持、帮助。由于樊学章悟性高，不到一年的时间，书法作品很有特点，顾晓雪把樊学章的书法作品送到上海市书法家协会，专家们一致认为：樊学章的书法不落俗套，别具风格，自成一体。两个志同道合的好友碰在一起，撞击出了艺术的火花，可惜两人都患绝症，英年早逝，实在可惜，但二人留给我们的精神财富永不磨灭。两人为长兴群众文化做出的贡献，永垂青史。

当奇才一朝迟暮，容颜挥去；当奇才肉体消散，化为春风，唯有灵魂的香气，才会愈久弥香，他们的生命定格在早逝的年轮，可他们却成就了一生的传奇，新星垂落，精神永存。

在结束本文时，送上两副挽联，寄托哀思，缅怀挚友：

追求艺术一生奋斗　事业有成苦酿寿终寝

音乐奇才英年早逝　天地悲恸挥泪祭英灵

——缅怀樊学章挚友　2016 年 9 月 23 日

人磨墨墨磨人　一生追求惜早逝

文采好好文采　长兴痛失一骄子

——缅怀顾晓雪同志　2018 年 7 月 18 日

（2018 年 7 月 22 日）

四、往事如烟绕心间

记忆的长河中留下的某些往事，常常挥之不去，总是清晰地在脑际萦绕，或是刻骨铭心的记忆，或是梦绕魂牵的思念，或是从中受到深刻教育的感叹，或是从中明理的一种省悟。

你读了本篇章的一些文章，会感到作者表达着各自的感受和体验。

《回眸新港橡胶厂》展现了改革开放后农村办企业的美丽图景；《我家南岸的探照灯部队》描写了“军民亲如一家人”的生动故事；《厚朴镇人的情怀》展示了厚朴镇人的宽广胸怀和忠厚、善良、淳朴、为人的道德情操。

……

记取难忘的往事，走向美好的未来！

航风船往事

郭树清

过去，岛上人出海岛，唯一的交通工具便是乘航风船（也叫“沙船”），这是一种没有机器动力，完全利用潮流和依靠风帆助力航行的小木船，主要用于运输货物，有几吨的，也有几十吨位的。沙船是江南地区颇具代表性的船型，与福船、广船、乌船同为我国古代四大船型之一。

航风船乃方头、平底船，有一桅一帆（帆，乡间称为篷），两桅两帆的，也有多桅多帆的，根据船的大小而设定。每艘船一般连船老大共 2 至 3 人，由船老大掌舵定方向，进行海上物资运输。由于此种船型吃水较浅、甲板构筑物较少，阻力也小，航行起来比较灵活、平稳。

航风船决定了岛上先祖渡海来海岛和海岛人的出海方式，同时也锻炼了岛上人造船的智慧和能力。航风船的造船师傅都是当地土生土长的人，他们的技艺是祖传的，造船所需的材料也都是就地取材。工匠们利用当地的榆树、桑树木做龙骨及横梁，用杉木、松木做船帮，采用传统的铆榫结构将各部连接起来，并用麻丝、桐油和石灰将其捣烂成泥子镶嵌（几乎不用铁钉）在缝隙间，再用桐油将船体内外涂刷透彻，直至周身油光铮亮。一艘刚涂过桐油的船，在阳光下黄澄澄的，非常耀眼。经过这样的处理能保证船舶在航行途中不渗漏进水。

那时候，航风船是岛内外运输的主要交通工具，岛上各港口内，常常可见桅杆林立，蔚为大观。出海时，张挂船篷，扬帆起航。风平浪静的季节里，江面上船只星罗棋布、穿梭不息、风帆点点、号子声声，响彻云霄，热闹非凡。夜间，江面上沙船的点点灯光，与夜空中的闪闪星光融为一体，幻觉似梦境。尤其到了秋末初冬时节，岛上的海鲜、大白菜等各类农产品运往城市，城市里的物资和肥料运往海岛。成群结队的船只，白帆高高，满载货物，浩浩荡荡，鼓着秋风，徐徐往来，或南下北上，或西行东出，一派繁忙景象，成为一道亮丽的风景。

航风船不像机动船，发动机声音吵得心烦，在江海中航行，凭借着风力和船篷的作用，将江水轻轻划开，一道道涟漪荡漾开来，泛着斑斑点点的光，如梦如幻。一群群海鸥伴随着，或在江面上空翱翔，或在浪花中追逐，与坦荡的滩涂和两岸旖旎的风光交相辉映，别有一番情趣，令人心旷神怡。

20世纪70年代，航风船加装了柴油机动力装置，于是便被称作“机帆船”。再后来，风帆也取消了，彻底成为机动船。木壳也改成了铁壳，吨位逐渐增大，航速快，航效高，安全有保障，岛上人在驾驭自然力方面终于有了一点自由权。由于海岛处于长江入海口，风急浪高，即使是机动船，其抗风能力也有限，仅适宜在长江口及沿海区域内航行，遇上台风等恶劣天气，那也只得停航了。江海上航行，要是碰上顺风顺水时，逍遥自在，轻松自如；要是遇上风浪时，全靠船老大熟练的掌舵技能和巧妙的实践经验，真可谓是“见风使舵，各显神通”了。

到了新世纪，岛上的交通发生了翻天覆地的变化，尤其是长江隧桥通车，水运逐渐被汽车运输所替代，航风船也逐渐淡出了人们生活。如今，陪伴着沿江海民众千百年历史的航风船已成为过去，人们只能从航海博物馆，或者旅游景点中尚能见到这种船舶的风貌。

航风船曾为海岛航海事业做出过贡献，每每想起它的靓影，就勾起浓浓乡情。

回眸新港橡胶厂

樊敏章

说起新港橡胶厂，原是新港村的一个村办企业。它在党的改革开放春风的吹拂下，应运而生，创办于 1986 年。它经历了一个从无到有、从小到大、从弱到强的历史发展过程。在它最兴旺时，在宝山区的乡村企业中，是屈指可数的，无论规模和效益，都名列前茅。500 名职工，曾经年创 500 万的利润，为新港村的腾飞，为新港村农民摆脱贫困、走上富裕之路，做出了特有的贡献。

因为我在橡胶厂担任了十多年的厂长，所以对该厂艰苦的创业、艰难的发展、艰辛的运作，都了如指掌、历历在目。今天，我把它写成回忆文章，意在解读历史，感悟人生，也使后来者知道新港村的发展史中有这样一幅美丽的插图，并且懂得一切事物的发展都有内在的规律和客观的因素相制约，读后可从中获得许多有益的思考和启示。

应运而生

20 世纪 80 年代，改革开放已成为中国经济发展的主旋律，许多束缚经济发展的条条框框被打破了。农村多少年来的计划经济模式，一下子改变为土地承包责任制，农村也可以发展多种经济，可以创办乡村企业。在这大好的形势下，农民们的生产积极性被充分调动起来，成为一种排山倒海的力量。

那时，新兴大队(后改名为新港村)两委的主要干部王石其、樊敏章和盛金祥，在大好形势的鼓舞下，决心在自己的村里创办一个像样的企业，为让农民摆脱贫困、走向富裕闯出一条路来。但这仅仅是纸上谈兵。因为办什么企业，上什么项目，厂址放在哪儿，资金从哪儿来，协作方是谁，技术问题如何解决，心中都是个未知数。但我们有一个信念：只要方向对头，努力地去做，一定能成为现实，路是人走出来的。我们只要眼睛向下，紧紧依靠群众，群众中蕴藏着无穷的智慧和力量。于是我们说干就干，广泛发动群众，依靠大家的智慧，献计献策，集思广益，寻找熟人、捕捉信息、积极宣传本村办厂的意图和优惠条件等。经过一个阶段的努力，虽然获得了一些信息，接触到一些具体内容，但仍举步维艰，也曾走过一些弯路，吃过一些苦头。过了个把月时间，村民从前卫农场职工许迎春那儿传来信息说，上海正泰橡胶厂有个中亚鞋业公司，专门输出技术，并且可以提供退休的技术人员帮助筹建橡胶厂。要是村里办了一个橡胶厂，不知要解决多少劳动力啊。我们获得这个信息后，真是如获至宝，马上约许迎春前往该公司去考察了解。接待我们的是该公司的经理傅明新，此人斯文得体，像位学者。他向我们介绍了办橡胶厂的必备条件，如投资、规模、技术以及相应的配套设施等。接着，他又说，办一般规模的小厂，前期投资 60 万就差不多了，这包括厂房和设备等。我们初步有了意向后，就马不停蹄地赶回长兴，马上向主管工业的同志汇报，可是万万没有想到，他们向我们泼了一盆冷水。他们说，你们不要胡闹了，办这种厂有什么意思？杨行有一个橡胶厂，麻雀飞过都变成黑色的，劝你们还是死了这份心吧。但我们没有灰心，认为上级领导的说法也许是对的，也许他们对现行的橡胶厂了解不够。我们抱着一切结论来源于调查的想法，决定到中亚鞋业公司去实地考察，再到实际的生产厂家去参观学习，从而获得第一手资料。出发前，考虑到以后的贷款问题，特邀请了长兴信用社负责信贷的张学礼同志一起前往。公司热情地接待了我们，介绍了橡胶厂的有关情况，还特地介绍我们去苏州一家分厂(与上海胶鞋三厂联营)学习参观。

我们一行四人来到苏州，参观橡胶厂生产流程，看到工人紧张有序的操作，也看到了厂的周边环境，绝不是像我们乡领导所说的那样脏那样可怕。回来的途中，张学礼兴奋地对我们说，这个项目可以上，至于贷款问题，我们帮助你们解决。回岛后，我们写了一份开办橡胶厂的可行性报告，又找了信用社的主任和县支行的有关同志。最后终于落实了 60 万的贷款问题。1985 年 5 月 16 日，在新港村全体党员、干部大会上宣布创办新港橡胶厂的决定。

艰苦创业

项目已经确定，贷款已有着落，我们就要着手建造厂房了。厂址选在新开港附近，水陆运输都很便捷。当时的建筑材料非常紧张，为解决用砖问题，一度停止了对社员建房用砖的分配，老百姓也非常通情达理，为了集体建造厂房，宁可自己克服一下暂时的困难。本村的村民施宝锦，他在长兴修建队任中队长，也积极为办厂出力。他获得杨行地方有一家仓库要拆除的信息后，便对村里的干部说，那仓库拆下来的屋面板、钢结构的屋架、钢丝石棉瓦等都好派用场，你们只要派人去拆，再适当付些钱，就可以把它拿回来派用场了。于是，村干部盏金祥带了一批民工，在那儿拆了整整一个星期，把拆下来派得上用场的材料，用船统统装回来。建造中砖头不够，就动员社员把买好的、准备盖房的砖头借过来用，社员们真是识大体顾大局，都乐意出借。该厂从1985年6月17日开始筹建，到1986年2月17日设备安装完毕，只用了短短8个月的时间。一座占地一万平方米的比较规范的新港橡胶厂站立在新港村的土地上。一切具备，只欠东风了。

好事多磨

在上海中亚鞋业发展公司的牵头下，为我们请来了上海胶鞋二厂、三厂、六厂的十几个退休的技术工人，开始联营生产。厂名字叫上海中亚橡胶厂，公司还为我们设计了一个"申力牌"的商标。在不到三个月的时间内就生产了80 000双"申力牌"彩色女靴。但市场没打开，都积压在仓库里。于是双方发生争议，因为按照当时办厂的协议，公司是负责包销的，但公司推卸责任说，是因为新商标，得不到市场的认可。后来了解到该公司是一个皮包公司，专门寻找投资方，并以技术咨询的方式获取利润分成。在工厂面临倒闭、百般无奈的情况下，我们请公司负责运作的蒋培同和吴建卿来岛协商解决此事。协调中双方发生严重分歧，他们不肯承担一点责任，甚至提出不干了、把协助办厂的技术工人都撤了回去。结果，只有二厂的朱如兴老师傅没走。

这时候，社会上风声四起，有的说新港橡胶厂倒闭了；有的说，轰隆轰隆，馒头大如蒸笼，到头来竹篮子打水一场空；也有的说，败了这么多钱，非有几个干部吃官司不可。在厂危难之际，我们几个主要干部没有泄气，想到自己身上的责任，想到办法总比困难多，失败和教训也许是一份宝贵的财富。于是，我们只好摸着石头过河，在游泳中学习游泳。我们开始四下活动，努力寻找合作伙伴。

我们首先想到了厂址在吴淞炮台大队的上海步云胶鞋厂，厂长是一位80岁高龄的老人，名字叫杨少珍，据说他是一个橡胶大王，旧社会创办过正泰橡胶厂，在国内赫赫有名。现在，在他手下还有四五家联营厂。我们想，要是能得到他老人家的关照，我们的厂就有希望了。后来又获悉杨老是上海市政协委员，于是我们便通过宝山政协疏通关节。终于在某一天，我们在步云胶鞋厂见到了杨老。杨老告诉我们,目前的胶鞋行业已处于过剩状态,没有雄厚的资金和足够的实力,休想在市场上竞争得胜。他建议我们还是加工布胶鞋的鞋帮,也许会有一条生路。当时我们想,自已村里有个服装加工厂,缝纫机是现成的,不妨试试。1987 年元宵节那天,杨少珍老人带了一批人,来到我们橡胶厂考察。他们也看了我们的缝纫车间,最后拍板下来,加工鞋帮业务。一个千辛万苦办起来的橡胶厂,只能在那儿睡觉。

柳暗花明

瘌痢头儿子自称好。我们对辛辛苦苦创办起来的橡胶厂,总怀有一种特别的情感,无论如何也不愿轻易地把它废了。世界之大,难道它就没有一点生存的空间?鞋帮生产后的第二天,我们就找留下来的朱师傅,请他帮帮忙,找个合作伙伴,或搞联营生产。老朱很同情我们,他爽快地说:“我帮你们把上海大中华橡胶二厂的老厂长请过来,兴许他能解决问题。”老朱师傅没有食言,没几天果真把老厂长请到了长兴。老厂长叫许铭泔,是鞋业生产方面的一位行家。他一到我们村里,就对我厂的发展发表了一通自己的意见。他说,你们厂可以分“三步走”:第一步,企业先动起来,为我们二厂生产“双钱牌”云裳女靴;第二步,和我们二厂搞联营,互通有无,让企业活起来;第三步,争取与上海百货站建立起农工商联营模式,解决产品销路问题,这样,企业就会强大起来。老厂长真心实意地帮助我们解决困难,我们从心底里感激他们。他的一席话,为我们拨开了迷雾,让我们看到了希望的曙光。

在许厂长的周旋下,我们来到了大中华橡胶二厂。这是一家具有 50 多年历史的大型的生产胶鞋的厂家,职工有 1 200 多人。而在那个年代,许多厂家喜欢和乡村企业搞联营。上海橡胶三厂、六厂、七厂、八厂在江浙一带都有联营企业。当时任二厂厂长的金惠文,早有想搞一个联营企业的打算。这次经老厂长的介绍,金惠文又亲自带了几个要人——供应科长、计划科科长、销售科科长、财务科科长到我村实地考察,经过协商,终于确定了产品加工的任务和办联营企业的事项。

不久,许厂长和金厂长请来了上海百货公司鞋帽科专门负责上海国营企业鞋厂生产的产品向全国调配业务的姚鹏飞科长、二厂协作办的负责人(原刘厂长)到我们新港村考察,并和我们反复磋商,一条年产量 50 万双的胶鞋生产线就这样拍板下来,农工商三方进行了十分隆重的签约仪式。这也许是上海从没有过的农工商三结合、产供销一体化的联营新模式。几天后,在厂门口挂起了“上海大中华橡胶二厂新港分厂”的牌子,标志着新港橡胶厂走向一个新的里程。此外,姚鹏飞科长还为我们把积压在仓库内的 8 万双胶鞋，安排到国家二级批发站。这真是双喜临门。

业绩辉煌

企业联营后，二厂派出了 20 多名退休的老师傅，热情指导我厂的生产。我们生产的“双钱牌”女靴，质量过关，很受市场青睐，一度出现供不应求的局面。第二年就取得了 120 万元的净利。随后，利润不断上升，规模不断扩大，又增加了一条作业流水线，年产量达到 150 万双，还增加了特种劳防靴、工矿靴、耐酸碱工矿长筒靴品种的生产。职工从原来的 160 人增加到 500 人，1994 年实现了年产量 200 万双的目标，年产值在 5 000 万元以上，年利润达 500 万元。自己设计的商标为“申钱牌”的工矿靴成为全国的一个知名品牌。我厂曾被评为宝山区的优秀福利企业，是 20 世纪 90 年代长兴岛乡村企业中最大的一家企业。这为改善农民的生活提供了经济保障，绝大多数农户有人在橡胶厂工作，员工最高年收入六七千元。20 世纪 80 年代末，岛上许多村的农民还住着草屋的时候，我们村不少农民就盖起了楼房，成为一道亮丽的风景线。在壮大村级经济方面，自然功不可没。几年间，买了三辆轿车、三辆五吨头的卡车，买了三条农船，农机具投入 8 万多元，村合作医疗每年投入 16 万元。事实告诉我们，单一的农业经济，农民是富裕不起来的，只有发展多种经济，农民才能富起来。新港橡胶厂发展的历史，就是一个很好的例证。

商海沉浮

由于种种原因，2007 年新港橡胶厂关闭了。这也许是事物发展的必然。

商海实是一个波涛汹涌的大海，它经受着各种各样的挑战和考验。新科学技术的推动，社会需求发生的变化，市场竞争力的强弱，机制、体制等众多因素，无不影响着企业的生存和发展。

随着形势的变化，当原来的计划经济全面走向市场经济后，全国的一、二级批发站相继关闭，我们的农工商联合体也随之解体。我们生产的胶鞋，只能自找销售渠道，解决出路问题。本厂成立了销售科，根据原上海百货公司鞋帽科的发货清单以及全国鞋帽协会提供的客户地址，挨家挨户访问，几乎跑遍了全国各地，有 200 家客户，联络感情，密切联系，保证质量，讲究信誉，在胶鞋的销售方面打开了新的局面。

1999年我在任厂长的时候,胶鞋生产已经不景气了。原因很多,由于有了塑料鞋替代,成本低,制造方便,全国各地农村道路的改善,随着生活设施和生产条件的改变,胶鞋的需求明显减少。我厂原有正常客户200家,锐减到50家,仓库积压了36万多双胶鞋。那年6月,我在北京参加的全国劳防用品订货会上,因为橡胶原料涨价,几乎所有的厂家都标出了胶鞋提价的价目。当然我们也希望胶鞋提价,但苦于有几十万双胶鞋积压,严重影响资金的周转,如果我们提价,那将造成更严重的产品积压;假如我们不提价,那就意味我们的产品将低人一等。思来想去:提价照样提,不影响众厂家的情绪,也不会影响我们今后生产胶鞋增加成本,但价目表最后一家挂出,还对老客户说,我们的提价半年之后正式生效。老客户们纷纷前来订货,高兴地说,一双鞋涨一元,现在订货十万双就是省十万块钱哪!就这样,在这次订货会上,把积压在仓库里的胶鞋全部卖了出去。

以后,我们根据市场销售情况,减少了一条生产线,每年生产50万双工矿靴,做到产销基本持平,连续干了6年,每年还上交村里利润50万元。

2007年,新港橡胶厂关闭了。这是诸多因素合力的结果。因为随着三大中央企业——江南造船厂、振华港机、中海船厂先后落户长兴,几十公里的长江岸线被国家征用,新港村处于大开发、大动迁的前沿地带,全村有60%以上的村民动迁了。在这样的情况下,如硬撑下去,结局将不堪设想。此外,当时橡胶价格猛涨,从1.7万元一吨涨到4万元一吨,厂再办下去,成本都收不回来。所以,村两委根据实际情况,对新港橡胶厂的何去何从,快刀斩乱麻似的做出决定:关闭。事后,将机器设备以95万元价格卖给浙江一个中间商,还清了所有的银行贷款。新港橡胶厂就这样走完了它21年的生命历程。

新港橡胶厂已经成为历史,但留给人们的思考和回忆是久远的。

新港橡胶厂是新港村村史中一幅美丽的插图,她展现着时代的风云、海岛的变化、人民对美好生活的追求……

三圩港里诞生的打捞队

周品其

1959年海星渔业大队做出决议，并在三圩港大礼堂召开全体社员大会宣布决定，一是完善长江捕捞队领导体系，二是建立外洋捕捞队，三是将海星打捞组升级为打捞工程队。潜水打捞在海星渔业队成立之前，就已有基础技术来自上海打捞局，当年有周天宝、谢阿弟、陈抱度等几位青年，在那里学技术当助手。几年后有了一定基础，离开了打捞局，并自行结伙在黄浦江等内河浅水区域，承接打捞业务，遇到困难还可得到打捞局的支持和帮助，所以他们的技术力量、业务量也在同步提高。

合作化后，海星渔业大队成立了打捞组，设备能力就靠潜水服、一台手动制氧泵、一套原始的起重装备和一艘十来吨载重量的木帆船。技术上从开始时的浅水作业逐步向中、深度发展。作业范围逐步扩大，他们先后参加了长江航道江阴段的排堵打捞工程、外高桥深水码头区的"危险区域摘帽"工程、长江南航道整治工作，参加过台湾渔船的抢险救助工作。

1956年接受江苏省靖江县人民政府的邀请，前往参加"排堵打捞"工程。国民党军队撤退前，将大量船舶炸沉在长江航道内，使长江通道一度受阻，严重影响了长江上下游的生产、生活资料的正常周转速度。为比政府要求尽快疏通这段长江咽喉要道。

1957年8月一支由四个潜水班组(每组两个潜水员，潜水员分别是谢阿子、谢金生、谢阿弟、谢留根、谢根生、周天宝、周天寿、周金才等)并配有八艘渔船的打捞队伍开赴工程现场，即今江阴大桥下的石牌、罗家桥一带地段。

1959年6月又增加了由谢雷宝、谢牛郎、周小山、夏永方等组成的两个潜水班。在这段工程中，海星共派出6个潜水班的潜水员、二手及工作人员100多人、20多艘大小渔船。经过近三年时间的努力，这段长江航道终于全部疏浚完成，长江航行得以畅通无阻。从江中打捞出水的各类钢材、有色金属数以千吨,有力地支援了国家建设的需要,特别是船用蒸汽锅炉,因为中华人民共和国成立初期,我国还缺乏锅炉制造技术,所需锅炉还依赖于进口,以旧翻新可以节省大量外汇开支。通过这段工程进一步提高了打捞队声誉,为发展集体经济做出了贡献。

1960 年 4 月宝山县成立一个打捞办公室,由解放军部队派出潜水员和上海打捞公司等联合组成一个打捞工程队,目的为疏通长江水域航道内沉船及其他物资。1962 年 1 月,在横沙门背面,正在打捞一艘几百吨级的拖轮沉船时,突遭雷阵大风侵袭,由于船小、设备陈旧而发生了一起翻船大事故,致使四人遇难。就在当年 6 月 19 日宝山县打捞办公室宣布解散打捞队,所有人员各自回归本单位。这是海星打捞队成立后的一次重大考验。

时隔三年的 1965 年 2 月,海星打捞工程队又重新起步,首先由谢雷宝、谢阿子、周小山组成两个潜水组,从打捞三圩港外口一艘装有古瓷器的沉船开始,然后随着国家建设的发展需要,从上海黄浦江一带,有国家交通部、三航局建造码头等基础设施,进而包括江浙地区的港口码头,接着 1978 年宝钢处围长江水域网坝建造;1984 年宝钢码头及钢桩阴井保护工程(与日本合资建造);1987 年至 1989 年外高桥危险区摘帽工程;1990 年秦山核电厂码头沉井;1992 年 8 月开始的中美光缆铺设;1992 年上海外白渡桥石坝工程;1994 年中日光缆铺设工程;特别在国家军用码头等基础设施建设中,如江南、求新、沪东、东沟、4805 造船厂、浙江六华山、石沿等,包括横沙岛上的朝鲜飞艇船厂船坞滑道建设、东海油气管道铺设及维护,还有连云港、海南岛、天津北海湾等地的基础设施建设中,处处都留下了海星打捞工程队人的能吃苦耐劳、会动脑筋、认真负责、肯挑重担的精神形象和累累业绩。几十年来海星打捞队为国家、集体所做出的贡献是可圈可点的。

一、锚地找沉锚

打捞出水的燕式大铁锚

在 1972 年 7 月,正当长江休渔期间,上海海事局吴淞海事处领导要求清理 1、2、3 号锚地,拖扫、打捞万吨级轮船遗弃的燕子式大铁锚。这是一项看似简单又有经济效益的任务,关键在于如何找到铁锚位置和怎样取出它。燕式锚最大体重 8 吨左右,它的锚链每节就有 70 斤左右,如此庞然大物又沉卧在深几十米江底,要想找到它,谈何容易？可是海星人就靠一艘(载重量)10 吨左右的小渔船,先在预定江面用小铁锚进行纵横反复拖扫,等发觉异物阻力后,放好浮标,再请潜水员下水确认并系好起重绳链,然后用有起重设备的较大的木船把它取出水面,运送至吴淞海事处交货。就靠这种小船、土办法像蚂蚁搬山似的,将不知沉埋了多少年的 40 多只万吨轮配用大铁锚从江底取出,让它们重见天日,并继续发挥它们应有的作用。

二、深夜抢救台湾渔船

1985 年的某一个深夜,正在值班的海星大队长陈志根突然听到电话声响个不停,在接听中得知是市府有关单位领导通知,有一艘台湾籍渔船为避风需进上海港,因在黑夜不熟悉航道搞错航向而闯入上海南汇地区一浅滩(今浦东机场附近),面临险境,市府要求立即配合东海舰队一艘登陆艇前往现场实施救助。驰赴现场后发现,因登陆艇船大,距遇险渔船 1 000 多米,无法靠近遇险船。经商定先由海星渔船放舢板靠近遇险船后,由遇险船放出所有缆绳和海星渔船上的缆绳连接,后海军登陆艇上放出缆绳与海星渔船相连接。经过一个多小时的努力,所有救助工作均按预定方案准备完毕后,再实行三方一致、三点一线,从发动机器加足马力,两拖一倒,全部统一指挥、统一行动的救援方案,终于顺利完成任务,使遇险的台湾渔轮安全脱险,人、船无恙。最后在台湾同胞一片致谢并高呼着"谢谢祖国""谢谢解放军""谢谢上海"的口号声中,我们已忘记了彻夜奔忙的疲劳怀着愉快的心情,踏上了返航归途。

三、为外高桥危险区摘帽记

2018 年 6 月 11 日凌晨 5 点许,正当我们乘坐的"地中海辉煌号"邮轮驶进长江口时,站在甲板上的我们,纵观前方左右,右边正是长兴岛上的横沙长兴渔港码头、沪东中华、江南船厂、中海船厂、长兴发电厂、马家港轮船码头、振华港机等大企业的厂房、码头和延绵十多公里的万盏灯光。左边就是从吴淞口出发向东的浦东外高桥延伸而下的三甲港地段,一路向西,也布满了厂房、烟囱、码头和停泊在外高桥码头的万吨巨轮,还有那外高桥电厂、外高桥船厂……岸上灯火通明直至吴淞黄浦江,南北两岸的万盏灯火照得位于上海大门口的长江南航道,通明透亮难分昼夜,它们又像代表着上海人民,站在两岸夹道迎、送来往于上海的国际、国内的客人的人民群众。可是人们只看到了今天外高桥的发展壮观,而很少有人知道 30 年以前一段不为人知的故事。

外高桥地处上海东北部，浦东新区发展的重要地域，早有计划开发建设，由于它头上有顶“危险区”的帽子而影响着它的发展速度。1987年长兴乡海星打捞工程队接受上海海事局委托，参加了“外高桥危险区摘帽工程”。外高桥列为危险区的主要原因是：中华人民共和国成立初期，国民党蒋介石反动派对上海进行大轰炸时，有很多未爆的炸弹留在这一区域(特别水域内)未排除，所以这一地域被划为危险区。

接受任务后，海星村党支部十分重视，立即与打捞工程队队长谢金才商讨决定，除了队长亲自重点抓之外，副队长徐阿狗自始至终蹲点现场，同时选派出四个技术可靠、思想进步的潜水员班组，包括辅助人员及装备配置(每个潜水班配一条船、八个人、一套装备、一个班长即负责人)。上海海事局亦指定吴淞海事处落实专人负责该项工作，并安排蹲点人员以便上下及时协调，在双方准备就绪后，正式开始工作。

首先由上海航道局抽调专业人员和船只，进行大面积(纵向：自吴淞口石埂起，东至三甲港，横向：从海岸线至副航道)反复探、扫、拖，发现异物(包括非金属物质，如大小石块、木头、水泥船等)立即摄照定位，交由潜水班进行探摸并进行彻底排除，以确认该水域内绝对不存在危险物为止。整个排危工程进行了一年半时间，海星打捞工程队的技术上精益求精，工作中吃苦耐劳、细致安全、认真负责的实际行为，博得了委托方——上海海事局的进一步认可和信任，自己也进一步提高了技术和经验：如在工程中发现了第一颗未爆炸弹时，当潜水员在水下向船面报告，发现异物，从外形、长度、重量肯定为金属物，初疑为炸弹时，船上负责人一面通知水下潜水员要稳定情绪、抱住炸弹中间、切勿触摸两端、谨防碰到引信，另外立即向陆上指挥所报告险情，请示处理方法，接着又向水下放去一个网线袋，通知潜水员将炸弹装进网袋，挂上牵引绳。在潜水员按照指令完成装、挂任务后，才回到船面。此时船面上已预先做好准备，在舱面铺好湿棉被；当炸弹离水上船时，又得轻手轻脚、不能触碰并安稳地放上湿棉被，然后稍事包扎后，立即送往指定地点交给专业部门安全处理。直到这时，全班人的脸上才露出了笑容。幸好在这一年半时间里在这个被划为“危险区”的水域内，总共发现了两颗未爆炸弹，都是有惊无险。至于其他的如大小块石、沉没的水泥船、木桩等都是不在话下的“小生活”了。

1989年10月，上海海事局主持召集了全国相关部门的30多位专家，对外高桥水域进行实地考察验收，经过反复论证，最后一致通过。从此“外高桥危险区”这顶被戴了几十年的帽子终于摘掉了。海星打捞工程队也在名利双收中转入了新的工程。

我家南岸的探照灯部队

樊敏章

20 世纪 60 年代,我家南岸驻扎着探照灯部队。因为天长日久和解放军接触,大家熟悉得就像一家人一样。特别是解放军严格的军事训练、忠于职守的品质和关爱人民群众的态度,在我心中留下永不抹去的记忆。

一次我看他们的军事演习,至今记忆犹新。

"呜……呜……呜……"随着三声越来越响的警报声响起,正在夜间睡觉的 12 名解放军战士,犹如听到冲锋的命令,纷纷从各自的床位上跳起来,迅速奔向各自的战斗岗位。约在一分钟之内,负责发电的汽车兵,发动起那辆用手摇的老式的苏式嘎斯 150 汽车,为探照灯的照明提供电力。这时,负责指挥的值班长发出了一声"东拐东"(070)的指令,另一个负责操作探照灯方向的瞄准手按照平时训练的技术,正确而及时地将灯光对准"来犯之敌"。霎时,一道直径大约为 2.5 米的银白色的光柱射向天空,正确无误地对准了从东北方向飞来的飞机。与此同时,分布在岛上的其他几处探照灯部队,也将探照灯光一齐射向这架飞机,形成了一道三角交叉的灯光网,从而使"来犯之敌"无藏身之地。此时,只见那架飞机浑身带着耀眼的白光,从海岛上空呼啸而过。飞机越过了长江,当飞机接近浦东时,浦东方向的探照灯部队立即射出了三道光柱,瞄准着那架"敌机",直至看不见为止。

在 50 年代至 60 年代,驻扎在上海郊县的探照灯部队,担负着保卫上海领空安全的主要使命,配合浦东的高射炮部队,形成一个作战的火力网。众所周知,帝国主义和反动派亡我之心不死,1962 年蒋介石叫嚣反攻大陆,并时常派侦察机来大陆骚扰,有时从兵舰上放下橡皮艇,进行侦察和破坏活动,有时在部队周围出现信号弹。我记得 1962 年夏天的一个傍晚,我们兄弟姐妹在自家的院子里纳凉,忽然看见探照灯部队不远处的俞家竹园里冒出了一颗信号弹。从此以后,闹得大家人心惶惶的,害怕潜伏特务来岛破坏,晚上不敢开着门睡觉。因为我家离海岸近,所以更担心特务摸上门来。从此以后,全乡各个大队组织武装民兵,持枪昼夜沿海巡逻,解放军更是提高警惕。

这里还有个小插曲,半聋子老人瞿前郎夜过探照灯部队,解放军战士鸣枪警示的故事。事情是这样的:大约是1962年秋天一个风雨交加的夜晚,因为巨大的风浪把芦苇荡里的柴草涌到岸边,瞿大爷想这是捞柴的好机会。所以他夜里起了身,穿上蓑衣,拿了一个耙子,就出发了。当他走到探照灯的地方,被部队站岗的战士发现了,大声吆喝一声:"谁?""口令!"因为瞿前郎是个聋子,根本听不见哨兵说些什么,继续向前走。警惕性很高的哨兵又是一声:"不许动"! 瞿前郎还是没有反应,于是哨兵拉开了枪栓,子弹上了膛,大声喊着说:"你再走,我就要开枪了!"瞿前郎还是继续朝前走。这下哨兵急了,真的碰到潜伏特务了,他拿着枪对着天空"呯"的一枪。枪声惊动了瞿的妹妹瞿凤郎。她想,哥哥说要到海滩上去捞柴,路过部队那儿,耳朵又听不见,恐怕要闹出事情来。因为他家就住在探照灯部队东50米处。她的哥哥没有子女,和他们一家生活在一起。瞿凤郎一骨碌从床上爬下来,向海岸上的部队岗哨处飞奔而去。果然不出所料,她的哥哥站立在那里,一动不动,大概这个半聋子也听到枪响了。一到那里,瞿凤郎便急切地求救:"解放军同志,解放军同志,请不要开枪,他是我的阿哥呀,耳朵有点聋……"那时候,部队的战士们听到鸣枪声响,已自觉地集结待命了。后来经过证实,此人原是隔壁邻居的半聋人瞿前郎,因为天黑,再加上他特别的装束,又加上蒋介石叫嚣反攻大陆之时,站岗战士的那种做法是完全可以理解的,反映出解放军有着高度的革命警惕性。

因为探照灯部队就在我家旁边,小时候我经常去那儿玩,因为部队没有什么围墙和门岗,只是在探照灯旁有一座像战争片中的尖顶的木板房岗亭而已。解放军的用水,是一口用小瓦盘成的水井,到了夏天,我家经常到部队去打水,因为夏天的井水十分清凉。当然,我们待解放军也很好,父亲有一辆重磅的脚踏车,经常借给他们用,他们上凤凰镇营部开会或办什么事,图个方便和省力。我父亲是会打铁的,部队的同志常常把坏了的铁器农具交给父亲修理,部队的同志要付钱,父亲总是分文不取,笑着说:"这是举手之劳,还收什么钱。"当然,部队的同志也非常关心我们,有时蒸了馒头,送到我家里来。特别在三年困难时期的岁月里,馒头是一份十分珍贵的礼物啊。

我记忆特别深刻的一件事是解放军为我们吃晚饭用探照灯照明。那是夏天的一个傍晚,全家人忙完了一天的农活后,点着煤油灯在自家的场心上吃晚饭。突然,警报响起,我们知道他们又要执行任务了,用探照灯光照射飞机。飞机飞远了,任务完成了,他们没把灯光熄了,突然把探照灯光转向我家吃饭场地的上方,顿时一片光亮,我和弟妹们高兴得手舞足蹈,拍手叫好。探照灯光一动不动地足足照射了两分钟。他们看到我们在昏暗的煤油灯下吃饭,为我们送来了光明,但更重要的,是在传递一种信息:我们是心心相印的。晚饭后,我们还去表示谢意。这真是军爱民,民拥军,军民亲如一家人。

1969 年的某天夜晚,探照灯部队突然撤走了。从此,再也看不到探照灯的灯光了。这是因为科技的进步和国防力量强大的结果。我国已经有了先进的雷达和导弹,五六十年代的探照灯已经完成了它的历史使命。我心中时时萦绕的探照灯部队战士的音容笑貌也不见了,心中充满着茫然和失落的感觉。为怀念那段美好的历史,写下以上一些文字以为纪念。

趣事三则

樊敏章

机智的小皮匠

厚朴镇上有个小皮匠，名叫高玩祥，他今年 67 岁，童年时经常和镇上的小朋友一起到海滩上去玩耍。小皮匠的腿疾不知是幼年时患病还是跌伤所致，走起路来一瘸一拐的。他出去和小朋友玩，总跟不上他们的步伐。反正大家去白相，小朋友们总耐心地等着他，或在路边摘野花、野菜、狗尾巴草，还用芦叶做成口哨。

一天，他们兴致勃勃地来到了沙滩上，那沙滩是鱼鳞状的铁板沙，是小朋友们很喜欢玩的地方。铁板沙上的沙泥长兴岛人称为青珠沙泥，用脚不断地在上面踩，会渗出水来，同时脚不断往下陷，一时拔不出来。小朋友们在沙滩上兴高采烈地将沙泥挖起来，堆成各式各样的假山。正当大家玩得兴致勃勃时，小皮匠向前方水白滩上一望，忽然眼前一亮，一只已死的野鸭子躺在那儿。此时，他心里想：要是小伙伴们也知道了，他们一定会争先恐后地去抢，我这个坏脚子一定跑不过他们，休想拾到野鸭子。于是他想出了一个绝招，出了一个鬼主意。他对小朋友们说："今天我们做一个游戏，大家用力把脚往沙泥里踩，看谁踩得深，谁就是优胜者。"他刚说完，几个小伙伴就动起来了。那个小皮匠却在那儿装模作样地踩，不断移动脚的位子。过了几分钟，只见小皮匠拔腿朝水白滩飞奔而去。大家往那里一望，有一只死了的野鸭子躺在那儿。当小朋友们回过神来时，野鸭子已经提在小皮匠的手里了。当时，几个小伙伴也想追过去，但两只脚怎么也拔不出来。当小皮匠来到他们中间时，大家都说上当了，好脚的不如坏脚的。

“拍拍手，姚金苟”的故事

很久以前，在厚朴镇一带，甚至在鸭窝沙上，就流传着“拍拍手，姚金苟”的话语，直到现在，还有人挂在嘴边，可见这句话具有多大的魅力和多强的生命力。

那么“拍拍手，姚金苟”这句话，它的出典在哪里？里面又隐含着什么意思？姚金苟又是何许人也？让我一一向大家讲明白。

姚金苟是一位出生在厚朴镇附近的贫苦农民，自小心地善良，为人忠厚，讲究实际，助人为乐，所以，大家都喜欢他。

他有一个习惯性动作，在表示“没有”的意思时，总喜欢拍拍手，嘴里说着“没有、没得”之类的话。

中华人民共和国成立前，他在上海一家电影公司当杂差，一位同事问他家庭情况怎样时，他两手一拍说：“没有，家里穷得什么都没有。”同事觉得他的表达倒蛮奇怪的，不仅用语言，还以动作助说话。

但“拍拍手，姚金苟”这句话的传开，还得从1962年说起。那时，姚金苟已是新兴大队的大队长了。在那个年代，正是国家三年困难时期。新兴大队的老百姓为了活命，啃糠饼（猪吃的食料）、煮野菜吃，有的甚至煨灰茭白卵子吃，甚至大便也拉不出来。

到了初秋的时候，长在海滩上的野茭白米成熟了。饥饿的人们自然而然地想起海滩上的这座天然“粮库”，三五成群、偷偷摸摸地去拉茭白米。这情况被公社领导知道了，于是下达命令，农民从今以后不能再上海滩拉茭白米了。而且要把过去拉的茭白米交出来。各大队要组织力量挨家挨户检查，有的，要没收。理由很简单，大家都去拉茭白米，集体生产不要搞了。只有大河水涨小河满，集体搞好了，社员才会有好日子过。

在那个年代，“左”的思想是十分突出的。尽管饥荒十分严重，尽管农民的肚子饿得咕咕作响，还十分强调参加集体劳动。作为大队长的姚金苟，对待公社的命令，不能无动于衷。但他心里明白，在这样的年头，要把农民拉到的一点茭白米，抄出来充公，于情于理都讲不过去，无疑是对饥饿的农民雪上加霜。富有同情心且讲究实际的姚金苟，有自己的处事方法。在检查的前天，就放出空气说，明天要挨家挨户抄收拉的茭白米，以便让群众有个“藏”的准备。检查时，他视而不见，演戏般走过场。

为了逃避检查，担心茭白米被抄走，妈妈想把茭白米藏到灶肚里。我那时年纪虽小,但脑子倒也活络,我对妈妈说,你想得到的人家就想不到?我看把茭白米藏在马桶箱的马桶里,比较安全,天王老子也不会到那个地方去抄的。妈妈直夸奖我聪明。

第二天,姚金荀带了两个人上我家检查了。我心里挺紧张的,担心茭白米被抄走。姚金荀走进屋来,还有两个人站在院子里。姚金荀大队长装模作样地东看看西瞧瞧,没几分钟,就走出门口,拍拍手说:"没有,什么都没有!"于是,他们三人又走向另一户人家。

后来,听人家说,回到了大队部,工作队的同志问他抄家的情况时,他仍习惯性地拍拍手,嘴里说着:"没有,没抄到什么。"

大队长姚金荀查茭白米的事,一传十,十传百传开了。好事者给他取了一个绰号,叫作"拍拍手,姚金荀"。这里,隐含着人们对老队长的尊敬和爱戴,对老队长体恤民情、关爱下属的一种赞美,更是对老队长讲究实际、灵活处事的一种工作作风的称颂。

俞家公公的翘头扁担

俞家公公大名叫俞才林,家住厚朴镇东南面的新港11队。他年轻时一表人才,眉清目秀,细长个子,身高1.8米以上,实是一个帅小伙子。在旧社会,他家里很穷,依靠做长工、打短工来养家糊口。他干起农活是一把好手。他有一根翘头扁担,陪伴了他大半个人生,他把它当作心肝宝贝。在11队里,这根扁担也是独一无二的。说起这根翘头扁担,还真有些故事呢。

俞家公公制作这根扁担非常考究。首先他在自家的宅地上选择了一棵有十几年树龄的有韧性的老榆树,在树上精心挑选了一段"两头翘、中间凹"的榆树料,把它锯下来,然后把它扔在沟里浸过春夏,再捞出来阴干。其次,他开始精心制作。特别要紧的是确定好扁担的翘势,所以他用拳头在扁担的料作上反复比画,认真测算,力求扁担的翘势达到20厘米。他经过锯、刨、削、磨、砂,总算把一根扁担制作成功了。最后,还要用盐卤把扁担浸、泡、擦,使扁担延长寿命,增加弹性和韧度。

在那搬运工具十分落后的年代里,农民搬运货物、收稻收麦、挑泥筑岸等活儿,扁担是主要的搬运工具了,所以农民家里都有几根各种各样材料做成的扁担。俞家公公的翘头扁担和普通的毛竹扁担、杨树扁担使用感觉上完全不一样。假如你挑150斤的稻谷,用直扁担挑,感到越挑越重,因为扁担直接压在肩膀上;如用翘头扁担去挑,感觉就完全不一样了,这里头有着物理学的一些原理。当你挑着担子向前走的时候，步伐的前后移动和担子的上下摆动，因为翘头扁担的弹性作用，你的肩膀上有“轻——重——轻——重”的感觉，好像“休息——工作——休息——工作”，在不断地有节奏地变换着，使人感到担子不沉，这大概是物理学上讲的作用力和反作用力及弹力作用的缘故吧。所以农谚说：“一根扁担两头翘，挑了重担轻松跑。”

俞家公公是个地地道道的农民，他在实践中悟出了许多真知，并在劳动中加以应用，他把这根翘头扁担视作珍宝，就是一例。他爱惜这根翘头扁担，除了自己和家人外，别人休想借到他的那根扁担。俗话说得好：“磨刀不误砍柴工”，“工具一半人一半”。有了好的工具，工作效率就高了。但万万没有想到，俞家公公心爱的那根扁担，却毁在我和他的儿子手里。事情是这样的：有一年的秋天，我们忙着去收稻。他的儿子玉生和几个年轻人，提前来到了生产队仓库的社场上，趁大家还没到齐之前，有人提出玩个游戏，名称叫“坐地八百斤”。其实玩法很简单，玉生拿着他父亲的那根翘头扁担，蹲在地上，两手紧握扁担的一头，让别人握着扁担的另一头来推倒他。要推动那个蹲着的人，至少要用八百斤的力气。玉生嘴里喊着：“看看谁的力气大，谁能推得动我？”几个小伙子抢着试了一下，没有一个能推得动他。我走上去也试了试，结果也一动不动。这时候，我对玉生说：“你把扁担的凹势朝上，所以大家推不动，要是你把扁担的凹势向下，我一定推得动！”玉生听后说：“好啊！我把扁担翻过来，让你试试看。我看一样的，你也推不动。”这时，我上阵了，鼓足全身力气，用力一拗，只听见“啪”的一声，俞家公公那根视作珍宝般的翘头扁担被我弄断了。我和玉生心里都很难过。尽管俞家公公已经年老，不再挑担了，但我们知道，这不是一根普通的扁担，它从旧社会一路走来，见证了俞家公公做长工的苦难历史，它浸泡着老人家一生的心血和汗水，它是俞家公公的心爱之物。今天，因我们玩耍不慎把这根翘头扁担弄断了，真是后悔莫及，遗憾不已。

摆开八字劲　坐地八百斤

怀念好书记宋学明同志

虞培康

一、泪洒新开港

1977年6月25日，这一天，新兴大队（现新港村）400多户社员（现称村民），户户空房、人人自发地向新开港河东水闸以南宋家宅走去，还有西窑厂干部职工和亲朋好友好几百人。由于人多，宅地上站不下。结果，在宅后300多米长的河岸、堤坝上站满了悼念的人群。人们没有说话，没有号啕的哭声，所有人脸上流淌着发自内心抑止不住的泪水，这泪水是悼念者无言的心声——好人啊，一路走好。这泪水洒落在河岸堤旁上，洒向新开港，流淌、流淌。追悼会结束后，人们以悲痛的心情，目送着灵车远去、远去……远去……

二、老百姓的贴心人

百姓心中有杆秤，谁是谁非分得清，能为百姓谋幸福，你是我们贴心人。

宋学明同志生于1935年11月29日，家住三圩港河西厚朴镇南300多米处，后因海塌宋宅塌入长江，在他小学读书的时候，搬到新开港河东。

他青年时期，积极上进，勤奋好学，很早就加入中国共产党，成了一名光荣的共产党员。1961年我回家务农，是他（已经是大队党支部书记）介绍我到大队担任出纳工作，因大队在厚朴镇东100米原天主教堂内，离我家很近。我怀着这样的心思就一口答应了。就这样十多年，我和宋书记朝夕相处。我俩在工作上得心应手，心领神会。情感上，心心相印，心意相通。在我心中，他是我人生道路上的领航人，亲密无间的好阿哥。十多年来，他对工作认真负责，对同事朋友，真心相待，从不弄虚作假,处理问题,耐心周到。例如,新兴大队,当年只有 13 个生产队。其中五队徐灿青,七队黄三囡,十二队陆狗囡,这三个队长,工作积极负责,但有时碰到难题,处理方法太简单,和社员发生了一些口头小摩擦,思想不通了,两手一摊,就甩纱帽,不想干了。宋书记知道后,亲自前往深入生产队做侧面调查,有时也叫我代查,掌握了第一手资料,然后对症下药,上门做思想工作。他的工作方法是不怕跑穿鞋底,磨破嘴皮,还要耐穿肚皮。工作上、思想上的疙瘩解开了,干劲又上来了。过了几个月旧病复发。每年总有三四次。后来,老哥和我把这三个队长姓名中的最后一个字编成了一句话:"一青二囡甩纱帽,解开疙瘩向前跑。"

俗话说得好:"火车跑得快,全靠头来带。"宋书记是个好书记、好班长,带领全大队干部群众,度过了三年困难时期,迎来了 1964 年粮食产量创历史新高的纪录,建立了文艺宣传队,宣传教育群众,用毛泽东思想武装头脑,全大队热气腾腾,人的精神面貌焕然一新,引来了六省一市前来参观学习传经送宝的人群,成了长兴公社各大队学习的榜样。

宋书记真心团结爱护、帮助同志。有一次,大队两套班子开会。那天天气寒冷,西北大风 6 至 7 级。副书记顾文浩同志,治保主任侯祖贤同志,他们二人家离开会地路途最远,因此迟到了。为了会前活跃气氛,迟到者必须站在门口唱一首歌为惩罚,他俩选唱了同一首歌——《大海航行靠舵手》。唱到"毛泽东思想是不落的太阳"时,两人都把"不落的太阳"唱成"黑落落的太阳"。在场的人听了为这两名同志捏了一把汗,在那个乱扣帽子乱打棍子的"文革"年代,太阳就是伟大领袖毛泽东主席的代名词。他俩唱成这样,就是现行反革命,要受到"批斗",抓起来进牢房判刑的。这种例子在长兴已发生过,喊错口号,写错标语,用字不当,被批斗开除公职。宋书记感到问题的严重性,他站起身来,扫视了会场每一个同志的脸,略加思考,认真严肃地说:"今天这件事,谁也不准外传,大家都知道顾文浩同志,平时说话口齿不清咬字不正的毛病,侯祖贤同志年纪大了,还有气管炎毛病,逆风跑了这么长一段路。两位同志平时也很少唱歌,情有可原,以后每一个同志千万千万要注意。"这件事当时平息了,但平而不息,过了几个月"别有用心"的个别人大做文章,说宋学明包庇现行反革命,阶级立场有问题。

宋书记不但在关键时刻冒着风险保护同志,还经常教育我们说:"党和人民把我们这些穷苦孩子推到农村基层干部的岗位上,我们不能讨了媳妇忘了娘,好了伤疤忘了疼。要有事事处处为老百姓服务好,做好公仆,心里装着老百姓做老百姓的贴心人,让老百姓过上幸福安定的好日子,这是对老百姓最大最好的回报。"

三、剪不断的鱼水情

军民团结如一人，试看天下谁能敌，搞好军民联防，增强国防观念。

新兴大队，因地理位置关系，驻有中国人民解放军一个连队。根据当时的形势，军民双方建立联防共建的领导班子，部队平时帮助地方学军事、学文化、搞训练。农忙时，相互支援，夏插秧秋收割，形成了军爱民、民拥军的军民鱼水情。有一年，连队派了几名战士，由王排长带队，以军宣队的身份进驻大队。他们进驻后，不分青红皂白对两套班子大部分人员进行了审查，还受了别有用心的人挑唆，讲了一些不该讲的话，做了一些不该做的事，严重影响了军民关系。这情况连队指导员、连长、副连长向团部做了汇报，团部首长非常重视亲赴连队，立刻把这几名战士召回，要处分他们。宋书记知道后，叫我立即陪同他一起赶到连队，向首长表明了态度，宋书记真诚地说："这几个战士还年轻，他们是不了解情况，一时冲动可以原谅。"宋书记博大的胸怀，感动了部队首长，后来听说，带队的王排长转业到地方工作，几名战士复员回家了。

四、勤奋出真知

樊士俊的嘴(同心村书记)、宋学明的口才、朱学德的笔头、姜超的资格。这是人们送给四位干部的雅号，也是他们在工作实践中显现出来的各自特点。今天其他三位暂且不表。单表老哥宋学明，他从小丧父，是母亲含辛茹苦抚养他长大成人，供他读完小学学业，教育他做人一定要做好人，做有用的人。他牢记母亲的教诲，用他超然的灵性，得到了知识的浸润，喷射出夺目的色彩。记得有一年，上海派来了下放干部，到农村，同农民同吃同住同劳动。我家分到了两女一男，男的姓周，是化工公司工程师、发明家。他发明了胶水填补了当时国家的空白，受到毛主席的接见。大队开好欢迎会，回家吃饭时，周工问我："你们宋书记什么文化程度？"我反问周工："你为什么要问这个？"其实我已经心知肚明周工的意思。周工接着说："我听了 80 分钟的欢迎词，宋书记的讲话，思维清晰，逻辑性强，深入浅出简明易懂，而且没有长篇发言稿。听后，很受教育鼓舞，这么好的口才，难得啊难得！"

五、初心不变永信党

天有不测风云，人有旦夕祸福。在那动乱的年代，是非颠倒，黑白不分，小人得志，好人受气。我们新兴大队原两套班子的绝大多数同志被莫名其妙胸戴大红花，扣上冠冕堂皇的美名，“下放”。实质是打倒，实现“别有用心”的人的野心。

人生有三苦，打铁、撑船、磨豆腐。宋书记被下放打倒后，选择了人生三苦中的第二苦——撑船。在撑船这段日子里，他没有被击垮，还是严格要求自己，不忘一个共产党员的初心，坚定信仰，从不灰心丧气，更没有怨天怨地，因为一正能压百邪。很快上级党组织重新安排他到社办企业西轮窑厂担任党支部书记，并且聘请我继续和他共事。我也乐意，就这样我们哥俩又可以并肩战斗了。

在西窑厂，宋书记呕心沥血把一个不足百人的小厂，发展到有 500 多职工的大厂，为长兴经济的腾飞、为老百姓提供建房砖瓦，做出了重大贡献。过了两年左右，厄运又降临到老哥身上，查身体时，被查出肝炎，他边坚持工作边治病，后因病情恶化送往医院抢救。抢救时，宝山县县委书记赵志明同志，全程参加指挥抢救，最终还是抢救无效，驾鹤归西，享年 42 岁。千人悼念寄哀情，目送亲人路上行，好人自有万人敬，做了好事人记心。这真是：

月阴圆缺人是非，
泪洒河岸寄哀思。
春风化作相思梦，
驾鹤西去无归期。

老同学朱学德

虞培康

同饮一港水，同住一个村，同在一起长，同校一起学。

我的同学、学长朱学德，是我从小一起长大的发小，同住三圩港河东。他家住在厚朴镇南，我家住镇北，相距不足500米。同在厚朴镇长兴小学求学，在校时，他是少年儿童队大队长，每天早操升国旗唱国歌，他代替老师站在队伍前的操场小土堆上，发出每一个清脆响亮的指令："立正、敬礼。"唱歌，做操一令百应，整齐划一。他是老师心目中的优秀生佼佼者，是同学们学习的榜样。

1952年小学毕业，同学们报考宝山中学，校长袁凤鸣亲送他们到三圩港，坐航风船（靠风力推动船的帆船）到宝山县城去赶考。同学们踏上只有20多厘米宽的船跳板，手拉手小心翼翼登船待航。校长心细，清点好人数后，心事重重地四处张望、等待，突然眼前一亮，在船老板屋角落里，出现了要找的目标。一个孩子两眼中闪着泪花，泪花中透露出渴望、羡慕的眼神，脸上流露出无可奈何的模样。校长快步走上前去，亲切对孩子说："你还是不要放弃，不能放弃呀！和同学们一起赶考吧。"孩子回答："我家实在没有钱供我上学。"校长听了，心里酸酸的，稍微沉思后，从口袋里掏出两万元（旧币，相当于后来的两元）人民币，放在孩子手心里说："你去报考宝山速成师范，学程短学费省，还能享受助学金。"两块钱圆了一个孩子的梦，两块钱改变了一个孩子的人生路，两块钱延续了30多年的师生情。这孩子就是朱学德。

春去冬来，一晃四年过去了，我也到宝山工作了。朱学德同学，我几乎没有见过面更没有联系。直到1962年，我俩响应回家号召，先后回乡支援农业生产，在广阔天地里，战天斗地了两年。两年间，我俩从未谈过各自为什么要回乡务农，借此追思好友学德兄的机会，我要解开这个谜团，所以我专程拜访了朱学德爱人罗美芳老师。罗老师说:“老朱当时已经被提拔到川沙县教育局担任秘书工作。但是老朱打报告,要求下放回乡。陈局长不同意,然后老朱咬破手指,写了两份血书,一份交陈局长,一份寄给上海市领导表示下乡的决心,直到批准下来才告诉我,当时我有些想不通。但是俗话说:‘嫁鸡随鸡,嫁狗随狗。’老朱的决定只能支持,于是 1962 年 4 月跟随他回到了长兴。”有句话说得好,一个成功男人的背后,一定有一个贤内助。罗老师离开川沙老家到人地生疏的长兴,上班教书下班照顾老人里里外外,无怨无悔 50 多年,贤内助的称号,当之无愧。两年间,我们一起做共青团工作,办图书室,组织歌咏队,文艺宣传队,他教我学文化、学理论。一起在淤泥中扛水泥柱,挑泥筑岸。小时候的邻里小伙伴、同学、学长,迅速提升成坚不可摧的真诚朋友关系。有一次我办公室的抽屉被撬失窃了 200 元公款(当年 200 元可不是一笔小数目),我睡不好吃不香,工作无心思做,急得像热锅上的蚂蚁。报警后派出所同志、党支部书记宋学明、团支部书记朱学德也赶到了现场了解情况。临走他们安慰我说:“不要担心,事情一定会搞清楚的。”第二天,朱学德托爱人罗美芳老师带给我一封信(共有八张报告纸)。看到信后,心里亮堂多了。我懂得了在困难面前不能灰心丧气,人生道路上难免碰到沟沟坎坎,这也是磨炼考验一个人意志力的时候。他还和派出所同志,一起研究案情,排摸疑点,直到案子真相大白。两年间,朱学德同志从一个人民教师、县教育局干部,到一个普通农民,这其中的艰辛,只有亲身经历过的人才能感悟。那时他家已从三圩港河东搬迁到新开港河西,新兴八队(现新港村)这个生产队力气大的人很多,干活时,经常寻开心,搞劳动比赛,看谁能挑得重跑得快,任务完成得好。他那瘦小的身材,夹在中间,根本无法和他们比,但他不退缩,硬着头皮参与其中,拼命干活,弄得口吐鲜血。坚持,坚持,这就是学德兄要强的个性。

1964 年公社组织修建队(后改为建筑工程队),要挑选一个有才干的人挑这副重担,朱学德同志是最佳人选。天下没有不散的筵席。他和我们见面道别后,又奔赴另一个崭新的战场。

朱学德同志到任后,组建筹备小组,摸排情况,把全公社闲散在社会上走街串户的个体泥木匠等手艺人摸清楚。把他们组织起来谈何容易?这些人平时独来独往,无拘无束惯了,一下子在他们的头上安了一个紧箍,他们愿意吗?学德兄用他的超人智慧,经过几个月的奔波努力,到正式宣布成立修建队说来也巧,共吸收了 108 个职工,最后最小的一位,只有 16 岁,名叫黄雅囡。从此一百零八将的名号,在长兴、宝山、杨浦、虹口等地传扬,修建队像滚雪球一样,越滚越大,一队、二队、三队相继诞生,人数发展到千人以上,还培养了一大批骨干和技术人员,为当地政府解决了农村剩余劳动力就业问题，增加了社员的经济收入，壮大了集体经济。多少高楼拔地而起，多少工程遍地开花。例如，现在的镇政府办公大楼、马家港码头候船室等，都是当年一百零八将的那个工程队承建而成的。

白手起家，走南闯北，艰苦奋斗，业绩辉煌

朱学德同志在建筑工程技术方面是个门外汉，他用什么法宝创造出如此辉煌的业绩呢？

一、做深入细致的思想工作。修建队职工大部分是走南闯北的老江湖，他们见多识广，难免在利益的驱使下，思想会产生波动，或者职工之间闹些矛盾，学德兄会主动找他们谈心。记得有个别职工谈心前骂骂咧咧，一脸怒气；谈心后，叼着香烟，眉开眼笑。还有职工工作上家庭中遇到不如意的事，谈心前，鼻涕眼泪愁云满目；谈心后，乌云驱散，心情舒畅。

二、帮助别人热心真心。学德兄平易近人，从不居高临下待人，把职工视作自己的亲人。有一年，职工王金芳身患绝症，送到二军大医治，需要一大笔医药费，当时王金芳自己绝望了，想放弃医治。学德兄带了支票赶往医院，说服了王金芳，把支票押在医院，对院方讲："请你们用最好的药，最好的医生，不惜一切代价全力救治。"结果病医好了。几十年过去了，王金芳先生还健在，像这样的例子还有好几个人。

滴水之恩当涌泉相报。开头讲到了袁凤鸣校长帮助圆了学德兄的求学梦。恩师的恩情他从未忘。在"文革"中，袁校长受到了不公正对待，被开除公职，遣送启东老家。在拨乱反正中学德兄不怕劳累，不辞辛苦澄清恩师的历史问题，来来回回奔波在宝山、启东、长兴三地，让恩师在精神上得到慰藉，也圆了他自己的报恩梦，回报恩师来回奔，感恩本是人本性。

对自己严，对别人宽。半个多世纪以来，学德兄不论在什么地方工作，身处什么位置，都是严格要求自己，政治上旗帜鲜明，经济上小葱拌豆腐一清二楚。他的人生准则是该做的坚持真理，绝不含糊，该拿的绝不放弃，不该要的绝不伸手，"两袖清风"四个字用在他身上再确切不过了。

由于他工作出色，为人真实，不计名利，上级党组织总是把好钢用在刀刃上，哪里有困难哪里需要就把他调往哪里。长兴铸钢厂、公社工业公司都有他的足迹汗水和心血。转了一大圈又调回到长兴修建队（已改名宝山区建筑工程公司 106 工程队），学德兄一直在基层一线担任党支部书记等职，直到退休。这正是一生奋斗为人民，异官为农多艰辛，业绩辉煌新天地，两袖清风人赞称。

我和厚朴镇那些往事

朱云宝

听人家介绍，长兴岛老家几个老领导、老长辈爷叔、伯伯们，三五年里编了好几本家乡的书。我读书不多，但平常总爱喜欢写写弄弄。

2018年初春的一天，我怀着好奇的心情踏上了故乡的土地。家乡的道路四通八达，好多路名我第一次听到。我一路走走问问，才来到了长兴卫生院东侧的凤卫路上，向北走了100米，“崛起的长兴岛编委会”几个醒目的大字展现在我的眼前。这就是他们辛勤耕耘的场所，顿时几分敬意涌上心头。我探头探脑地想看个究竟，看看办公室里是否有人。一根烟工夫不到，一个有三分脱顶的老头从后门口进来，手里拿着烧水的电水壶。我冒昧地先做了一下自我介绍后，才知道对方就是我几次想见的徐主编老伯伯。他热情地接待了我，还送了一本厚厚的书给我，并鼓励我为他们计划出版的《烟雨蒙蒙厚朴镇》写一篇小文章。我竟然毫不犹豫地一口答应下来。回家后，我思绪万千，心想动笔写点什么，但就是无从着手。这时我才相信“巧妇难为无米之炊”的说法，但既然答应了人家，就要有所回应。过了几天后，我又特地来到家乡昔日热闹的厚朴镇原址上，只见老三圩港周边的老街只留下一条东西走向的水泥马路，路边的那座高高的铁塔还静静地屹立在那里，这里原来的农户早已人去楼空，因为央企“中海修船”征地动迁，村民们已搬迁到另一街区居住了。年轻时“走脚田”到长凤圩劳动路过厚朴镇的无数次往事顿时涌上心头。

记得小时候，厚朴镇上有个剃头店老板徐小元的娘，我的母亲认她叫“寄娘”，因经常走动来往，对厚朴镇上那条弯曲有名穿镇而过的三圩港，面食店、卖肉店、茶馆店、药店、杂货店等了如指掌。港里停满了出海捉鱼的木帆船。厚朴镇上的小商品几乎样样有。叫喊吆喝有名的黄文甫挑糖担经常串街走巷，还有蔡青郎，家里破铜烂铁、旧衣服等物件都可以换糖块吃，还可以换我们女同志缝衣、纳鞋用的针头线脑。做衣用的针窝里，大中小针俱备，大针缝被头，中针纳鞋底，小针做衣服。小时候只要一听见货郎担的摇铃声，不知从哪里一下子冒出了三五成群的男孩、女孩围着货郎担，争相用家里的破旧货换糖块，那高兴的样子，就像树上的小鸟欢快地跳跃着。

厚朴镇东边有一座观音菩萨庙，这在我家有段特别难忘的往事，在我心中一直挥之不去。穷苦百姓在旧社会缺吃少穿，生活极其艰苦，当时鸭窝沙上没有医院，郎中也很少，缺医少药是常有的事。家里大人小孩有什么头痛脑热，只得相信迷信，去厚朴镇庙里求菩萨保佑平安。但往往都无济于事。提起那些悲痛的伤心事，大人们沉浸在十分痛苦的心绪中。听我母亲提起年轻婚后的往事，常常泪流满面，那时婚后不久就生了第一个男孩子，非常听话，聪明，从不调皮捣蛋，像一个小大人一样，会讨好人，惹人喜欢，取名汉昌。可是长到六岁就生了一场病，父母就去厚朴镇庙里求菩萨保佑，把平常辛苦做忙工挣来的一些小铜钿都用在了庙里，可孩子还是夭折了。第二个女孩子非常听话乖巧，名叫小芳，长得好看又漂亮，人见人爱，可把她养到四岁的时候，做梦都没有想到又生病夭折了，又把在地主家做工的小铜钿全用在了菩萨庙里。这对我父母来说真是晴天霹雳，叫天天不应，叫地地不灵。特别是我母亲，整天愁眉不展，哭得像泪人一样，严重的时候几乎把眼睛哭瞎了。身体越来越差，像生了一场大病一样。这样的痛苦生活，一天一天渐渐过去了。那时妈妈还不到 30 岁，过了两年又怀上孩子，生下六天后夭折了；又过了两年，又生下孩子，七天后又夭折了。在旧社会这八年时间里生了四个孩子都没养大成人，求菩萨，烧高香，求老天保佑，到头来都是空的。后来，我母亲听邻居阿婆亲戚朋友提醒：去抱一个孩子来押押胎试试看。正巧南圩 12 队有一家生了个女孩，他们心中想要生个男孩，我母亲托人把小孩抱了回来，他们对我母亲很客气，姐妹相称。孩子抱回来以后就在妈妈怀里吃奶，爷爷、奶奶、爸爸、娘娘们都很喜欢，全家人把名字都想好了，就叫“来宝”，像来了个宝贝一样，来保佑全家幸福安康。说也奇怪，妈妈的身体也一天天好多了。爸爸是个裁缝，会做衣服。爸爸特地为“来宝”做了件漂亮的衣服，把她当亲生的，全家人都视她为掌上明珠。过了两年，母亲生了我的哥哥，又过了两年，母亲生了我。后来，又生一个弟弟、一个妹妹。有了抱来的大姐压阵，一家人平平安安的，风调雨顺。我的大姐的生身娘家有六个兄弟姐妹，我们家五兄妹，合起来一共 11 个兄弟姐妹。我大姐对每个弟妹都一样亲热客气，和睦友好。大姐本人忠厚诚实，艰苦朴素，聪明会做，吃苦耐劳，在我们姐妹中树立了好的榜样。母亲年迈的时候，大姐百忙当中常常挤出时间前来看望，细心照顾，耐心服侍，帮助，洗头，擦身，洗脚，还帮助修剪指甲，不是亲生胜似亲生。

我母亲吃尽了人间的酸甜苦辣，艰苦朴素，勤俭持家，把小日子打发得有滋有味，视我们子女个个都是掌上明珠。2006年6月，敬爱的母亲跳动了87个春秋的心脏静静地停止了，但慈祥的母亲永远活在我们兄弟姐妹的心中。

我的老家在丰产大队第三小队，党支部书记沈隆生，农业大队长樊正元，妇女主任杨林娣。我们生产队好几十户人家，像我一样大的姑娘当时就有十几个。在我年轻的时候，印象最深的就是在那"大寨式"评工记分的年代，我们常常拿起泥络扁担和兄弟队的男女老少一起围垦一个又一个圩，一起围垦"长凤圩"的场面，至今还清晰地浮现在我的眼前。凡是参与挑泥围岸的生产队，按各自的份额都分到了土地，这土地因离老家远，要走十几里路去耕种管理，人们称它为"走脚田"。那时，我们经常隔三岔五地去"走脚田"劳动，起早摸黑地扛着劳动工具，手里拎着装中饭的篮头。每当我路过厚朴镇的时候，因早市还没散，我总是放慢脚步用心观赏人来人往的集市场面和吆喝声。有时驻足停下想买点什么，因集体上工走路都急切，我不能因这点小事而落下。一年四季春夏秋冬，忙碌不停地来回于十几里地的"长凤圩"。到了收获的季节，我们硬是用肩挑手提把劳动果实背回生产队。公鸡报晓天刚亮，辛苦的妈妈早已把家务做好，把带出门的中午饭准备好，各人家吃得不一样，有的一半白米一半玉米粉，有的一半白米一半麦粉，下饭带的是咸瓜、咸菜、咸蛋等。那时候长兴岛上流传着一句顺口溜："老麦稀饭茄脚柄，越吃越得劲。"记得有一次我们正好收工把沉甸甸的玉米背回生产队，路过厚朴镇的半路上，一场倾盆大雨瞬息而降。姑娘们来不及躲闪，雨水淋湿了一身。因夏季天热衣着单薄，姑娘们一个个被雨水淋得像落汤鸡一样，但玉米袋放在屋檐下没有全部淋湿，望着这劳动果实和姑娘们各自的美丽曲线，大家你望我，我望你，脸上都露出了欣慰的笑容。有一个小伙开玩笑地说：奶头山啊奶头山，今天的风景真好看。姑娘们都笑着朝他白了一眼。每当想起那难忘的一幕幕往事，至今心头仍充满着激情。

时间一晃，转眼几十个春秋过去了。每当回想50年前的往事，就像昨天发生的事，清晰地浮现在我的眼前。

现在生活美满幸福，家有一双儿女，都成家立业，他们勤奋工作，爱岗敬业，有了房子，有了车子，第三代都上高中大学了，我们也成了爷爷奶奶，外公外婆。这种美好的生活着实来之不易，备加珍惜。将这肤浅的草根之作献给我敬爱的老师们，共勉之。

忆我们新兴大队文艺宣传队那些事

虞培康

回忆起我们新兴大队文艺宣传队的那些事，心中总洋溢着一种兴奋、激动而又自豪的感觉。因为我们在创建这支队伍的过程中付出了心血，在宣传党的方针政策，用社会主义思想占领农村阵地，丰富农民业余文化方面，做出了贡献。回首往事，有多少感悟和感慨。

话还得从20世纪60年代初说起。那时我国正处于三年困难时期，国民经济十分困难。国家采取精简机构的政策，动员国家机关、国营企事业单位的职工回乡务农，以减轻国家负担。许多年轻人急党所急，想党所想，奋勇报名下放到农村务农。本人便从长兴供销社来到新兴大队12队务农，我的同学朱学德也从川沙县文教局下放到新兴8队务农。

下放后的1961年，我参加了共青团。在大队团支部的换届选举中，朱学德被选为团支部书记，我担任了团支部委员。正在此时，大队党支部交给我们团支部一项任务，要充分发挥团支部的作用，在开展“树正气，立新风”的宣传活动中创业绩，做贡献。于是我们闻风而动，积极发动全大队的团员青年，筹办大队图书馆，组建歌咏队，开展讲革命故事活动等，一支雏形的文艺宣传队开始形成。

当我们的活动刚起步的时候，从解放圩迁到12队的小青年孙如录找上门来，对我说，他联络了几个小青年，偷偷地排了几个文艺节目，也想加入我们的宣传队演出。我听了以后，感到很高兴。第一被他们那种自觉自愿排练文艺节目、不图报酬的工作热情所感动，第二，可以扩大我们的阵容，增加宣传活动的内容，使我们的演出更有效果。于是我满口答应他们的要求。但我又觉得很奇怪，在一个范围很小的生产队里，几个小青年排练文艺节目，怎么没有一点信息传到我的耳朵里？我便问起小孙，他回答说：“我们几个就是喜欢文艺，志同道合者偷偷地躲在一起排练，说好谁也不准走漏风声的。一是怕父母反对、不支持，二是怕不成功被别人笑话。现在看来节目有点样子了，才来向你申请上战场的。”

我们的演出准备工作就绪后，利用晚上的休息时间，安排一次文艺演出活动，地点在大队办公室前面的一块空地上。没想到，前来观看的人这么多，男男女女，老老少少，竟有好几百人。尽管我们的演艺十分蹩脚，如同学步的孩子走路一样摇摇晃晃，演出时没有音乐伴奏，没有舞台灯光，也没有音响设备，只是凭自己的感觉在清唱，只是凭自己的理解表演剧情动作，但每一位演出者的表现都是绝对认真的。每当一个节目演完，场子里总爆发出雷鸣般的掌声和欢呼声。说心里话，当时我们真的好感动。一是说明社员们对我们劳动的尊重，二是说明农民们多么需要丰富多彩的文化生活啊！

一场演出在欢乐热烈的气氛中结束了。大队党支部书记宋学明同志以敏锐的眼光从这场演出中捕捉到了许多信息：农民需要业余文化生活；年轻人有一种奋发向上的力量；文艺是教育人、鼓舞人、激励人前进的重要武器；用正确的、先进的思想教育群众，用毛泽东思想占领农村阵地，开创宣传工作新局面，是党支部的工作重心之一。于是，他连夜召开支部委员、大队干部临时会议，充分肯定团支部组织的这场文艺演出的成功，并提出如何鼓舞社员斗志，树立战胜自然灾害的信心和决心，尽快从灾难的阴影中走出来。同时，交给团支部一个任务，迅速建立一支大队文艺宣传队。

建立文艺宣传队，对大队团支部来说，过去从未做过，而且对表演方面的知识一无所知，音乐器材也一无所有，关键的问题是没有钱。团支部书记朱学德同志想起鲁迅先生说过的一句话：“世上本没有路，走的人多了，也便成了路。”路是人走出来的。他没被困难吓倒，认真分析了情况后，决定分“三步走”，建立文艺宣传队。第一步，发动全体团员青年，自找门路，干活攒钱，为文艺宣传队提供经济支柱。有的到长兴海塘所联系扛石头，两个人扛几百斤的石头，行走十分吃力。大家把获得的劳动报酬交给团支部，结果买了一套锣鼓和必备的其他用品。第二步，组织队伍。在原有队员孙如录、陶玩娣、虞林芳、戴士芳、向如妹、吴永彬、樊翠英等人的基础上，逐步吸收了朱雪芳、姚亚兰、黄学兰、樊敏芳等队员。第三步，到公社文化站及其他地方搜集文艺宣传资料，紧接着开始排练文艺节目。

当文艺节目排练完毕后，就开始下生产队演出了。全大队有十几个生产队，一个队一个队轮过来。走在路上，一路响着锣鼓，一路上跟着不少看热闹的小孩子，此时此刻，文艺队成了一道流动的风景线。每到一处演出，都受到热烈的欢迎和认真的接待。当我们看到社员们从困难时期以来脸上难得看到的、发自内心的笑容时，我们的心里就像吃了蜜糖一般甜。社员们受到了教育，得到了鼓舞，我们更坚定了搞好文艺宣传队的决心。

但我们新兴大队的文艺宣传队成长的历程也不是一马平川，遇到不少曲折和困难。团支部书记朱学德被公社调去组建公社修建队，文艺骨干孙如录被学校招去当教师，还有几个老队员结婚离开了新兴大队，这样，宣传队里的顶梁柱和主心骨没有了，大家不知以后怎么办。当时，我虽有一点小小的职务，也拿不定主意，再加上母亲的责怪："你没日没夜在大队工作，把家当食堂，当旅馆，家里事一点也不关心，今后怎么办啊？"我的思想也有点波动了。说继续干吧，缺乏信心；说不干吧，心有不甘。正当我进退两难的时候，党支部书记宋学明找上门来，做我母亲的思想工作，并把团支部书记的工作压在我的身上。他坚定地对我说："你一定要把团支部的工作做好，文艺宣传队的工作要开创一个新的局面。人要学会在逆境中前进，困难和挫折，能锻炼人，也许是一份宝贵的财富。我们党支部一定支持你们的工作，做你们的坚强后盾……"在党支部的教育帮助下，我这个二十刚出头的毛头小伙子终于拨开了心头的迷雾，看到了前进的曙光。

接着，我就着手招收新的队员。经过层层筛选，确定吴龙兴、孙小林、袁黑炭、朱炳兴、陆林祥、樊小才、顾叶妹、汤小雅、张林妹、杨彩英、吴品郎、张士琴、郁琴、施菊囡等同志为新队员，还有几个老队员，这样，宣传队扩大了阵容，补充了新鲜血液。对有一技之长的、具有一定乐器知识的人，成立了一个小乐队。工作中坚持"以老带新、群策群力、取长补短、相互学习"16字方针，我们将一些有影响力的优秀节目保留下来，又认真排练一些新节目。老队员勇挑重担，新队员虚心好学，为了提高演出水平，大家不怕苦、不怕累，为纠正一个动作，哪怕练上几十遍。只有进入文艺圈子的人，才真正懂得"台上一分钟，台下十年功"的深刻含义。为了强化宣传效果，在表演形式方面，力求多样化，我们有：表演唱、舞蹈、说唱、独角戏、快板、三句半、京剧选段、相声等。我们还广泛"纳贤"。比如有一次，我们到十一队去演出，结束时，有一个天真烂漫的少年，跑到我们身边，用我们宣传队里的一把胡琴当场拉了一曲，其旋律之优美，声音之委婉，都把大家镇住了。这样小的年纪，竟有这番功夫，真是了不得。于是我马上走了过去，征询他愿不愿意参加我们的文艺宣传队。他不假思索、爽快地回答："愿意。"他叫樊敏章，当年只有16岁。进队之后，他成了宣传队里的主要骨干。公社排演革命样板戏《沙家浜》时，还被借去拉京胡。在他以后的人生路上，充分显示了他的文艺天才。在他的影响下，他们全家人都玩上了音乐演奏，成了音乐演奏"专业户"，并在区、市级的比赛中屡屡获奖，他的弟弟樊学章还成了上海笛王陆春龄的朋友。

到了1972年的时候,因为党支部书记宋学明同志调到社办企业当书记,我因搬家到大兴大队,便离开了新兴大队。

回忆起在新兴大队1961年至1972年文艺宣传队的工作,真是感慨万千,不知有多少话要说。在那个年代,为了宣传毛泽东思想,宣传党的路线和方针政策,为发扬先进人物的优秀品质,为弘扬正气,树立新风,传播社会正能量,我们排了多少节目,去军营、到老人福利院、下田头、上公社礼堂去宣传演出,11年间共演出500多场次,足迹几乎踏遍了宝山县的每一个地方。

老年人喜欢回忆。一次偶然的机会,几个过去在大队文艺宣传队一起工作过的同志见面,自然而然地回忆起许多关于年轻时代文艺演出的事情。有的说,有时候我做梦还忆起演戏的事情。有的提议,最好我们新兴文艺宣传队的同志会一次面,该多有意义呀。如今长兴岛变得多好、多美,简直是一座海上大公园。一晃40多年过去,我们都老了。大公园里盛开的美丽的花朵,也许有几朵是我们文艺宣传队播下的种子。于是,我和樊敏章同志找到了现任新港村(原是新兴大队)党支部书记黄松才同志,把我们的想法和要求说了出来。书记非常热情地接待了我们,并答应了我们的要求,时间定为10月3日,地点在新港村村民委员会,出席对象由我们负责通知。

队员们得到要聚会的消息,都欢天喜地。那天,他们仍保持着当年的铁的纪律,从四面八方准时赶到集中地点,党支部书记黄松才同志也参加了我们的会议,还向我们介绍了村的发展情况。

35年后旧地重游,旧貌换新颜。百感交集,衷情颂党恩。35年前年轻力壮的小伙子和漂亮的小姑娘,如今都做爷爷奶奶了。满头的白发中隐含着生活的艰辛和对美好事物追求的坚定,脸上深深的皱纹中蕴藏着许多丰富的人生阅历和美妙的故事。我们聚集在一起,回忆起在宣传队里发生的许多有趣的故事。

一次,公社党委副书记徐光明同志亲自带队,组织丰产、新兴两个文艺宣传队30人到石沙大队去演出。那时,石沙大队还是一个孤岛,上岛必须用小船摆渡。船小,30人一起挤在小船上,当船刚行几十米时,不堪重负,开始下沉。在这万分危急的时刻,我大声喊:"大家不要动,不要怕,会游泳的男同志跟我一起跳下船,把小船推回港口。"会游泳的男同志全部跳下船去,避免了一场船沉人亡的灾难。后来,小船把我们分两批摆渡过去,完成了赴石头沙演出的任务。回来的路上,光明还调笑说,要是那只船沉下去,我肯定得没命了,因为我是一只秤砣,引得大家哈哈大笑。如今大家回想起来,还有点心有余悸,要是那时发生不幸,我们今天就见不到面了。不知谁插了一句:"要奋斗总会有牺牲嘛,我们为文艺宣传活动而死,死得其所。”

在那个特殊的动乱的“文革”年代，一切都“左”得要死，特别搞文艺宣传的，一定要小心翼翼。大家清楚地记得，在两件小事上，差点遇到大麻烦。一是我们看到人家演出的节目照搬的多，雷同的多，而我们走独创之路，自己编写剧本，如《雷雨来了》《计划生育就是好》《海岛军民备战忙》《欢送代表上北京》等。《雷雨来了》的剧情是介绍社员们在雷雨来临时，奋勇抢收晒在社场上的上万斤麦子，而不顾家里晒的东西，表现社员热爱集体、舍己为公的高尚品德。在剧本中，有描写天气变化的“乌云遮住了红太阳”一句话。那天，在厚朴镇的小学操场上召开全大队社员大会，并表演了文艺节目。刚演完，一位下放干部马上找上我，说：“你们必须把‘乌云遮住了红太阳’这句话改一改，弄得不好又是一个政治事件。”他说得也对，在那个乱戴帽子、乱抓辫子、乱打棍子的年代，说不定随时会遭到厄运的。

还有一件事情是这样的。我们的剧目《欢送代表上北京》，参加宝山县群众文艺会演。这个剧目是根据我大队 13 队社员王金芳被推荐为上北京参加国庆观礼代表的真人真事创作的。演出时，因为参演的人数多，宝山大礼堂后台人来人往，非常杂乱，我们演出用的道具大红花不翼而飞了，在短时间内再做也来不及了。我们只得求助于主办方宝山文化馆，结果拿来的是大黄花，我们只好将就着用。演出刚结束，后台来了一个 50 多岁的老先生，找到我，笑容满面地对我说：“你们八位姑娘演得太好了，非常自然，非常逼真，好像身临其境。”过了一会儿，他非常严肃地对我说：“不过要记住，在你们的剧情中是千万不能用黄花的。你知道吗？黄花在封建社会里，是皇亲国戚死了人用以纪念的。”看来，他很关心我们，我也获得了许多知识。这个剧目获得了创作和演出一等奖。

欢声笑语话当年，感慨万千泪涟涟。一个上午有说不完的知心话，表不尽的别后情。下午，我们乘专车游览了长兴，观看了上海长江大桥，感受到家乡在变，越变越美丽了，感受到党的温暖，感受到改革开放春风的伟力……

我写以上一些文字，权作摄下的一些历史镜头，展现在大家面前，让你回味、思考、遐想，也许能读懂特定历史时期的一些人和事。

长兴小学印象记及其他

魏　然

（一）

因为我外婆家在厚朴镇，所以在我童年的记忆里就留下了长兴小学的印象。长兴小学在厚朴镇上，校舍非常简陋，只有几间“7”字形的朝南、朝东的草屋。课后，孩子们在一块不大的场地上玩耍；上课了，教室里传出琅琅的读书声。最引人注目的，要算是学校旗杆顶上飘扬着的那面鲜艳的五星红旗了，就是在老远老远的地方，也能看得见她，知道这里有一所学校。此时乃在中华人民共和国成立初期，我仅五六岁的时候。

（二）

我家住在离厚朴镇有二三十里远的三民镇上，读书自然在附近的平安小学。一日，从长兴小学调来一位新老师，名字叫倪叔平，高高的个子，黑黑的国字脸，说起话来既缓慢又轻柔，给人一种特别的感觉。他上我们的地理课，不知什么缘由，有一次在课上他慢吞吞地说了这样一句话：“母不嫌子貌丑，子不嫌母口臭。”当时，我因为年纪小，不懂得这句话究竟是什么意思。后来随着阅历和知识的丰富，才渐渐悟出其间的含义。如果把它引申开去，不就是把祖国比作母亲吗，不因她的贫穷、落后，甚至被洋人欺凌和辱骂，就不爱她。这不是我的借题发挥，因为倪叔平老师的人生经历和宋公园惨案引出的牵连，用这句话来表达他的心迹最贴切不过了。

说起宋公园惨案，上了一定年纪的人都知道，那是上海临近解放前十天的时间内，凶恶的国民党反动派分六批把潜伏在国民党军队、政府等重要部门的地下党员 43 人枪杀在宋公园(现在的共和新路的闸北公园)。临刑前,他们坚贞不屈,视死如归,英勇就义,口中还高喊着:“中国共产党万岁!”“毛主席万岁!”5 月 30 日,上海市市长陈毅下达命令,将这些烈士重新安葬,后都被安葬在龙华烈士陵园。这是黎明前的黑暗,当我们想起他们,心里特别难过。

为什么倪叔平老师与宋公园惨案有牵连呢?因为在上海解放前夕,他也积极协助上海地下党组织搞策反工作,经常参加地下党组织召开的一些秘密会议,为迎接上海的解放做准备。但有一次他去开会,发现挂在窗口边的一把扫帚不见了,于是他立刻掉头就跑。因为这是他们的暗号,凡窗口边扫帚挂着,说明一切情况正常;要是扫帚没有了,说明据点已被破坏,千万不能再闯进去了。事后知道,和他一起的十几位同志全部遇难。因此在以后的历次政治运动中,他都受到审查和质询。尤其在那个“文革”年代。理由似乎很简单:他们都被敌人杀害了,为什么你还活着?你有没有出卖了他们?你是不是当了叛徒?但他坚持相信党,相信自己没有做过有损革命利益的事情,所以一直保持着平静的心态。粉碎“四人帮”之后,总算对他有了一个比较客观的、符合实际的、公正的结论。倪叔平老师后在小学教育战线上光荣退休。

其实,自古至今,遭冤屈的人不知其数。就是在我们党的历史上,受到“左”倾路线的影响,被错杀的革命志士也不少。但个人的理想、信念、气节和金不换的品格才是最宝贵的,最重要的。由此,我又想起 60 多年前倪叔平老师在地理课上说起的“子不嫌母口臭”那句话来,也许这是他对祖国热爱有感而发,也许是自己遭冤屈后对祖国、对革命事业的一种内心表白。

我读小学时就听说他的故事,于是对地下党员有一种无比崇敬的感情,更觉得长兴小学里出来的教师不一般。

(三)

无独有偶。1964 年我走上教育岗位之后,又遇到了一位新中国成立前参加地下党工作的老师周安清。听说他也是从长兴小学调出来的。因为我们都吃住在学校,空闲的时间比较多一些,所以他经常向我谈起他从事地下运输线工作的事儿。主要把枪支弹药、急救药品、印刷机等军需物资秘密地运往苏北革命根据地。他扮演着一个大商人,头戴着铜盆帽,身穿纺绸长衫,常出没在吴淞街上。一次,他父亲在吴淞街上碰到他,也认不出他是自己的儿子。他对我说,搞这个工作是非常危险的,脑袋随时要搬家的。他说,他的顶头上司是张渭清,跟着他到苏北去过几次,还聆听过新四军首长的报告。他常常哀叹说,要不是他父亲的阻止,继续干下去,也许是一个很大的官儿了。但有一点我是相信的,上海海燕电影制片厂要拍摄电影《51 号兵站》,反映我地下党员与敌人斗智斗勇的故事,特地将电影剧本寄给周安清,要他阅读后提出修改意见。要是他没有从事地下党工作的经历,电影制片厂或熟悉周安清情况的有关领导,是不会征求他听取剧本修改意见的。

人生之路不是一马平川。但不管怎么说,周安清老师为革命事业做出了有益的贡献。后来,他从事小学教育工作,直到光荣退休。长兴小学真不简单,中华人民共和国成立初期就有不少有角色的人物在那儿。

(四)

凡有人群的地方,总会有教学。20 世纪 40 年代,厚朴镇是长兴岛上比较繁华的一条集镇。时任长兴区伪区长的施增鑫,1940 年筹资创办了一所刘洪祥小学,校址在厚朴镇西北面的六圩里,建在刘洪祥的宅地上,故取其名。刘洪祥小学是长兴小学的前身。1947 年国民党青年军败退上海,209 师强占学堂,学校被迫迁移到厚朴镇东北面 800 米处的范小牛宅上。1949 年秋,学校搬到厚朴镇上的一座庙内,改名为长兴小学,历任校长有袁凤鸣、孙中行、倪善才、施安达等。

新中国成立之后,长兴岛上公办小学一共有七所,即元沙小学、东兴小学、长兴小学、长兴中心小学、平安小学、解放圩小学、瑞丰小学,可见长兴小学有一定的历史和影响。

到了 1979 年 8 月,为了调整学校布局,长兴小学撤销,校舍全部拆除。

五、睹物思情思广远

联想是人们思维的一种形式。在人们的日常生活中,往往因某种事物而引发许多联想,或思念的,或感恩的,或明事理的,或产生某种厌恶情绪的。

你读读本篇章的一些文章,看看作者面对一件件事物中表达着一种什么样的情感,阐述了一个怎样的道理……

百年老树“穿穿活”

郭树清

所谓“穿穿活”，是地方方言，是一种木本落叶植物，是否有其他芳名，不得而知。它是过去在崇明乡间农家的房前屋后常见的树种，有一人多高，手指粗细的杆，一簇簇，一丛丛，郁郁葱葱，密密匝匝，青枝绿叶，一片秀翠。

旧时的乡村，缺医少药，乡间常见的小毛小病，有不少都是用民间土方来医治。“穿穿活”主要用于人们在干活时或生活中手脚等身体的某个关节部位扭伤时进行消肿治伤治痛，方法简便，十分管用。

那时候，每当遇到扭伤时，取一根“穿穿活”，剪成若干小段，并按年龄大小掌握数量，年小者少量，年长者增量(10 岁以下 10 小段为宜，10 岁以上适量增加)，放在水中煮开，大约 10 分钟后连同“穿穿活”一起，倒入盆中，或利用冒出的水蒸气熏扭伤部位，或待开水稍凉一会，趁热用毛巾浸湿后敷在扭伤处，大约 10 分钟后，立见奇效，肿痛迅速消除，再反复用上两三次后，即可痊愈。

然而，近年来，随着中、西医的普及，这种民间偏方渐渐地淡出了人们的视线，现在的海岛农户人家很少有种植“穿穿活”的，人们治疗扭伤也不用“穿穿活”，都会到医院用中、西医药医治，年轻人更是不知道“穿穿活”是何物。

近日，我应邀来长兴岛寻访厚朴镇旧址时，顺便到陪同我的樊敏章先生的老家宅基地去看看，他家原先的住宅在厚朴镇东南角，虽然老房子已拆除了，但种在宅后的那片树林还在，尤其是夹在其中的那棵“穿穿活”特别引人注目。据樊敏章先生介绍，这棵“穿穿活”是他太祖父在清朝光绪年间种下的，至今已有 130 多年历史，现已长成 3 米多高，无数根枝枝蔓蔓足足有圆桌面大，如此年长的树龄和茂密的枝蔓，实属罕见，真是神奇。

我国“人文森林学”的开山鼻祖梁衡先生笔下的古树名木，不单是树龄高，不单是树形奇，不单是树种少，不单是与作者有一定的缘分，最重要的是能挖掘出和树密切相关的非常深厚的历史文化。然而，生长在厚朴镇的这棵“穿穿活”虽算不上名贵树木，但它与乡亲们相依相伴，默默地绽放出质朴、坚韧、灵动的历史文化风采。据樊敏章说，如今在长兴岛上，种“穿穿活”的人家很少，几乎找不到，附近村民遇到扭伤时，经常会想起这棵百年老树，供大家享用。就在前几天，樊敏章的弟弟不慎把脚扭伤，他的母亲知道后，就让家人到老宅基上寻找那棵“穿穿活”，剪上几枝，切成若干小段，用它煮汤熏抹伤处，很快就治好了。

面对此情此景，让我惊喜，让我感叹。我仰头观望，只见那棵“穿穿活”枝繁叶茂，苍翠欲滴，历经一百多年风霜、雨雪、烈日，依然在那片乱砖杂树间顽强地生长，枝枝蔓蔓，血脉相连，英姿勃发，苍劲挺拔，生生不息，散发着淡淡的清香，静静地述说年轮之沧桑……那里面，也夹杂着我的思绪不经意间放飞到了故乡的童年，心中涌起一缕乡情。

家乡水土滋养了我

顾希良

160 多年前，我的出生地长兴岛厚朴镇原是长江口的一片湿地。在长江汛期小的时候，它好像是漂浮在江面的巨大绿毯。后来人们在湿地上开垦造田。经过 100 多年的开发，直到新中国成立前夕，在吴淞口外崇明岛东南面形成了鸭窝沙(岛)、金带沙(岛)、园园沙(岛)、潘家沙(岛)、瑞丰沙(岛)、石头沙(岛)六个小岛。它们互为独立，互为彼邻。它们就是现在长兴岛的前身。

这里居民大部分来自崇明岛，少量来自启东、海门等地。主要从事农业生产，也有少量从事渔业生产的渔民。各个小岛上都有小集镇，有一些从事买卖的小商店。如果没什么自然灾害的话，这里确实是典型的鱼米之乡。

旧社会，国民党反动派除了收粮征税抽壮丁外，从不管老百姓的死活。岛上老百姓只能在风灾、火灾、水灾的威胁下，过着提心吊胆的生活。正如岛上民谣所言"芦柴茭白海滩荡，七尺圩岸八尺浪。火烧一半海坍光，十年倒有九年荒"。

那时候岛上老百姓都比较穷，除了个别地主住瓦房外，大家住的都是用芦苇、稻草搭的草房子。这些草房差别只是数量不一样，质量好坏不一样，高矮大小不一样。但有一点是一样的，就是怕风、怕火、怕水、怕暴风雨等的灾害侵袭。因为稻草、芦苇房容易着火，特别干旱季节最怕火，岛上每年都有火情。不是张家烧了房，就是李家烧了房。

各个小岛地处长江口，东面就是茫茫的东海。太平洋形成的台风几乎每年都要光顾几次，最大的超过 12 级，人们行走都得弯腰。有时甚至爬着走，大风能把树木连根拔起，房子刮得东倒西歪直至倒塌。

还有一个是怕水。长江水因月球引力的关系形成自己特有的规律：一天 24 小时有两次涨潮，两次落潮，涨落时间因时辰不同而不同；另一个特点是冬、春的潮水小，到阴历六、七、八月潮水就大。大水来时，水位上升五米多，如果堤岸一破，整个小岛就是一片汪洋。

岛上最怕的是台风、大潮、暴雨一起来，那才是灭顶之灾。据老人们传说，岛上水灾最多死过2 000多人。光绪三十一年(1905年)农历八月初三，群众死了三分之一。一九四九年农历六月二十九，我就目睹了大风、大雨、大水灾害带来的惨状。房屋倒塌无数，死猪、死羊、死鸡到处漂，百姓死了一百余人。

长久以来，岛上老百姓为了同自然灾害做斗争，大家团结起来，发挥自己的聪明才智，与水斗、与风斗、与火斗、与天斗。他们联合起来，把堤岸加高、加实，在岸边植树种草来护堤护坡。农家造房一般选择地势高的地方。或者在田间挖一个几分地大的宅沟(水池)把宅基填高造房。这样地基高了防水灾，而水池也有一举三得的作用：这个水池的水，一可以饮用；二可以养鱼；三可以取水灭火。这种一宅一沟的科学抗灾办法得到广泛运用，成了长兴农村特有的风景线。

在这些自然灾害面前，大家都是平等的。无论贫富，谁也保不住在灾害的冲击下，一夜之间变得一贫如洗。人们靠天靠不住，靠神靠不住，靠官府更指望不上。那只有靠大家团结起来与灾害做斗争。大家共同围圩造田，共同护堤保田。遇到灾害时同舟共济，互相帮助共渡难关。在与自然灾害斗争的漫长岁月里，岛上逐步形成了特有的、很好的民风和乡俗。

攀亲交友，战天斗地

岛上每家都交了不少朋友和亲眷。什么哥哥弟弟的，寄爷寄娘的。这样在遇到天灾人祸时，相互有个依靠和帮助。我们家遇到两次火灾一次水灾，所以没有被冻死、饿死，就是靠很多亲眷朋友的无私帮助。

这种攀亲交友的情况，即便地主、富农家也很普遍。因为在这个特殊地方，他们同样面临风、火、水的考验。保不住哪一天也要遇到灭顶之灾。生活经验告诉他们，必须依靠大家共同抗击三大自然灾害。他们不能和老百姓结怨，只能和老百姓交友结亲。所以这个地方的地主和富农较为开明。像黄世仁类的无恶不作、欺侮老百姓的没见过也没听说过。

与人为善，乐于助人

这里的百姓绝大部分都经历过三大灾害的肆虐。他们在生产生活和交往中，提倡和践行“修桥补路，行善积德”。邻里之间、亲戚朋友之间互相帮助互相关心是习惯、是风气。对我影响最深的有两个人。一个叫汤二郎。他开了个鲜鱼行，从事海鲜买卖，家里比较富裕。他同情穷人和有困难的人。人们有事就找他，他总是想方设法帮你解决。他有一条叫“老黑龙”的好船，借给新四军跑运输却分文不取。人们相信他、敬重他，人们尊称他为“汤二伯”，小孩们称他为“汤二公”。

另外一个叫张川福。他是厚朴镇上无房无地的无产者。他靠给人杀猪杀羊、磨豆腐过日子。他挣点钱除自己吃用外，总是帮助别人。我母亲也姓张，认他为哥哥，我们弟兄四个都叫他舅舅。虽则没有血缘关系，但胜似亲舅舅。在我们最困难的时候，帮助我们种地、干杂活，从来不要一分钱。同样他也乐于帮助其他的亲戚朋友，从不考虑自己的私利和后事。受到人们的赞扬和称颂。

这两个人与人为善、乐于助人的美德，成了我幼小心灵中的楷模，我认为做人就要做这样的人。

忠厚淳朴，心地善良

有个流行的笑话叫“笨长兴”。实际上长兴人是不笨的，只是不刁、不蛮、不恶，不会算计别人，不会捉弄别人。所以说是笨，其实真正的内涵是忠厚淳朴，心地善良。

人们在长期与自然灾害斗争中，相依为命，互相协作。三年困难时期，虽也吃过糠、喝过酱油汤，有人吃过灰茭白，得过浮肿病，但岛上没有饿死一个人。

热情好客，宽厚待人

热情好客，宽厚待人的人，各个地方都有，但长兴人普遍具有这种传统。人们有东西送人要送好东西，有好的东西自己舍不得吃要留给亲戚朋友吃。家里有亲戚朋友来，有条件的杀只鸡、鸭什么的，有宅沟(房屋后的水池)的捉条鱼，来款待客人。像我们比较穷的人家就另想办法了。父母亲看病挣几个钱，难免买点肉做红烧肉，盛放起来以备待客。我们那时候又饿又馋，热的时候偷吃一块，大人们看不出。但冷了以后偷拿一块，就出现一个凹处。父母亲发现后就骂，这是留给亲戚、朋友吃的，你们吃了他们来时吃什么。骂是轻的，有时还得挨打。那时我们虽小，但也理解当时大人们的无奈。

这种特殊的民风乡俗，培养和影响了不知几代人。同样在我身上也打上了深深的烙印。也许这就是人们常说的一方水土养一方人吧。

厚朴镇的冰厂

虞培康

冰厂，顾名思义，是生产冰或储藏冰的场所。我这里说的冰厂，是在新中国成立前用以储存自然冰的一个仓库。在过去电力资源十分匮乏的偏僻的乡村，建造冰厂，主要用以解决渔业生产上的用冰问题。这实是劳动人民的一种智慧和创造发明。

70 多年前，在厚朴镇新开港东面有一座冰厂，是大老板汤二郎开办的。建造冰厂，说复杂倒并不复杂，说简单倒也不简单，最重要的是要符合储藏冰的一些物理学原理。如不符合囤冰的条件，在炎热如火的夏天，放在冰厂里的冰怎能不融化呢？

这座冰厂占地面积大约 400 平方米，厂房的下半部分材料就地取材，用黏性很强的纯黄泥制成 40×30×30 立方厘米的泥块，把它当作造房的“砖头”，四周砌成 3 米高的泥块墙，南面留一个挑冰时要走的小门，厂房前筑起一条南北走向的斜坡，便于挑冰。冰厂的上部，用木头和毛竹搭成一个尖尖的人字形屋顶，屋顶的斜面大约有 3 米长。然后，再用厚厚的“稻草襟衫”（用稻草编织起来的一种物品）从地面到屋顶把厂房严严实实地覆盖起来，用竹篾牢牢地固定在泥墙和厂顶上面。“稻草襟衫”是事先制作好的，每块长 2 米，宽度 1 米左右。这样建成的冰厂，下雨不漏水，雨水也淋不着泥块砖，整个仓库密不通风，也不透光，简直就是一个大地窟，它能起到很好的保温作用。厂房建好后，再在底部适当的位置开一扇小门，以备取冰时用。

有了冰厂，还必须留有一块取冰用的农田，大家称它冰场，面积在 10 至 15 亩之间。秋收之后，农田里就不再种植庄稼了。如果原来是稻田，必须把土中的稻根全部挖去，地面上的垃圾和杂草也必须清除干净。待到寒冬腊月的结冰天气，冰场里灌满 30 厘米左右深的水。这灌水是很有讲究的，灌多了，冰结得薄，收的冰就少了；灌浅了，冰是结得厚了，但离得地面太近，收冰时，泥浆容易溅到冰上，会把冰弄脏。当时的用水全靠潮涨潮落，为解决水源问题，在冰场附近挖一条深 1 米、宽 5 米、长 50 米的沟，四周砌好拦水的小坝，保持水不流失。

等到冰场里结满了冰，农民们就开始挑冰了。男的挑着一对特制的冰篮，女的拿着干农活用的钉耙，踏着冻土、沐着晨光，向冰场走去。在挑冰前，管理员已把冰敲成 50×80 平方米的大冰排。女人们一到，排成一字形，站立在通向冰厂的码头上，用钉耙将管理员撑来的冰排敲碎，男人则弯下腰去从刺骨的冰水中把冰块装入冰篮，然后挑起来走向冰厂。挑一场冰，力气大的男人能挑 100 担，力气小一点的能挑 70 至 80 担，敲冰的女同胞则要干 3 个小时。

百步无轻担。挑冰是一项非常艰苦的重体力劳动，虽然每担只有七八十斤重，但是要坚持到底是很不容易的。当时生活条件和工作条件都非常差，没有什么防寒保暖的措施，脚上穿着用稻草、关草等编成的草鞋，腿上裹着绑带。开始挑冰时，手脚都麻木了，有的皮肤也裂开了，淌着血。干了一些辰光，头上开始冒热气，再过一会儿，内衣也被汗水弄湿了，这种难受的滋味，我也亲身经历过。

每天挑入厂内的冰，管理人员都要平整好，再撒上一层盐防止融化，因为咸水的冰点比水低。挑满冰厂的冰，需要十天左右时间，一般要挑十场冰。冰厂收冰结束后，只等待渔汛到来了。到了五六月份，有专门装冰的船，收购了冰，再到长江里的渔船上去收购各种鲜鱼，用冰把鱼保鲜起来，然后送到上海八埭头鱼行码头，批发给小商小贩去零售，让市民们吃上新鲜的鱼。

随着科技的进步和电力资源的丰富，冰厂早已绝迹了。再说，整个地球在变暖，现在长兴岛的冬天几乎见不到冰了。我记得我的童年时代，在三九寒天里，沟里河里都结满了冰，我们还在冰面上玩耍呢。社会在进步，人民的生活在改善，我记忆中的冰厂已成为历史了。

寻　根

虞培康

滚滚江水绕家走，涛涛歌声逐浪奏，
试问根在哪里生，江水中央把根留。

世上万物都有根，你从哪里来？你的根在哪里生？我的根在万里长江口，泥沙冲击而成的长兴岛鸭窝沙三圩港厚朴镇河东北市梢。

那里有我永难忘怀，摇摇摆摆学走路，呀呀哭笑学说话的快乐幸福的童年记忆；那里有我彷徨探索人生的心酸事，磨炼意志学本事的少年时期；那里有我艰难困苦步人生，健步成熟展未来的青壮年时代。

一年一个样，三年大变样，家乡面貌日新月异，家乡建设快速崛起。2017 年听说我已搬离 40 多年的老宅（新港十二队）所有住户全部拆迁搬走了。我听到这个消息，脑海一片茫然，不知所措。“啊……”120 年左右的老宅，就要消失了，再也看不到它的旧模样了。于是，我毅然决然冒着酷暑，到老宅再去看一眼，去寻根圆梦。

凭着记忆，走了 20 分钟左右的路，来到老队寻找老宅，站在一个宅基地上，观望眼前身后、左邻右舍，全是被推倒的残壁断砖碎瓦片。儿时的模样实是难辨，幸好老宅的小竹园还在，微风吹来发出沙沙声，竹叶送来阵阵香，心中升起一种说不清道不明的留恋感慨，微风吹开了我记忆的闸门，清香唤醒了我心灵的窗户。

俗话说得好：“穷搬沙（岛）富搬城。”曾记得小时候父亲对我说过，在 100 多年前，我祖父祖母，从崇明草棚镇挑了一担行李，来到鸭窝沙三圩港厚朴镇永字圩安家落户，挑泥做岸，开荒种地，养儿育女。曾记得小时候母亲讲过，那是 1939 年，我在母亲肚子里六七个月的时候，日本侵略者开了小汽艇，从三圩港上岸，魔爪直伸厚朴镇。父母带着我哥我姐逃难到崇明。后来听说日本鬼子上岸后，看见人都跑光了，也没有什么财物可抢就撤走了。父母拖儿带女再次回到了熟悉的老宅。在喜庆的春节过后，我平安地在老宅呱呱落地了(1940 年 2 月)，在父母的呵护下我一天天成长。

儿时光着屁股和小伙伴们，在三圩港河内戏水玩耍、学游泳、爬树上房掏鸟窝、吃菱角、放鹞子、跳绳、踢毽子、闹元宵、看庙会、捉迷藏、猜谜语、采桃子、摸西瓜、推铁环、造房子等。我深深地沉醉在快乐有趣的梦境中。耳旁仿佛响起了上课的铃声，抬头眺望，噢！原来是一辆电瓶三轮车(收废品的车)上的铃声。铃声，上课的铃声，它勾起了我刻骨铭心、挥之不去的往事，我不由自主地转过身去面向和老宅一河之隔，早已消失的母校——长兴小学。我又陷入深深的怀念中。1949 年，家乡解放，阳光普照大地，人们欢天喜地建立人民自己的政权。厚朴镇是当年乡政府所在地，它管辖现在的丰产村、新港村和长明村。忙忙碌碌，分田地，兴教育办学校，上夜校扫文盲。址无定所的母校，在厚朴镇一所庙内定居了下来，逐步发展成了一所有模有样的小学校，我就在这所学校内上学辍学、辍学上学读了三个年级、两个年头的书。时间虽短，老师的恩情，同学的友情，对母校的怀念，铭记在心。怀念加入少年先锋队，戴上革命前辈用鲜血染红的红领巾时，庄严地唱着国歌，面对鲜艳的五星红旗，敬礼致敬，这一刻是多么神圣、多么激动啊！怀念恩师情。记得只教过我一年的班主任老师俞剑能，时隔 50 多年后，不论在什么地方什么场合都不忘我的学名，我也同样以学生的身份，亲切地叫他俞老师。怀念同学友情。2007 年在顾希良和郁文祥同学的提议下，原长兴小学四、五年级同学，组织同学聚会，连续六年每年一次至 2012 年。每次聚会，同学们有说不完的话，讲不完的故事。60 多年前，母校把我们三个村的小朋友聚在一起，学文化、学知识、学本事。今天我们满头银丝欢聚一堂，这是历史的召唤，是根的力量。隆隆的响声，在蓝天白云间，从远方传来，原来是一架飞往浦东国际机场的客机，轰鸣声打断了我的怀念，客机远去，我的思绪随着它也飞向了远方。

远在抗日战争年代，南洋华侨富商陈嘉庚先生不惜倾家荡产动员了成千上万名华侨回国参加抗日战争。中华人民共和国成立后，有多少科学家爱国华侨，放弃国外优厚的物质生活待遇，回国建设自己的祖国。他们不忘自己是中国人，根在中国。厚朴镇上的沙小生先生 1992 年回家探亲、圆沙丁丰村蔡金虎先生 1999 年回家探亲。他们 1949 年去了台湾。历经几十年风风雨雨，克服了千难万险回到故乡寻根探亲。

改革开放的春风吹遍了祖国每一个角落，农民工数以亿计地涌向城市涌向需要打工的地方。每逢重大节日，都要回老家看望父母孩子，品尝合家团圆的喜悦，加深加固根的情怀。

年纪大了，站久了，双脚有些酸了，找个地方坐下来休息一下。摸摸生我养我的土地，闻闻它的香甜芬芳，再看看眼前的残垣断壁，我坚信或许明天、或许下次我再来的时候，你一定是道路宽敞、树木葱郁、美丽整洁、高楼林立，像老宅的小竹园一样散发出诱人的阵阵清香，像牡丹花儿一样在老宅的土地上，展现出欣欣向荣的新气象。再见吧老宅，我的根。

一只猫食盆

虞培康

二十年媳妇，二十年婆，再过二十年做太婆。

一个女人，只要你结婚生子，就会走这条路；对女人而言，这是一段艰难曲折的路。

相传很久以前，有一户张姓人家，男主人，是一个朴实、内向、老实巴交的庄稼汉；女主人，叫姜辣花，她说话大大咧咧，做事风风火火，家中大事小事她说了算。这户人家住在岛上，日出而作日入而息，勤勤恳恳，与世无争，夫妻俩生有一男一女，小日子过得不算荣华富贵，还算衣食无忧。日复一日年复一年。20多年过去了，女儿出嫁，儿子成家娶了邻村蒋家姑娘做儿媳，这姑娘叫克花，操持家务里里外外，倒是一把好手，不过她心眼太小，喜欢斤斤计较。

自从张家娶了媳妇后，小夫妻生活过得甜甜蜜蜜，恩恩爱爱，老夫妻看在眼里，喜在心里，就这样和睦快乐地过了几年，张家又添了第三代，可谓子孙满堂，人丁兴旺，喜气洋洋，乐在眉梢。

可世界上的事物，不可能一成不变，凡事总有它的规律性和必然性，如果遇事处理不当，那有可能事与愿违，物极必反，乐极生悲。当时张家人沉浸在幸福喜悦的小日子里时，一场婆媳之间的持久战一步步悄然拉开了序幕。

矛盾，自有了第三代开始的。媳妇说："婆婆没有照顾好孙子，尿布湿了不及时更换，弄得小屁股湿湿的，红红的；喂米浆用手指头挽到自己的嘴里，含后再吐到手指头上，给孙子吃，不卫生。"婆婆激动地说："我一双儿女小时候就是这样喂大的，也很好啊。"你来一句我顶一句，拌嘴争论，各不相让，媳妇干脆不要婆婆带孙子了。过后，婆婆人虽然清闲了，但是心里不是滋味。

为了避免矛盾减少冲突，老夫妻两人商量和儿子、儿媳分家生活，各过各的日子，分家不分宅。同在一个屋檐下，低头不见抬头见，见面也没有好脸色，还是小吵三六九，大吵月月有，他们在争吵中又度过了几年不平静的日子。有一次，张家女儿带着孩子和礼物回娘家看望父母，辣花见活泼可爱的外孙女来了，心里自然无比开心，亲吻了几下。而后，让她自己去玩耍，她和女儿还未讲上几句话，听到外孙女在外面大哭的声音，赶过去一看，孙子在欺负她，辣花快步走去，对孙子说："做哥哥的不可以欺负妹妹。"一边轻轻地在孙子屁股上拍了三下。正好被媳妇克花看见，冲上去对婆婆恶言恶语。两人争吵起来，媳妇火气很大地说："婆婆只要外孙女不要孙子，心里只有女儿没媳妇。"并且指桑骂槐，说女儿回娘家是黄鼠狼给鸡拜年不怀好意，什么不堪入耳的话都骂得出来，女儿听不下去了，也数落了弟媳几句。张家父子，这两个闷葫芦多少年来，一个好比猪八戒照镜子，内外不是人，一个好比风箱内的老鼠两头受气。今天这两块三夹板，实在已经忍无可忍了，老头子嘴骂手拖把老太婆拖走，儿子同时把妻子拉走，但克花还是骂骂咧咧，不依不饶，丈夫就顺手打了她一个耳光，克花挣脱后，撒手就跑回娘家，哭哭啼啼向父母诉苦告状。蒋家老夫妻听后，冷静地规劝女儿，过了几天叫女婿上门，把女儿一起送回夫家。这次家庭大战，由于蒋家两老巧妙冷静处理，从表面上看已经风平浪静了，但暗流还在涌动，悲剧苦难还在后头。

张家婆媳之间的争斗一直延续到第三代结婚成家。姜辣花老夫妻俩，因长时期处在吵吵闹闹、心烦意乱、闷闷不乐的环境之中，气大伤身，郁闷成疾，老头子不久含恨离开了人世，留下辣花孤身一人，也得了重病，卧床不起，生活不能自理。

女儿常来看望安慰母亲几句，但从不留下吃弟弟家的饭菜，儿子虽有孝心，但为了求个家庭太平，遇事要看老婆脸色。媳妇克花，每天把饭碗端到辣花床前，从不讲话放碗走人，碗内吃不掉或难以下咽的剩下的饭，就给家里的小花猫吃，日子一久龌龊满碗，脏不忍睹。孙媳妇过门不久，不便也不敢多说，但她把婆婆对太婆的所作所为看在眼里，记在心里。这正是三个女人一台戏，太婆、婆婆、媳妇各有自己的小九九。这样过了半年左右，太婆辣花离开了人世。克花为婆婆处理好丧事，在清理遗物和垃圾时，发现了给婆婆吃饭的那只专用碗，捡起来顺手想把它丢掉，被克花的媳妇看到了，快步上前抢了下来，对婆婆说："这只碗千万不能丢。"婆婆说："老太婆已经死了，留它何用。"媳妇亲热地对婆婆说："有用，有用，一定有用。姆妈，等你老了病了，我还要用这只太婆的专用碗盛饭端菜给你吃。"克花听了媳妇的话，先是发愣茫然，后是惊讶害怕，目瞪口呆，头昏眼花，两手冰冷两脚发软，站在那里不能动弹。

克花啊克花，早知今日你何必当初，这真是冤冤相报何时了。

一只小红袋

虞培康

百善孝为先，尽孝是美德，中华民族魂，代代永传承。

孝道，是我们中华民族的传统美德，孝道是我们中华民族五千年文明史的基石和精华。国家要强盛发达，家庭要安详和谐，做人要友善互爱，都必须讲孝道，行孝事。

讲来容易，做来难，在我们日常生活中，经常会发生一些与孝道背道而驰、不尽如人意、不愉快的人和事。

今天我要讲的是一个流传民间让人哭笑不得，值得深思的小故事。这故事发生在一户百家姓上第二位的钱贵生家里。他家生育了两个儿子一双女儿，用家乡的话说，两儿两女，谢天谢地，合家欢喜，幸福无比。夫妻俩省吃俭用，含辛茹苦把四个孩子抚养成人、成家立业、生儿育女责任尽到，任务完成。岁月流逝。转眼之间两老人到了七老八十年龄，应说颐养天年，享享清福了。平时除了帮助儿女们做一些力所能及的事情，还和左邻右舍嘎嘎山胡，谈谈山海经，说说东家儿女对父母长辈如何孝敬孝顺，西家儿女为了扶养老人吵得父子反目，兄弟不和。这样平淡平静的日子过了几年，天有不测风云，人有旦夕祸福。由于他们一生劳累，身体出现了状况，钱老汉大病了一场，花去了平时省吃俭用的积蓄。屋漏偏遇连夜雨，钱老汉老婆也进了医院，所有医药费都叫两个儿子负担，生老病死天地轮换，一次次生病，一次次花钱。两个儿子虽然嘴巴里没有讲什么难听的话，但眼睛里全说出来了，老人成了他们的负担累赘，老夫妻俩隐隐地预感到今后的日子难过了。得想个办法：既让儿子尽孝，又不让他们吵闹，让自己在平和平静中度过最后的年华。钱老汉终于想出了办法，叫老太婆做了一只小红袋，到黄沙堆里捡了一些光滑的小石头块，还到玩具商店买了一些假的金银首饰，装入小红袋内放在床上枕头下备用。

果然不出所料，以前儿子隔三岔五来看望一次，现在十天半个月也不来问候，有时还拐弯抹角查问家里还有多少现金银行存款，再到后来不请不来了。钱老汉旧病复发，病倒在床，一方面叫女儿通知儿子，一方面把自己的秘密绝招一五一十详细地告诉老太婆。儿女们来到床前，钱老汉说："我身体一天不如一天，活不了多久，以后你们要善待母亲。"老太婆在老汉里床坐着，打断了老头子的话，并把小红袋拿出来说："我们还有这些金银首饰把它卖掉看病。"老汉打断她的话："这是我们的老根本，不到万不得已谁也不准动它。"接着，把小红袋放在枕头下面，老太婆表现出一脸无奈。两个儿子，看到这个场面，脸上由阴变晴，由惊变喜，这个办法十分奏效。在以后的日子里，两个儿子以及从不露脸的媳妇也勤快了，孝顺了，买这买那给老人吃，问这问那嘴如蜜。这样的好日子，过了将近两年，老头子撒手西去离开人世，丧事办得风风光光。亲朋好友左邻右舍赞不绝口，给大家留下了孝子印象。办完丧事，儿子儿媳提出看一下小红袋内的金银首饰。老太婆依计行事说："你们父亲生前说了，打开小红袋，一定要等我过世后，由你们的娘舅在场，现在仍由我保管，不要急，以后总归是你们兄弟俩继承的。"风平浪静地又过了三年，钱家老太也离开了人世，两个儿子为了抢小红袋争吵起来，被娘舅看到了说，你母亲尸骨未寒，等办完丧事再处理，你们把袋子封好，以免节外生枝。丧事办好，两个儿子迫不及待，娘舅当众撕开封条打开小红袋，把袋内的所谓金银首饰倒出来，石子玩具都在台面。大家目瞪口呆：儿子儿媳看了无地自容，后悔莫及，欲哭无泪，欲笑不能；两个女儿看了悲愤交集，悲天悯人；左邻右舍看了，称赞钱老汉瞒天过海，这一招高，实在高。娘舅从小红袋内倒出来的金银首饰中还发现了一张小纸条，上面写着："袋内不是宝，贪财不尽孝，逆子要记牢，恶习速改掉。"一场闹剧虽然结束了，但人们在饭后茶余还在谈论着流传着，这真是：

不孝之子只爱财，
父亲自有巧安排。
命妻缝制小红袋，
老俩善终留遗憾。

童年的记忆

虞培康

一、求学之梦

背上土布新书包，欢天喜地上学校。
沿着小路蹦跳跑，求学之梦开始了。

1947年9月，夏末秋初，蔚蓝色的天空飘着朵朵白云，纯绿色的大地稻花随风飘香，我跟着父亲，背上新书包，一路上蹦蹦跳跳地来到六圩(现在丰产村九队)刘洪祥小学报名、开学、读书，朝思暮想的愿望终于要实现了。

办好入学手续，我目送父亲逐步远去的背影，心中升起一种莫名其妙的联想，暗自下决心，一定要好好学习，绝不辜负你们的期望，将来报答你们的养育之恩。在沉思中，上课的钟声响了，老师来了，这是我的第一任启蒙老师。第一次坐在教室里听老师讲课，我不敢正视他。中午排队放学回家吃中饭，到家后，我狼吞虎咽，吃好了饭，拔腿飞快地又去上学了。下午，课余时间，我特地偷偷看了老师一眼，敢看不敢言。这个老师，从外表上看，离我心目中老师的形象，差异实在太大了。放学回家吃晚饭时，我把对老师的印象和父母说："老师实在太邋遢了，穿着长衫，前面都是鼻涕污迹和油腻，鞋子无后跟啪嗒啪嗒拖着走路，听高年级同学叫他癞啰(邋遢的意思)。"父亲听后对我讲："你不能这样看老师。他人虽然穿着不讲究，但他很有文化知识的，一日为师，终生为父，你要尊重老师用功学习。"我记住了父亲的嘱咐，尊重师长，好好学习。

旧社会国民党祸国殃民，只会搜刮民脂民膏，对教育事业根本不重视，学校不但师资不全，校舍更是破烂不堪。就我求读的学校来讲，可用36字来形容："芦笆墙,空心梁,稻草顶,竹笆门,木制窗,玻璃碎,大操场,朝天坑,下雨漏,刮风冷,课桌破,凳自带。"条件很艰苦。但在那个年代,穷人家的孩子上学实属不易,所以,同学们还是刻苦学习。我们每周上六天课,星期六下午早放,星期天休息,帮父母做些力所能及的农活,放羊割猪草赶鸭子喂鸡家扫园。转眼,一年级上学期在平静愉快中顺利结束。

1948 年春节过后,继续上学,几个星期后突然来了一帮子当兵人(后来知道是国民党青年军 209 师)凶巴巴地冲进校长办公室,过了很长时间,校长在当兵人威逼下,无奈叫全校师生到操场训话,宣布从现在起放学,什么时候开学另行通知。瞬刻之间,上学的权利被那些横眉竖眼的当兵人剥夺,求知的心愿遥遥无期。大约过了一个月,学校通知到范家宅继续上课(现在丰产 7 队),在范家宅一年半读完了二年级课程。

春雷一声,大地震醒,家乡解放,人民欢庆。1949 年 5 月,家乡在欢庆的锣鼓声中得到新生。共产党毛主席重视、关心教育事业,把学校搬到厚朴镇,以一座庙为中心,扩展了长兴小学。一直到 1950 年下半年,我读完了四年级上半学期。下半学期开学前,家父生病,哥哥当兵(第一批志愿军),妹妹年幼,母亲独自一人里里外外独木难支。家中的一切,我看在眼里,记在心中,"我该怎么办,怎么办?"思来想去,暗暗做了一个决定。晚上我双手牵了两个妹妹,母亲怀抱另一个小妹妹,一起走到父亲床前。我严肃而认真地对父亲说:"我不想上学了,我要帮母亲种地,还可以跟堂哥学习养鸭子。"父亲听后先是一惊,然后沉默,许久无言以对,只是满脸泪水,无可奈何地同意了我的决定。1951 年 4 月,我养了 60 只小鸭子,挖蚯蚓,抓蛸蜞。为了节约成本,小鸭养到 35 天后,到处赶养,让鸭自寻食吃。风里来雨里去,60 天后,再圈养,70 天上市,请木帆船运送到黄浦江,军工路卸船后再装车运到市区康定路马当路蒋阿福鸭行出售。我也随父第一次来到上海,第一次看到高高的矗佗房子(楼房),第一次看到柏油大马路,第一次乘坐"拖辫子的当当车"(电车)。第一次乘坐"轧刹不管,轧刹不管"的从老北站至吴淞的小火车,第一次看到一闪一闪旋转的霓虹灯。眼前什么都很新鲜、好看、好奇、有趣。回家后,我把看到的一切,有声有色、喜不自禁地讲给母亲和妹妹们听,让她们共同分享我的快乐。我看到母亲脸上露出了久违的笑容,这微笑永远浮现在我眼前。我看到了母亲眼中无比喜悦的泪花,这是甜蜜的甘雨,这甘雨是慈母养育我的乳汁,我看到了妹妹们似懂非懂的愉快眼神,多么天真多么向往呀!

鸭子出售了,农忙在政府实行了为军属代耕政策后,也很快结束了,在家无事,反倒觉得心中空荡荡,想去学校看看老师同学。当我走近校门时,却停止了脚步,在那里反反复复地转悠徘徊，还是没有跨入校门，脚步沉重地、三步一回头慢慢地往家走。

日复一日，说不清道不明的思绪，在心中萌动，有时晚上暗暗流泪，话也不多了，脸上笑容也不见了。母亲有所察觉，心痛地问我："碰到了什么为难事，不开心。"我不敢正面回答，只说"没有什么事"来搪塞。鱼儿在水中流泪，只有水知道；儿女在被窝里流泪，只有母晓得。过了几天，长兴小学袁凤鸣校长登门，叫我去上学读书，父母高兴地一致同意。我向袁校长提了一个要求，让我升五年级，他一口答应。九月份我又喜笑颜开地和两个妹妹一起上学了，又能听到老师的教诲了，又能和同学们一起学习，一起唱歌娱乐了。快乐的时光总是像和人们开玩笑似的过得那么快，又到五年级期末考试了，出乎意料，结果我还是年级老三名。

紧接着，学校放寒假。可是，不幸又降临到我家。父亲旧病复发，卧床不起。随着时间一天天过去，春节后马上又要开学，一家三只书包、重担，再一次落到母亲一个人肩上。我实在不忍心让母亲独自一人为全家吃苦受累，我再一次艰难地选择了辍学，帮助母亲分挑重担，从此我的求学之梦彻底破灭。

一个决定让我的人生之路发生了无法预测的变化；

两次校迁让我认清了国民党的腐败，共产党的伟大；

三所学校让我在动荡的环境中得到锻炼成长；

四年学龄让我学到了一些基础知识，懂得了一些基本道理；

五个年头让我知道了勤奋恳学知识的大门永远为你敞开。

写下这段难以忘怀的记忆的目的，是希望现代的祖国花朵们，珍惜今天的美好时光。你们现在生活在蜜糖里，生长在好年代，无忧无虑天真烂漫，健康活泼地茁壮成长，在那优美舒适、桃红绿柳的高楼大厦的校园中，快乐幸福地努力学习，将来成为建设祖国的栋梁之才。

二、夜校"小老师"

1950 年，我 11 岁，在长兴小学求读三年级。放学回家书包还没有放下，父亲笑眯眯地对我说，今天下午村干部(新民村)和良宝阿哥(黄良宝和我们家世代延续互相按辈分年龄称呼对方的一个哥哥)来请你帮他们到夜校去教书。我听了吓了一大跳，我自已斗大的字不识几箩筐，怎么可能去教别人呢，这太不可思议了。到了晚上，良宝阿哥又来了，做我的思想工作，说：小弟，你不要怕，我可以先教你，帮助你，让你从小磨炼磨炼，对你以后走上社会工作有一定的益处。父母亲也用支持的目光鼓励我，就这样，我怀着试试看的心态“赶鸭子上架”硬着头皮当起了“小老师”。白天自己在学校认真学习听课做作业，晚上到良宝阿哥家请教，然后去教那些大哥大姐识字。

记得第一次上课，面对50多个大人，心跳加剧，脸孔涨得绯红，讲话结结巴巴。我害怕了，一时大脑一片空白，束手无策。当我无所适从时，偷偷扫视了一下眼前的人群，大哥哥大姐姐殷切期盼、求知渴望的眼神，在激励我，耳边仿佛听到：小弟弟，大胆地教吧，我们信任你，支持你。就这样，我在大家的真情召唤下，在良宝阿哥的热情帮助指导下，教了一课又一课，教了一晚又一晚，越教越有信心，越教头脑越兴奋，思路随之也拓宽了，办法也多了。在教识字的基础上，用了一些简单易记的土方法，如“樊”字，就用形象的方法教，二木二喔叉，大字坐塔作（基础的意思）；如“范”字，三点草立头，乌已（乌龟）躲在灶头口；“想”字，折成目木心。这样容易记住。还用教唱歌的方法，把歌词写在黑板上，先逐字逐句念歌词，解释内容，然后再学唱歌，既识了字又学会了唱，还让大家懂得唱词的含义，活跃了气氛，丰富了知识，一举四得。

记得那时我们新民村连着三星村、永和村（这三个村在成立人民公社时合并成新兴大队），各村都有夜校，相互之间经常联欢歌咏比赛，比一比，谁歌唱得好，唱得多。三校大哥哥大姐姐们聚在一起，熙熙攘攘热闹非凡。各校都有啦啦队：永和村来一个，三星村来一个，新民村来一个。当你唱完最后一个音符时，啦啦队又喊起来。唱得好不好，众答“好”，再来一个要不要，众答“要”。如果对方不唱，就喊：“一二三，快！快！快！四五六，要迅速！七八九，加点油！”这样此起彼伏、反反复复地喊，直到再唱为止，然后大家热烈鼓掌欢迎。有时先定好规则，一个村一个村地轮流接着唱。当“东方红，太阳升，中国出了个毛泽东……他是人民大救星”的余音还在夜空中回响，接着“解放区的天，是明朗的天”那明快的旋律又响起。那边《南泥湾》甜美悦耳的音节滋润心田，这边《团结就是力量》铿锵有力、豪爽奔放的歌声再起；中间“没有共产党，就没有新中国”的歌声遥相呼应。这种高潮起伏热烈狂欢的场景，终生难忘。可惜那时没有摄像设备记录下来，现在只有在梦境的幻觉中再现。

记得当年夜校条件十分艰苦，没有课桌自己带，没有电灯只能用小煤油灯或蜡烛，后来用汽油灯，这种灯要每隔一小时或看到灯暗下来了，马上打气，不让它熄灭，这在当时算高级的。尽管条件如此艰苦，但人们求知的热情非常高涨，不管风吹雨打，不管月黑路遥，不管农忙农闲，不管严冬烈夏，一到晚上人们三五成群谈笑风生，一路欢歌，准时到校上课学习，为的是摘掉文盲的帽子，学好文化知识，增强建设新中国的本领,更是为了回击那些污蔑不识字的穷苦百姓,说什么三代不识字如养一圈猪的荒谬绝伦的错误言论。一晃60多年过去了,当年的大哥哥大姐姐们经过扫文盲学到了很多知识,有部分当了村级队级干部,为建设新农村做出了很多贡献,现在已经是子孙满堂,享受天伦之乐的古稀老人了,祝贺他们幸福快乐健康长寿。

三、"甩鳗鲡"

一年四季在于春。春天,大地复苏、万物苏醒、万象更新、万紫千红、百花争艳。在那诗情画意、桃红柳绿的春天里,在那金灿灿的油菜花含苞待放的季节里,长兴岛这个鱼米之乡的宝岛,在我童年的记忆里,存放着一种特有的捕鳗鲡方法——"甩鳗鲡"。

当时由于长兴岛地理位置和环境的关系,岛南沿海被长江急流和大浪冲塌,每年有大片粮田成了海滩,这样正好为"甩(钓)鳗鲡"创造了天然条件。每年在"春中初夏"的时候,那些爱好者在涨潮初时,肩扛系好了绳子用铅丝穿好了蚯蚓的四米左右长短的竹竿,手提装鳗鲡用的木桶,嘴里哼着他们自己编的顺口溜"菜花鳗鲡肥又壮,红烧之后大家尝,又鲜又嫩真好吃,嘴巴不停筷不放",三五成群地从厚朴镇三圩港河东奔向海堤外"站坎"(站坎:长兴人土话,意思是很陡像峭壁一样的地方。站坎其实原是粮田,而暂未被海浪冲塌,它和沙滩之间高低有三米左右距离)上,等待海潮离站坎一半左右时,甩(钓)者把手中竹竿一头紧握手中,另一头和绳子甩出去,让蚯蚓漂在水中引诱鳗鲡来吃。等鳗鲡咬住蚯蚓时,甩(钓)者动作必须要迅速,把鳗鲡甩到站坎上,不让它脱口逃掉了,"甩鳗鲡"因此而得名。

我们几个小同学在星期天不上学时,一方面去看海,看水面上成群的江猪(海豚)争先恐后顺流而上,时而露出水面,时而潜入水中,进行着一场别开生面的蛙泳比赛。看江面上白帆点点,百舟竞航。看海鸥时而俯冲,时而升空,自由飞翔。看海空中野鸭成队,时而一字形,时而人字形,整齐快速飞向远方。偶尔看到落群单飞的孤鸭发出嘎……嘎……嘎的凄凉叫声,它在呼唤和寻找同伴。另一方面看甩钓者"甩鳗鲡",有时还帮他们把甩在站坎上的鳗鲡捉到木桶内。捉鳗鲡也很讲技巧的。因它身上有一层很滑的"衣",你在抓它的时候手上弄点沙土和南瓜叶子等,这样一抓一个准。每次"甩鳗鲡"时间很短,从涨潮开始至潮水即将淹到站坎上,这时收起竹竿,手提装有鳗鲡的木桶,嘴里哼着"菜花鳗鲡肥又壮"的小曲,满脸微笑地笃悠悠地回家烧鳗鲡吃。今天甩鳗鲡结束了,下次再见。

四、“抬花烛”

“抬花烛”这个词，离我们已经很遥远很遥远了，今天回想起来又好像发生在昨天。

曾记得在1949年之前，家乡长兴岛乡亲们，结婚办喜事时，都要按家乡的风俗办理结婚仪式的，“抬花烛”是仪式中一个必不可少的环节。那么“抬花烛”到底是怎么一回事，为什么不叫抬蜡烛、抬彩烛、抬红烛，而一定要叫抬花烛呢？其中有一种说法：在花花绿绿中办喜事，红红火火中过日子。当时家乡还没有电灯，照明依靠食用豆油或菜油和灯草放在碗里点火照明，后用洋油（煤油），办喜事时买一点红蜡烛照亮婚房，有句话叫：洞房花烛夜，夫妻共枕眠，所以叫花烛，代表喜庆快乐。

“抬花烛”，挑选人很有讲究，必须是一对五官端正的童男，而且要在十二生肖中，一个属虎，一个属龙，虎是威武勇猛的化身，龙是神灵下凡的象征。如果实在找不到属虎属龙的童男，找两个同属龙的童男也可以，讨个二龙戏珠的好口彩。两个属虎的绝对不可以，古话说二虎相争必有一伤，婚后家庭不太平，不吉利。我和堂兄虞祥吁正好是属龙属虎，所以在厚朴镇周围，很多人家结婚时，请我们兄弟俩去帮助抬花烛。当新郎官满脸春风，喜气洋洋把新娘子从娘家用独轮车迎回家时，由送娘扶下车，叫新娘子和新郎官手拉着手，跨过夫家早就准备好、竖在场地上的“三燉旺火”。然后我和堂兄在大人的指点下，手拿点亮的花烛，一左一右站在新郎官新娘子的两边，等待两对中年夫妇。一对在前行的地上铺上一只只用布做成的红袋，新娘子新郎官脚踏红袋缓步前行，另一对夫妇把走过的红袋收起来，再传送到前面继续往前铺，这叫袋袋相传，传宗接代。经过门槛时，脚要提起来，有人会喊：步步高升，一直传铺到新婚房，新娘子由送娘陪坐在新床沿上，抬花烛节目结束。这时送娘从新娘子陪嫁来的新马桶里拿出糖果、云片糕，还有染红的花生送给我们哥俩。我们接过礼品，高高兴兴送回家给父母，分发给兄弟姐妹共同分享他们结婚的喜悦，然后又飞快地跑到结婚现场看大人们闹新房。

五、庙会

在我七岁那年夏天，厚朴镇（东兴镇）做庙会。主要以渔民（现在海星村人）为主，岸上人为辅，他们一起筹备一起策划。

我记得渔民们男女老少在庙内跪在佛像前点上香烛，口中念道：啦啦来，啦啦来，芦根头纳丝余开来，小叶鱼白虾满网来。整天整夜这样念着，期盼着佛祖保佑，恩施个好收成，向往着能过上有吃有穿的太平日子。还有一些我们听不懂，因为海星村人原本不是长兴本地人。庙外、广场上、大街上人山人海看各种节目。舞龙队的龙，用竹做成一节节龙体，用布做成龙外衣，加上五颜六色的刺绣，再配上闪闪发光的龙珠，有十多个年轻力壮高大魁梧的人跟着拿龙珠的人奔舞(二龙戏珠)，然后，舞出各种各样的龙姿。舞龙最苦的是拿龙头及龙尾的两个人，拿龙头者分量重，上下左右舞动时非常吃力；拿龙尾者，虽然没有拿龙头者分量重，但是龙头舞动一尺龙尾就要舞动一丈，不但奔跑吃力，还要跟上节奏。再说，要十多个人团结一心步调一致才能展现出龙飞凤舞、美丽动人的雄伟气势来。此外，有跑马灯队，也是用竹做成马的形态、绑在表演者的身上，然后开始跑成各种队形。放眼全场，金戈竹马，惊天动地，万马腾飞，威风八面。

最让我难忘的是住在我家隔壁的一个叫朱阿郎伯伯的，他在跑马时扮演拍马屁的角色。他的扮相就是一个活生生的济公，一手拿一把破扇拍着马屁股，一手拉马尾巴，裤脚一高一低，口中有时候喊：哇……呀……呀……还有挂香炉队，把鱼钩在火头上消毒后，再刺到参加表演者的手臂上，然后穿好线挂上香炉。大人们挂大香炉，小孩们挂小香炉。我也挂过香炉，手臂上现在还留有伤疤。挂好后不但跟了大队游行，还要甩香炉表演。

我有一个同岁同学叫郁公权，因他长得漂亮像小姑娘，被选扮演“昭君娘娘”，放在做好的特殊的架子上被抬着，跟着大队游行队伍展现给人们看，看热闹的人个个赞不绝口：太美了，太美了，真是绝代佳人，举世无双。

至于旱船队，则是用竹芦头和各种五颜六色的纸扎成的船，船上一个老渔夫，白胡须有30厘米长，两眼炯炯有神正视前方掌舵航行；还有一个是他的孙女，一条50厘米长的辫子，身着红衣服，圆圆的脸上长着一对迷人的大眼睛，微笑着向人们致意，手握划桨，跟着她爷爷的步伐乘风破浪奋勇向前。

这样的庙会，要连续两三天才结束。

厚朴镇的海塘人

姚伯祥

今日之长兴岛，是原来分散的六个沙洲。在20世纪70年代，靠人海战术，靠泥络扁担、一把铁锹，靠男女老少齐上阵，靠社会主义制度优越，靠党的正确指导，在不长的时间里联成了一片。80多平方公里面积，在全国上万个大小岛屿中排在第几，不得而知。最初居住在小沙岛上的人们，饱受南塌北涨之苦的劳苦百姓，崇沙帮人有一句老话"火烧一半，海塌精光"。火烧一半，意即毛草房被火烧了，还有一部分土地在。收成丰歉不论，还可以吃饱，来年还可以建造几间毛草房，岸边田头搭个"环筒舍""滚筒厅"，可遮风挡雨；如果仅有的赖以生存的土地塌入海中那只能是赤条条精光了。

20世纪60年代起，首先从石头沙开始，1960年至1980年这20年左右的时间，先是南沿从东到西20多公里海岸线危险地段，再是北沿20多公里有滩地的相对安全的土岸，政府陆续投资4 000多万元，各村按田亩数摊派劳动力，挑泥加岸，构筑了几十条丁坝，把湍急的水流挡在滩地外面，筑起一段一段下护坡，保护仅存的滩地。有滩地，大堤更安全些。20多年时间，全岛周围60多公里大堤筑起了石护坡，浇捣了八五标准的翻浪墙，可挡8级以上台风，5米以上标高的潮汛冲击。哪怕"台风、大潮、暴雨"三兄弟一起来临，也不会造成家破人亡的灾难。

各位看官，笔者为何说上面这一段看似与本文无关的话，其实与厚朴镇有千丝万缕的关系。厚朴镇所在地三圩港，早年是连着长江的一条潮进潮出的小河流，在未建水闸之前与三明镇的潘石港、凤凰镇的马家港，元沙的西镇港、跃进村、鳗鲡港齐名。三圩港两边西起今日振华港机东至江南船厂，这一段10多公里岸线，是长兴的最危险堤岸，水流急，滩地窄，海塘工程先在此段打响攻坚战。我要说的这些海塘人，恰恰就是我们厚朴镇人。姚金狗、吴汉玉、陆惠昌、宋柳明、黄长德等人，都

是海塘建设的管理人员和工程技术人员。

先说吴汉玉：个子不高，相对瘦弱些，他就住在厚朴镇上，如木桥还在，那是河东街南第一家。他在长兴海塘所党支部书记任上多年，海塘建设能有今天，他是功不可没的。今日海塘所的办公楼在凤凰水闸西侧，漂亮的三层小楼，不小的停车场，时尚的不锈钢伸缩门，装潢到位的办公室，吊灯、空调齐全，工作就是养护、检查，每年的台风季节，只要不出险，照样通宵睡大觉。而吴汉玉书记和那时的海塘人十多年里的日日夜夜就没那么安逸了。姚金狗住在厚朴镇往东千米左右的路北，比老吴长个10多岁，结实的个子，硬朗的身板，红脸膛、大嗓门，原是新港村的村干部，后调海塘所，工作用现在的话讲是项目经理，那时称工地负责人，也是所领导班子人员。陆惠昌是后起之秀，走出校门进了海塘所，从技术员做起，高挑的个子，不胖不瘦，是一个好相处的帅哥。他祖辈务农，家住厚朴镇北新港十二队，在海塘所工地摸爬滚打，经手的工程项目，测量、计算、绘图，不计其数。风里来，雨里去，在辛勤劳作中，锤炼了自己，先后进入海塘所领导班子，任副所长、党支部书记，后调任宝山区水利局党总支书记、副局长、局长，是上海水务条线上的知名人士。自学成才的水务工程师宋柳明，也是厚朴镇人，家住横河南边，应该是新港十三队人吧。不到1.7米的个子，白净脸庞，鼻梁上架一副金丝眼镜，衣着整洁，说话有条有理。在海塘工地，在肩扛石头、手拿铁锤的民工中间一站，更显得与众不同。有文化吃技术饭的，还有黄长德，家住新港八队，离厚朴镇远了一点。早年没有“村”或“大队”的建制，相互询问是哪里人时，会答“我鸭窝沙厚朴镇人”。我与他偶尔见面，他几乎都背个包，肩上扛个测量用的三脚架，不仅是海塘农田水利、开挖明沟疏通河道，而且建造排灌站，都离不开他们。后来他到了前卫农场，在那万亩橘林经常看见他的身影。

我不是工程技术人员，不懂水文，但也参加了无数次的挑泥加岸，大庆圩的“刹官公”台风、大潮汛的值班巡逻。几十年下来，耳闻目睹，从东到西六只水闸，上百条丁坝周围 65 多公里的八五标准的海塘，留下了海塘人的艰辛，汗水浸湿了万千民工的衣衫。有了这些丁坝就挡住了湍急的水流，就不会掏空堤底。如果没有这些丁坝和石砌的海塘，今日之凤凰镇，政府办公楼怕又得搬迁几次了。在工地现场，在江边滩地上扎排，在选择好时间挡口、潮平沉排的现场，在十多只宁波来的载满块石的船的抛石现场，那时经常看到略显弱小的吴汉玉的身影，听到有点嘶哑的但有力的声音，扎排、定位、沉排、抛石是丁坝施工的关键，在现场经常会听到姚金狗的大嗓门在果断地发着一道道指令。陆惠昌、宋柳明、黄长德们则是各就各位……

时过境迁，昔日的厚朴镇只能留在我们耄耋之年的老人们的记忆中，没有海塘人几十年辛苦，没有全岛老百姓的自带中饭，喝“牛脚田”水，夏季抢险，冬日加岸的“志愿者”队伍，就没有今日之完整的长兴岛，没有稳固的从潘石港到元沙西镇港近 16 公里的深水岸线。振华重工、中海修船、江南造船、沪东造船建造在哪里？江山依旧，但同事们戏称的“拍拍手，姚全狗”已驾鹤西去多年。在单位认真负责、在家尽责的“鱼虾肉”（吴汉玉的谐音），同事们经常调侃他，不知什么原因，他们夫妇还是“高产户”，前前后后生了七弟八妹，十来个小孩一日三餐，点名到不齐，少一两个是经常事。老大吴永斌是我在修建队时的同事，英年早逝，老吴也走了。剩下的陆惠昌、宋柳明、黄长德们都已退休了。

厚朴镇的手艺人

姚伯祥

“荒年饿不死手艺人”这是一句老话，这句话在旧社会老一辈人中流传甚广。在20世纪六七十年代，厚朴镇周围就有那么几帮手艺人，活跃在丰产村、新港村的乡间，在金带沙、凤凰镇也经常能看到他们的身影。人们的日常生活还真离不开他们。造船、砌屋、台凳竹椅、钉碗补锅、水桶脚盆……一样都少不了。

泥水匠首推施祥团，家住厚朴镇新开港东，自小拜师学艺，进入壮年已自成一派，开山门收徒弟。东半个鸭窝沙，不论哪一家老百姓要翻造新房或者砌个灶头，就会找他。并选个吉日，定个良辰，由施师傅到现场敲桩放线方屋基(放大样)，大师兄倪雪其领头，各就各位走上脚手架，东邻西舍、三亲六友帮忙打下手，把头师傅拿着托线板监督质量，不出两三天就要安梁大吉。安堂屋大梁时，扎在大梁上的新蓝土布围裙里的红包就归泥水匠、木匠和笆匠的三个把头了，包里的云片糕和糖果随之由他们在高处向下撒抛，大人小孩，男女老小一阵哄抢。炮仗、磺鞭齐放，安梁大吉在喜庆声中告一段落。上梁这天，造新房的主人还要摆上方桌，备上“十碗头”，宴请招待泥水木匠、左邻右舍、三亲六友喝上梁酒，酒足饭饱后继续干，赶上天晴，不多时辰，一幢新房就展现在人们眼前。从时间段上分，1950年前，小沙上的平民百姓，多数是就地取材，纯芦笆毛竹做梁柱，稍好的用杉木做柱梁的草屋，寒冬腊月火灾频发。新中国成立后，六七十年代是砖墙草顶，俗称“草屋白墙”。稍后就是砖墙瓦顶的平房，这一年代是施祥团“把头”的鼎盛时期，徒子徒孙几十人。这一家在上大梁，下一家在预约“方屋基”。

王大团是“二把头”，年纪略比施祥团小一些，是否同宗说不清楚，凤凰镇以东以他们二人为主，百姓口中称“二团”。

王大团读书不多，1964年成立修建队后送他去建筑专科学校速成班学习施工管理、工程预决算。老王不负众望,学成归来是第一代工程预决算人员,以后才有厚朴镇北丰产七队的周志良,先丰的蔡金声,潘石的朱凤佳等。

厚朴镇老街上的顾家老大顾希明,在岛外学艺,我记得在1963年左右回到岛上,带上四弟顾希桥,招了一帮青年学徒,在乡村和单位承接泥工工程,当上了"小把头",大有与"二团"分庭抗礼之势。

木匠师傅陈占华在厚朴镇北,二儿子陈德明小儿子德庆都已学艺出师;造船师傅高同全,捻匠师周才根,木匠沈旺法父子三人,都在厚朴镇周围;圆竹师傅袁福昌在镇东的"仓王宅"上。镇东的黄野郎,木工出身,自学"带锯",成为全岛闻名的带锯祖师爷。弟子辈的张士祥、施生祥、施刀狗、顾云昌等,后来都成为长兴修建队的骨干。

1964年6月4日,长兴公社党委书记看中了从川沙县教育局回乡的干部朱学德,授权他组建长兴修建队,把分散在各村的泥水、木、竹、铁匠们(俗称"五匠")组织起来走上了集体经营之路。本人师从芭匠樊小山,也在这108名"五匠"之中。扎脚手架,建施工棚,跑工地,抓管理……走到今天,回首往事,难忘人生。

在农耕为主的年代里,日出而作、日落而息的老百姓们,日常生活离不开手艺人。走上集体经营之路的长兴修建队的员工们,从初始的108人,走出长兴岛,进入大上海,从修修补补到能承接重大工程的骨干队伍,走南闯北,为长兴的发展提供了人力、物力、财力的原始积累,厚朴镇周边的手艺人,曾是这支队伍的骨干力量。几十年过去了,随着厚朴镇的湮没,曾是我的师傅辈、同事辈的人,退休的退休,作古的作古,物是人非。短短的几十年,人们的日常生活方方面面起了翻天覆地的变化,人们已不愁吃穿。我试问今日之年轻人,哪个还肯去学手艺?前辈们的砌砖头,捣黄沙,拌水泥,拉锯推刨打家具,扎脚手架,铺钢筋网,铺地砖,刷油漆……艰苦生计,终成历史和记忆。

厚朴镇人的情怀

徐光明

吴汉玉：圩名背得滚瓜烂熟　孙辈名字却讲不全

吴汉玉，厚朴镇人，两度担任过新港村党支部书记。70年代初被调到长兴水利站任党支部书记和行政负责人。他生活简朴，为人忠厚工作踏实。他常常穿着一件旧衣服，踏着一辆破旧的自行车，查看长兴海塘的危险地段。他是长兴岛上的“水利通”，对长兴地区的圩堤、沟渠、河道都了如指掌，大家称他为长兴岛上的活地图。

吴汉玉是旧社会过来的人，他共有十个孩子，且都把他们拉扯大，个个成家立业。当然，他和老爱人付出的艰辛是一言难尽的。

在他临近退休的某一天，我心血来潮地对老吴说：“老吴，我想出两个题目考考你，看看你的记忆力怎样?”因为那时我也在水利站工作。老吴笑着说：“好呀，看看我能考几分?”于是我出题了，第一道题是：长兴岛上大大小小的圩一共有几个？第二道题是：请即兴说出你孙辈的名字。老吴稍作思考后，说长兴岛上共有178个圩，并且从东到西按位置把178个圩的名称都讲了出来。我很佩服他，感到他真了不起。接着，他开始回答第二个问题，但不像回答第一个问题时那样爽快，说说停停，停停说说，终究没能全讲出来，面孔红红的，似乎感到难为情。从这场不是考试的考试中，我们可以看到老吴同志对待事业的关心远远超过家庭，表现了一个共产党员的高尚情操。

罗梅芳：在职奉献教育做贡献　晚年侍奉家人挑重担

罗梅芳同志退休前任小学教师和新兴小学负责人。在小学教育战线上兢兢业业、无私奉献，为海岛的教育事业做出了很大贡献。在海岛的小教队伍中，在老百姓的心目中，她有着很好的口碑。她严于律己，忠于职守，无论当教师也好，任学校负责人也好，总是把事业放在第一位，树师德形象，抓教育、教学质量，多次受到上级领导的表扬。她培养的一批批学生，都已成为各行各业的有用人才，许多学生非常感恩罗老师对他们的教育和培养。

罗老师退休之后，理应可享清福了，但事与愿违，沉重的家庭重担压得她几乎透不过气来。因为她的子女都在外面工作，公务在身，很难协助母亲分担点困难。说起她的家庭，也算得上是一个比较特殊的家庭，家里有年迈的婆婆，有患病多年的丈夫，还有一个丈夫的妹妹，终身不嫁，一直和他们生活在一起。一个 90 多岁的婆婆，整天躺在床上，吃喝拉撒，全落在罗老师身上，喂饭、吃药、翻身、洗衣、梳头等，她一天到晚围着婆婆转。她的丈夫十几年前就得了一种头痛的病，痛起来简直难以忍受，如刀割火燎一般。尽管到处就医吃药，效果并不明显。其间，罗老师的陪伴、关心、服侍，所付出的心血和劳苦，没有身临其境的人是无法体会的。在她丈夫临终前的那一年起，又患了骨癌，有时她在床边陪伴他，有时推着轮椅让丈夫到外面去透透新鲜空气，她还要承担"买汰烧"任务，但她无怨无悔，默默地承担着，尽到一个妻子和媳妇的责任。去年和今年一月，婆婆和丈夫先后都走了。但家中还有一个丈夫的妹妹，她和哥哥感情一直很好，相依为命，几十年如一日。她已经 60 多岁了，也患有疾病。她哥哥临终时对妻子说，我走了，你还要把妹妹照顾好。贤惠善良的罗老师，遵照丈夫的嘱托，一如既往地关心着、照顾着丈夫的妹妹。罗梅芳同志这种任劳任怨、不辞辛苦、关爱家人的传统美德，深深地感动着大家，成为人们茶余饭后的美谈。

樊正元：对待别人胜如亲人　为"五保户"彻夜守灵

20 年前，樊正元同志从丰产大队大队长的岗位上调到长兴养老院任第一任院长，当时他已经 60 多岁了。养老院设在新港村 85 炮连对面的营房里。养老院是个福利机构，是一项公益事业，当时来说，还是一个新生事物呢。樊正元上任后，一切从零开始，摸索前进。他每天踏着一辆"老坦克"，从丰产村的家门口出发，车轮滚动半个多小时，才到达养老院。他天天如此，不管春夏秋冬，不管刮风下雨。他和入住的老年朋友结下了深厚的情谊，真可谓不是亲人胜似亲人。

1979 年农村年终结算最紧张的时候，我突然接到了樊正元打来的电话，说我的过房爷王灿荣过世了，要我马上去商量后事。听后我感到老樊同志的工作多细致呀，连我过房爷的亲戚关系也搞得一清二楚。于是，我踏着自行车向养老院飞奔而去。老樊同志在门口热情地接待了我，并把王灿荣后事安排的设想，详详细细地向我说了一遍，诚恳地听取我的意见。

我只见院内腾出一间空房，还特地为老人家设了一个灵台，老人家安详地躺在门板上，还有不少老人围着陪夜。看着老樊布满血丝的眼睛，别人告诉我，他一夜没有睡，除处理、张罗、安排相关事情外，还和大家一起守灵。我又一次被感动着，心中默念起“思亲仰望白云飞，守灵不知红日出”的挽联词句。一个60多岁的养老院院长，对一个“五保户”老人的死去，如此重视，从民风民俗、传统道德、礼仪及领导与入住人员的关系上，都处理得非常到位，真令人佩服。

大殓那天，还举行了告别仪式，院部的领导和全体老人都身佩黑纱，鞠躬、默哀、向遗体告别……然后用小拖拉机把棺木运送到长征村的坟场入葬。

张宝英：昔日女能人　今天老寿星

张宝英，已经九十高龄了。她仍耳聪目明，身板硬朗，说起话来滔滔不绝、头头是道。她原住在厚朴镇西市梢的新港13队。三年前，因宅基地动迁，暂借住在凤凰二苑三儿子的家中。她成了我的隔壁邻居。她是老干部顾希良的大嫂，也是美称“长兴女华佗”张凤梅的长媳。

1970年我在新港13队蹲点劳动时，便认识了她。她是生产队里的妇女队长兼仓库保管员。说起张妈妈，算是生产队里的女能人了，她不但劳动出色，而且技能也高。她是这个队的女总管，也是队长的好帮手。平时，她总是起早摸黑，一身泥、一身汗地带头干活，出工比人家跑得早，收工总落在人家后头，把集体的东西收拾好，回到家总是很晚了，但她没有一点怨言，总是乐呵呵的。我想，也许她的长寿与她的乐天派性格有关。在生产队里，她很有威信，说了话是算数的，没有人和她顶嘴，更没有反对的。

时过40多年了，我们在小区里又见面了，只见她人矮小了许多，但很矫健、灵活、能干。但我从她的表情中，看得出她生活得不是很开心。终于有一天，她开口对我说：“老徐啊，我没有办法，只好和三儿子住在一起，好歹有个照应。”我见她话中有话，便问她究竟有什么不开心的事情。经过我的再三追问，她终于把话匣子打开了。事情是这样的：她三儿子离婚后，最近又找了一个比他小一辈的外地女人再婚。张宝英从心底里感到不舒服，总是一百个看不入眼。一是从传统的角度看，她认为年龄相差太大，婚姻不可靠；二是认为那妇女结婚是有目的的，要算计儿子的动迁房产。结婚是假，贪图财产是真。接着，张宝英对我说：“老徐啊，我真是气得没有办法，和他们骂也骂过，吵也吵过。老徐，你是老干部，你讲讲看，叫我怎么办？”我只是例行公事般地开导她说：“老妈妈，你不要在这个问题上留下什么心结。婚姻问题嘛，毕竟以感情为基础，两人相爱为原则，别人也不能多加干涉。当长辈的，只能是当好参谋。老妈妈你知道吗？社会上流传着一句话，叫作婚姻自己做主，年龄不是距离。看来，我们也落后了，跟不上时代的新潮流。老妈妈，只要他们两人真爱，我们应该高兴，应该为他们祝福。当然，合法的结婚手续还是要办的。老妈妈，你年纪大了，多多保重自己的身体，健康是最大的幸福。孩子的事，要相信他们自己会处理好的。即使今后有不测，还会有国家法律、社会舆论、公众评论，你用不着担心什么的。”后经过我的几次劝导和游说，情况似乎有了很大的好转，小吵小闹不见了。但要从根本上改变观念，恐怕还要时间。以后，我常常看见这位90岁的老太，背着一个小包，出去和一群老人打“老九菜”了（一种娱乐活动）。

六、诗情画意说古镇

厚朴镇有许多美好的东西，值得描写，值得吟唱。

写厚朴镇，其实是在写人，写厚朴镇人的理想、追求、奋斗、情怀。

你读读本篇章的一些诗作和文章，一定会震惊和感悟，并引起心灵的共鸣——

你读了《碧水青苗绿屏风》一文，为改革开放后厚朴镇旧址焕发的勃勃生机和旖旎的自然风光而惊叹；

你读了《献给厚朴镇的歌》一诗，仿佛在读厚朴镇人的一部抗争史、奋斗史、发展史；

你读了诗歌《夜泊新开港》，一定会被地下党人的那种革命大无畏精神所感动，懂得我们今天的幸福生活来之不易，从而更加热爱我们伟大的祖国、伟大的党，更加珍惜今天的幸福生活。

碧水青苗绿屏风

郭树清

春意盎然的四月，正是赏花踏青的好时节。四月上旬的一天，风和日丽，来到长兴岛新港村采风。车在公路上行驶，透过车窗，一眼望去，天空蔚蓝，阳光和煦，风光清丽，春意正浓：娇艳欲滴的桃花、洁白如雪的梨花、灿若金毯的油菜花成片盛放；绿油油的麦苗叶随风摇曳，绿波荡漾；头戴草帽的村民们正在田间劳作，有的锄草，有的施肥，有的松土、浇水，宛如人间仙境，唤醒悠悠乡愁。

四月是春和景明、万物复苏的好时节。行走在充盈着诗情的春意中，置身于风光旖旎的大自然美妙景色里，脚下的小径和眼前的绿树红花，处处焕发勃勃生机和活力。春叶嫩绿，青翠欲滴，繁花似锦，竞相绽放，连接成一片五彩斑斓的组合，就像一块彩色绸缎在春风中涌动，淹没了村庄的屋舍和农家院落。结伴而至的游人和摄影爱好者，来到这里放飞心情，一路观赏、拍照，呼吸着大自然的清新空气，平日安静的村落变得异常欢腾热闹。

徜徉在密布如网的河沟沿上，种在村民宅前屋后的各种蔬菜，在春信子的召唤下，嫩嫩绿绿，繁茂葱郁，洋溢着生机。那些马兰头、野荠菜，一簇簇散布在田间、河沟边、路旁，清香诱人。那河沟沿一排排高耸挺拔的水杉，长出娇嫩的绿芽，在阳光下格外艳丽夺目，妩媚动人，养眼润心。那几棵柳树，枝繁叶茂，婀娜多姿，清风吹拂，带来阵阵清香。柳枝摇曳，柳叶飘洒，那优美的娇姿，赛过西施，胜过媚娘。那河沟水晶莹碧透，青青的水草，在水流的揉抚中，轻轻扭动、伸展。那些可爱的小鱼、小虾轻快地摇动着尾巴，时而浮出水面，时而又倏地钻入水底，躲藏得无影无踪。还有那清澈见底的河沟水中冒出一株紧挨着一株，如一根根春笋，稠密纤细毛茸茸的芦芽，让人有陶醉之感受。

海岛春天之美，美在古朴，美在自然，美在生态，美在一幅永不褪色的风景画。

走出村子，来到堤岸厚朴镇铁塔处眺望，天空晴朗，白云飘荡，一阵阵微风从开阔的江面上吹来，缓缓滚动的江水在阳光下波光闪闪，细浪拍岸轻唱，江面上渔舟点点，成群的海鸥在空中盘旋低回，一望无际的滩涂植被丰茂，接天连水，随风摇曳，野趣天成。此时，长江里的波涛声，飞鸟的鸣声，风打芦苇和草木发出的声，交织成一首和谐的乐曲。往岸内望去，村子美景一览无余，河沟两边绿树成荫，景色宜人。新栽植的树木成排成行，郁郁葱葱，苍劲有力，生机盎然。一只只白鹭正在田间自由自在地或觅食，或嬉戏追逐，或在蓝天中展翅翱翔，美丽动人。一排排翡翠般枝叶的香樟树，一片片金黄色的油菜花，一块块青枝绿叶的麦苗，一幢幢造型别致的民居，还有那冉冉升起的袅袅炊烟，一切都定格在浓浓的春色里，构成一幅美不胜收的图画。

走进海岛春的怀抱中，处处都新鲜，新鲜的天，新鲜的云，新鲜的风，新鲜的水和土，新鲜的树和草，满眼都是绿油油的树，满眼都是争奇斗艳的花，满眼都是让人心旷神怡的美景，不由想起唐代诗僧皎然写的一首《春》诗："春日绣衣轻，春台别有情。春烟间草色，春鸟隔花声。春树乱无次，春山遥得名。春风正飘荡，春瓮莫须倾。"一句一幅春景，一句一种春情，带来喧嚣的都市中所无法产生的浮想遐思，心中充满着无限的自豪和荣光，更是充盈着新的感悟和幸福，我的愉悦和满足感油然而生。

难忘青春岁月

樊敏章

2015 年 5 月 20 日，新港村原文艺宣传队一行数十人相聚在长兴镇文化馆。一别竟 40 余年，回忆当时的峥嵘岁月，无不感慨万千，浮想联翩。顿时，诗潮翻卷，凑小诗一首，以示纪念：

文艺队员喜相会，
回首往事泪盈眶。
宣传演出不觉累，
一颗丹心如红梅。

阿康领头来掌舵，
文艺活动红如火。
田头礼堂都去演，
民众观赏乐乎乎。

演出力求质量高，
精益求精细推敲。
彻夜排练寻常事，
回家不觉天已晓。

服务民众记心上，
乘船涉水走芦荡。

乡村城区都去演，
热爱文艺喜若狂。

亦农亦文担在肩，
不辞辛苦爱心献。
牢记文艺为人民，
排除万难劲头添。

文艺队伍名声响，
岛上百姓齐赞扬。
个个队员有特色，
略举数例说端详。

郁琴扮演沙奶奶，
投足举手演得像。
为了掩护新四军，
巧妙周旋斗敌顽。
角色投入身临境，
茶馆店里摆战场。

彩英扮演李铁梅，
腔圆词准声音脆。
不畏鸠山施毒计，
镇定自若守秘密。
自小红灯心中挂，
革命自有后来人。

龙兴扮演李玉和，
浩然正气一路歌。
“时令不好风雨骤，
冷暖时刻记心头。”
革命红灯高高举，

面对凶顽无所惧。

舞蹈演员向如妹，
翩翩起舞令人醉。
倾情歌颂解放军，
展现军民鱼水情。
舞姿优美抒衷情，
爱国爱党爱人民。

小才吹笛声悠扬，
委婉舒展功夫强。
黑炭丑角演得像，
演啥像啥受赞扬。
林妹快板笃笃响，
有板有眼不一样。

宣传队里故事多，
搜集起来装几箩。
奉献文艺愿吃苦，
乐为大众唱新歌。

如今人老已暮年，
晚霞如火劲未减。
指点儿孙续新篇，
共奏祖国艳阳天。

夜读有感

明　朗

黄昏戌时分，窗外月儿明，
闲来无事翻书看，名曰：《崛起的长兴》
泱泱是草根，人人能作文。
记载以往百年史，何需华丽只求真。
沧桑多变幻，世事乱纷争，
海匪恶霸与敌寇，乡邻民忧谁人怜？
涛涛长江水，奔腾不息流，
浊浪怒卷毁海堤，浮尸遍野何处寻？
疾病无良医，只有拜神灵，
病病怏怏拖到死，听天由命了后事。
搭起柴草屋，做些小生意，
总有火烛不当心，一夜之间成灰烬！
昔日旧社会，民众堪了生，
哭天哭地是常事，荒郊墓冢见新坟。
春雷一声惊，人民得解放，
翻身当家做主人，苦难历史成烟尘。
如今多幸福，生活皆美满。
牢记历史不忘本，齐心跟党奔小康。

我在航标塔下抒怀

明　朗

傲然屹立航标塔，历经百年风和雨。
雷鸣电闪何所惧，惊涛骇浪不足奇。
阅尽人间冷和暖，看透海岛是和非。
红旗升起史无前，“厚朴”从此换新天。
改革春风满人间，古镇旧址已巨变。
旖旎风光美如画，莺歌燕舞不夜天。

注：“厚朴”，指厚朴镇

厚朴镇仅存的标志性建筑——航标塔

献给厚朴镇的歌

魏　然

序曲

有爱,才会有刻骨铭心的回忆;有情,才会有千丝万缕的牵挂。因为我母亲是在厚朴镇长大的,所以我对厚朴镇有着一种特殊的情感。厚朴镇的一草一木,厚朴镇所发生的一切变化,都在我心中留下永不抹去的印痕。我的文笔虽然笨拙,但发自内心地感动,难抑百感交集的心绪,写一首发自内心的歌,献给我魂牵梦绕的厚朴镇:

厚朴镇的铁塔

巍然屹立的铁塔呀,
你傲然挺立在厚朴镇的身旁。
八十多年的风风雨雨,
你是历史的见证者,
你见证了厚朴镇人——
茅舍中没有灯光的夜晚,
贫病交加中痛苦的呻吟;
狂风恶浪中征服自然的力量,
抗击日本侵略者的无比坚强。

你见证了厚朴镇人——

庆祝中华人民共和国成立时的欢歌笑语,
跟着党奋勇前进的坚强决心,
建设家乡的豪迈气概和冲天干劲。
如今,厚朴镇虽已不复存在,
但改革开放的春风、共筑中国梦的奋进,
这里已经变成一幅美妙无比的图画!

铁塔呀,你坚韧不拔、百折不挠的品格,
就是厚朴镇人的写照、厚朴镇人的象征。
厚朴镇人分明就是一道压不垮的脊梁。
多少"穷搬沙"的农民在围海造田中,
谱写了撼天地泣鬼神的征服自然的篇章;
在抗日救国和解放战争艰苦岁月中,
涌现了多少赴汤蹈火、英勇杀敌的英雄儿女!
在建设社会主义新中国的伟大事业里,
又涌现出多少顽强拼搏、努力奋斗的模范人物。

你日夜守望着滚滚东流的长江水,
深深地感悟着她有一种磅礴的力量。
长江,她哺育了千千万万的英雄儿女,
厚朴镇人同样是一样地优秀、一样地坚强。

绳锯木断,水滴石穿。
自建造八十多年来,铁塔呀,
你的所见、所闻、所思、所感,
分明就是——
一幅幅绚丽无比的图画,
一个个震撼人心的故事,
一首首激情飞扬的诗篇,
一曲曲优美动听的歌谣。

斗转星移,沧海桑田。

自建造八十多年来，铁塔呀，
你的经历和经验中终于悟出：
一方水土养育着一方人，
人民群众是历史的创造者，
真善美永远主宰着世界，
共产党是人民的大救星和领路人。

夜泊新开港

蔡德忠

1944年春天的一个夜晚，中共地下党员李国照将一批军需物资运往苏北革命根据地。因海上遇敌情，小船停靠在厚朴镇新开港里。他离开家只有几百米之远，也未能去看望一下阔别多年的父母双亲，只是站在小船的船头上朝家的方向默默地、虔诚地鞠了三躬。此时此刻，他思绪万千，感慨不已……

一个月黑风高的夜晚，
小船停靠在厚朴镇的新开港里。
船上装着枪支弹药和急救药品，
秘密地运往苏北革命根据地。
小船离开家只有几百米的距离，
他多想去看一看阔别多年的父母双亲，
多想去打听一下家乡近年来的乡情、民情，
但在革命事业、民族大义和家庭的处置上，
他义无反顾地选择了"回避"，没离开小船一步。
地下斗争的残酷性和秘密性告诉他需要处处谨慎。
要是去了，也许父母因为爱子心切而挽住不放，
要是去了，一旦暴露了身份将发生的后果不堪设想。
他怀着满腔的爱国热忱和对日寇侵略者的无比仇恨，
只能苦苦地忍受着个人情感上的痛苦煎熬，
只是默默地、庄重地站立在小船的船头上，
朝着自己家的方向恭恭敬敬地鞠了三躬，

祝愿父母亲身体保重并望理解您孩子的心——
热血男儿报国仇，
赴汤蹈火除倭寇，
革命胜利会有时，
举家共饮庆功酒。
黎明时分，潮水涨了，水位高了，
他们撑起了小船，挂起了风帆，
迎着曙光，驶向北斗星升起的地方！

新开港水闸

蔡德忠

1966年,新开港建起水闸,厚朴镇一带的老百姓兴高采烈,奔走相告……

回忆昔日浪拍天,
海坍潮没泪涟涟,
蛟龙兴妖罪孽大,
百姓生活苦黄连。

党的光辉照心间,
锁住蛟龙换新天,
征服自然谱新篇,
莺歌燕舞喜开颜。

这是一块神奇的沃土(朗诵诗)

陈忠才

忆往昔峥嵘岁月
过往云烟虽成了历史的传说
但这是一块神奇的地域
它给我们留下了珍贵的财富叫作“厚朴”

大江东去不再重复
人生旅途总有坎坷
牢记使命满腔热血
为人民愿意把自己的性命付出!

人有悲欢离合
月有阴晴圆缺
曾经的苦难使意志执着
吃苦耐劳　节俭质朴
一代又一代地前赴后继
始终不移地当好人民“公仆”

啊　你们的辛勤付出
留下了不少鲜为人知的动人传说
给了我们鼓舞　给了我们力量

给了我们最好的精神财富

“厚朴镇”虽然成了历史传说
它的功绩自有后人去评述
但正直　善良　厚朴的传统美德
真正属于我们伟大的中华民族！

但为了不忘初心
哪怕在风雨中摔打得粉身碎骨……

看今朝　数风流人物
雄关漫道从头越
别样的诗意别样的曲
感人的画面让人哭

是改革开放的春风
把这里打造得更加“厚朴”
地下蛟龙从这里穿越
演绎新时代的最美传说

粗人说诗

粗　犷

朋友们一直问我，诗该怎么写？你的诗是怎么写出来的？什么样的诗才算好诗？诗可以不讲语法、修辞和逻辑吗？诗可以不用标点符号吗？有了错别字的诗，还能算作好诗吗？

问题那么多，可惜我一个也回答不好。

我只是一个粗人。我写出来的文章，跟我的德行一样，也是粗里粗气的。一个粗里粗气的人，怎么说得出一套又一套的令人信服的道理来呢？

大道理是人人都懂得的，根本用不着我来说教。枯燥乏味的学术理论，说出来大家也不一定喜欢听。不过要说体会的话，我倒还是有一点的。我现在就不妨说出来，好跟大家切磋切磋，探讨探讨。至于我本人呢，也正好借此机会，沾沾大家的光，趁机学习学习，充实充实，提高提高。

说起我的诗，其实最不满意的人，还是我自己。

我写东西，一般都不会把自己关在屋子里，然后挖空心思地瞎琢磨。我是很随意的。只要心里想到了，眼里看到了，路上碰到了，我就会匆匆忙忙地写出来。我写出来的东西，刚开始的时候，都是乱七八糟的。我把这些乱七八糟的东西，称作是一摊摊诸如土木砖瓦那样的建筑材料。

我的这些土木砖瓦，是不需要花钱去买的。那是在平时，我从人堆里，从街沿路边，从道听途说中，从书报杂志堆里，一点一点地捡拾回来的。

有了建筑材料，就能跟匠人师傅们一样，按照自己构思的图案，把房子一层一层地搭建起来。房子搭建好以后，我便会前前后后，上上下下，里里外外地端详一番。看到毛病比较突出的地方，或者自己不太满意的地方，我就会刻不容缓地进行修补或者改造。

造好了房子，还不能算作万事大吉。里面还要装修呢！里面的装修，才是最关键的。装修可不能马马虎虎，那得下一些功夫去打磨的，那得不厌其烦地精雕细琢。基本上看得过去以后，就得在这所空房子里面，添置一些日用品，比如说床柜和锅灶碗盏等。

可别小看了床柜和锅灶碗盏等。如果没有这些东西，里面空空荡荡的，人住进去以后，怎么能够过日子呢？

作诗的道理，其实是跟造房子差不多的。房子里面具备了有用的东西，才适合人们生活和居住。诗也是这样的。诗具备了灵气，人们读起来才会有滋有味。但是作诗的要求，要比造房子的难度更加大一些。

诗是活的。它是具有生命和魂灵的。它除了要有骨架和脊梁支撑以外，还要有五脏六腑，要有血肉填充。诗如果不具备这些条件，那就不可能跟翩翩的少年一样，栩栩如生地出现在人们的面前。

跟任何文学艺术作品一样，诗也必须充实，也必须富含内容。我说的充实，是指诗的里面，要有货真价实的东西。

空空洞洞的诗，就如挂在橱窗里面的衣服一样。它也许确实很好看，但充其量只是一件衣服。它瘪瘪塌塌的，里面既没有血肉，也没有骨头，更没有灵魂和生命。

诗是一种精练的语言艺术。它把人的思想感情、立场观点以及政见和景观等，有机地结合在一起。诗是有感而后发的，凭空臆想闭门造车，那是肯定不行的。

诗是高雅的文学形式，它绝不是跟有些朋友想象的那样，只要把句子排成一行行就行的。诗要有性格，有特点。逻辑要合理，内容要连贯，上下文要紧密地衔接成一体。

诗也跟人一样，也是要讲究相貌和体征的。它的手足不能倒置，眼耳口鼻不能长错地方。它不但要长得五官端正，言行举止也应落落大方，自然得体。写男人的，就得跟男人一样刚健有力，龙行虎步；写女人的，就得跟女人一样袅袅婷婷，风姿绰约。

现代的诗歌，虽然有极大的自由发挥空间，但是创作它的人，也不能太过随意。不能从山上，一下子飞跃到海里。跳跃式的思维，以我之见，最好不要用到诗的创作方面。过于抽象的思维，会让人产生云里雾里的感觉。

你昨天看见了一只青蛙，是花花绿绿的。今天看到了一只蛤蟆，是灰不溜秋的。你是看得清清楚楚，脑子里面也明明白白，这是毋庸置疑的。但是别人看到了吗？你不说出来，不说清楚，别人怎么能知道，你究竟在说些什么呢？

你得有一个交代。你要是不说清楚，别人就是绞尽了脑汁，也未必能猜得出你的意思。诗的意思抑或思想,总是要让人家去猜的话,那无疑是作者的一大败笔。

有一个小朋友,有一天给我发了一条短消息。她问道:“现在有许多诗歌的作者,不喜欢使用标点符号,这对吗?”

她提出来的问题,其实我早就注意到了。说实话,我也不太明白,诗人们究竟为什么要这么做。我没有直接告诉她对或不对。我不想对此说长道短。对于诗人们的这种写作习惯,我没有做出评论的兴趣。

我对她说,不理它。别去管它。在各种文章体裁(包括诗歌)中,标点符号具有不可或缺的重要作用。它使文章看上去更清晰,条理更分明。它能更加精确地表达语气和感情。准确地使用标点符号,是对文章作者最基本的要求之一。

“有的诗歌,写是写得很好,而且是出自名家之手,可惜有几个错别字。”她说道。她接着又问道:“这要紧吗?”

我没有直接回答她。我反问了她一句:“有的小姑娘,漂亮是很漂亮,可惜她们的鼻孔下面,却挂着肮脏的鼻涕,这要紧吗?”

申城祥瑞绕(叙事诗)

远近闻鞭炮,
漫天烟花爆。
虎年钟声起,
凌晨雪飘飘。
天意不隐显丰兆,
申城祥瑞绕。
经济节节高,
人民庆富饶。
楼宇遍城乡,
道路延触角。
星星不及电灯多,
家家光耀耀。
地铁四面通,
高架八方跑。
浦江无阻隔,
处处见大桥。

海底长龙接崇明，
驱车眨眼到。
建设千里马，
时时传喜报。

渔场(叙事诗)

（素材取自一渔港）
舟船如织，
浮浮荡荡。
马达轰鸣，
篷帆鼓胀。
风餐露宿，
雨淋日烫。
一番辛苦，
斤儿八两。
三天打鱼，
两天晒网。
狂捞滥捕，
滤尽渔场。
断子绝孙，
缺爹少娘。
望洋兴叹，
何处觅粮？

长江口的夜晚(叙事诗)

长江口的天气，
闷热得令人心烦。
市民们孵腻了空调，
渴望野外的夜晚。
感受风的清凉，

那来自大自然的舒坦。
红男绿女勾肩搭背，
纷纷涌向江岸。
轻柔的晚风，
吹皱宽阔的江面。
对岸灯火阑珊，
波纹恍如闪光的鳞片。
上海港万商云集，
百舸争流汽笛鸣传。
高耸入云的吊机，
伸出巨人般的铁腕。
一把就能提起，
重如小山的物件。
江边的石阶上，
坐着一对对侣伴。
除了来纳凉，
就是来密谈。
总之他们的心思，
不在来来往往的轮船。
他们的目光和肢体，
只关切自己的对面。
天上的月牙儿，
是一条玉雕的小船。
它高高悬在天上，
俯视着明如白昼的人间。
它在暗自悲伤，
空有美丽星星相伴。
它感到自己渺小，
并且永远苍白凄惨。
围绕着它的——
是无边无际的黑暗。

致友人

傅家驹

朋友，请相信我，
没有老到忘掉友谊。
花季培育的那株玫瑰，
仍盛开在我的心底。
退下来的岁月绵长如丝，
每天希望与太阳一齐升起。
总有一点小小的追求，
孤寂与失落不曾啃噬心肺。
掂量什么得失名利，
生活着，工作着，就是美丽。
春水般东去的日日夜夜，
神奇、充实、丰富、有情义。
信念铭刻在灵魂深处，
时刻焕发激情和勇气。
朋友，请相信我，
人生第二个春天也能霞满天际。

（傅家驹，古城苏州人氏。1929 年 10 月出生。高中肄业，后通过业余学习，取得大专文凭。

1948 年 5 月，参加中共上海市地下党。

1949 年 9 月后，长期在中共榆林区委、宝山县委机关工作，1988 年离休。

20世纪90年代中期，参加上海金秋文学社。其间学写诗歌、散文、小说等，散见于各报纸、杂志。出版《学步集》《耕耘集》《傅家驹短诗选》。虽已高龄，但笔耕不辍。）

语浅情泺襟怀坦白

——读傅家驹的《致友人》

张谷平

咏怀诗是诗人吟咏情感怀抱的诗，能表现他们对现实的体悟，对生命存在的思考，对未来人生的把握。傅家驹先生的《致友人》就是这样一首言出肺腑、诚挚感人的咏怀诗。

咏怀诗一般都是借事抒怀：因事有感，发而成诗。《致友人》是作者与 50 多年前中共榆林区委工作的老同事们聚会的感触、感悟。半世风云变幻人生无常，不变的是老友的真诚关怀、彼此牵挂。于是在丰厚的生活经验和悲喜情感撞击发酵的基础上，作者经过淡定的深省和睿智的思索，孕育了这首抒发淑世情怀的动人诗篇。

因是事缘老友聚会，故而诗歌采用了语重心长、娓娓谈心的口吻。第一节"朋友，请相信我，/没有老到忘掉友谊"。语出真诚幽默。第二节"花季培育的那株玫瑰，/仍盛开在我的心底"。以比喻的手法，强调友谊的恒久弥新，形象生动，清新不俗。第三节"退下来的岁月绵长如丝/每天希望与太阳一齐升起"。这是说离休后如何度过人生最后几十年，丝来线去，内心纠结，煞费思量。到了迟暮之年，如何打发时光，各人想法是不尽相同的。有的是抓紧麻将扑克、吃喝玩乐；有的含饴弄孙，颐养天年。诗人寻求的生命之树常青，每天能与太阳一同升起。怎遂心愿？第四节透露他"总有一点小小的追求"。什么追求？《学步集》代序中说得很明白：他在 20 世纪 90 年代中期加入"金秋文学社"后，受到浓厚文学氛围的感染熏陶，前辈文友的言行和作品，又不时鼓舞和激励他，于是"想圆文学梦的想法，竟渐渐萦绕脑际，挥之不去"。这就是他的追求：人生第二春的文学梦。瑰丽的文学梦境使他奋起，艰难学步。因而诗人觉得"孤寂与失落不曾啃噬心肺"。这是从反面来讲生活的丰富与充实，正反转折更显笔法多姿。第五节是离休后的文学梦使作者更为超脱达观："掂量什么得失名利。"言谈中得失名利看得更淡更轻，因为在他看来"生活着，工作着，就是美丽"。是啊，"人生天地间，工作最为先"。工作能创造人生价值，可实现人生理想，代表了积极进取的人生态度，是产生快乐的源泉！爱因斯坦说过："只要你有一件合理的事去做，你的生活就会显得特别美好。"第六节"春水般东去的日日夜夜/神奇、充实、丰富、有情义"。这是作者以满足、欣慰、愉悦的目光审视对生活的感受。当你能在工作中把自己的内在创造力都充分发挥出来，为祖国的进步奉献一切时，你就实现了自己的人生价值，就能在火热的生活中体会生命存在的意义和乐趣。值得称道的是诗人把这么多内容，浓缩在短短一句"神奇、充实、丰富、有情义"之中，特别是"神奇""有情义"很能启人遐思，含蓄隽永、余味无穷！第七节"信念铭刻在灵魂深处/时刻焕发激情和勇气"。作者是少壮就以身许国的革命者，拯世济民的理想信念是他精神生活的支柱，也是创造人生价值的重要支点。正因为有了坚定的理想信念才能余年未敢忘忧圄，奋斗不息，先忧后乐，方能"时刻焕发激情和勇气"，产生奋然前行的强大精神动力。第八节"朋友，请相信我/人生第二个春天也能霞满天际"，是在呼应开头的基础上，喊出了诗人内心的最强音。此处化用了唐人刘禹锡的名句："莫道桑榆晚，为霞尚满天。"强调自己虽已进入垂老之年，接近人生终点，但从能自由写作倾心文学来讲，是又一个新的起点：所谓到了人生第二春。老当益壮还能干一番事业，充满了乐观进取的精神。结句如撞钟响亮、瑰丽、有余味。

诗篇就这样从人生态度到人生价值、理想信念，逐层展现了一个老共产党员宁静淡泊、无私奉献的高尚情怀。诗风质朴自然。诗中艺术形象虽不多，但是言出肺腑、情真意切，诗人依凭感情的深沉强烈，哲理的鲜明深刻，同样能发人深省、警人顿悟，具有感人的艺术魅力。

附　　录

新港村发展一瞥

沙小修　樊敏章

厚朴镇位于鸭窝沙中部南端，镇中南北贯串三圩港。因港口优势，吸引了无数外来渔船、渔民及小商小贩，并逐渐形成了长兴地区最大的一个重镇。这段历史距今已有138年了。从这条当年热闹繁华的小镇上，出现了许多传奇的人物和许多传奇的故事，当你读着这段历史时，既可以感受到它那凄凉的乱世沧桑岁月，也可以感受到厚朴镇人同大自然抗争，同恶势力搏斗，以及纯朴、济世扶弱、深明大义、胸怀宽广、临危不惧的那种厚朴镇人所特有的精神，真像其镇名一样，厚道朴实。

一、体制沿革

新中国成立后在厚朴镇的镇域内，下设三个村，分别为：三新村、新民村和永和村。1961年三村合并成立新兴大队。到1983年，改革开放初期，由于本大队同宝山县内某大队同名，因此改名新港村。新港村紧靠新开港口，故名新港村。

二、基本概况

新兴大队下设13个生产队，约500来户，人口约1 500人，到1980年时约700户，人口约2 300人。70年代前，大队部设在天主教堂内(草屋三间)。大队地域面积5 000亩。队界：西至丰产大队交界处的铁塔，东至前卫农场七大队，新兴大队的长凤圩东岸，直线距离约5 000米，南从厚朴镇三圩港南岸起向北至潘圆公路，直线距离约3 500米。70年代大队部搬至新开港东首，瓦房(平房)五间。1974年，为解决长凤圩路远田，从各生产队中抽满一个队的户数拆迁至长凤圩成立了第14生产队,分别落户于长凤圩的南北两岸;1975 年为解决金带沙的路远田,在长兴一号桥东面,搬迁成立了第 15 生产队,并规划建造了清一色的二层楼房,这在长兴农居历史上属首创,初显了新农村建设的雏形。1985 年又将第 9 生产队分拆成两个生产队,成立了第 17 生产队,1985 年在长凤圩又拆迁成立了第 16、18 两个生产队。至此,新港村无论是人口、面积、生产队,都成为长兴乡四个大村之一。

三、从初期的作坊到后期的企业

新兴大队成立之初的作坊,有木工间、竹匠间、农具修理间、裁缝间、理发店、打铁店、轧米加工厂、代销店等。

1979 年创办了服装加工厂,加工上海市服装批发部下拨的业务,解决了 120 名亦工亦农的劳动力。1980 年小五金加工车间从综合厂划出,成立了海光机械厂,其业务为上海缝纫机零件厂加工锁芯,人员最多时达到 60 人;1984 年同长兴商业公司联办凤凰饮料厂,人员 100 人左右。1984 年成立新港造纸厂,人员在 25 人左右。1986 年成立新港橡胶厂,生产"申钱牌"各类胶鞋,人员最多达 500 人。1987 年成立新港蓄电瓶厂,人员达 35 人。1989 年成立新港针织厂,配套生产橡胶厂所用的棉毛布,人员 35 人左右。1984 年在宝山成立上海宝山电梯安装队,人员在 50 人左右。1989 年成立新港砖瓦厂,人员 100 人左右。至此,加上新兴大队在上海成立的土建队人员,就业人员已达到 1 000 人之多,企业无一亏损,大大地壮大了集体经济。

四、产出与投入

到 20 世纪 90 年代初,新港村所投入的固定资产达到 1 000 多万元,年产值达 6 000多万元,年利润 800 万元,就业率居全乡第一位。拥有卡车三辆,轿车三辆,50 吨运输船三条,改善建造了 1 200 平方米的三层办公大楼,投资铺浇了新港村五米宽的混凝土中心马路,从新港村的西端一直至长凤圩的新兴支路,百年来那条泥泞难走的道路再也不见了。厚朴镇已不见,新港村再现,在 1992 年又建造了新港一条街,重启了当年厚朴镇的热闹与繁华,有所不同的是建筑结构今非昔比了;然后又对全村陈旧的电网进行了改造,解决了多年来到处漏电不安全的现象;农业机械得到了保障,耕地用的大拖拉机四辆,成立了双班制 24 小时耕作的机耕队伍;社员福利逐年提高,从 90 年代开始对 60 岁以上的老人发放养老补贴;对考取大学的本村学生奖励 1 000 元；对全村合作医疗进行补贴；对患重大疾病的村民在经济上给予资助；对 90 岁以上老人进行节日慰问、年终补贴，这些福利走在了全乡的前列。

五、风水宝地迎来大动迁

21 世纪初，随着长兴的大开发，已有 15 个项目落户新港村：隧桥从新港村中心穿越而过，中海船厂落户新港村，江南船厂落户于跃进和新港村，青草沙水源地工程、输水工程通过新港村，江南大道、南环路、潘圆公路、一街区水域工程、中海二期等。到目前为止，新港村已动迁 70%的居民，征地面积 1 420.26 亩，动迁户 746 户，征地进入镇保人员 1 224 人，70%的动迁户住进了新的居民小区，并告别了百年来面朝黄土背朝天的农耕时代，过上了新的社会主义小康生活。

六、再创新业绩，迎接新挑战

长江后浪推前浪。新港村两套班子在做好各项工作的同时，不懈努力，继续抓好经济工作，注重招商引资，继续加大投入。2008 年，为了配合海洋装备岛建设，在原村办公楼前面投资 1 800 万元，建成了五幢六层职工宿舍楼，每年以 260 万元的租金借给中海船厂。到目前为止，新港村可用财力接近 800 万元。近来对村风村貌、文化走廊投入 200 多万元，最近又得到镇政府批准，在宝山准备投入 470 万元，为招商引资购买办公用房。群众性的文艺、体育、公益性活动搞得有声有色，并屡屡得奖，卫生条件不断改善，违章建筑逐步拆除，合作医疗得到新的提升，由村出资为村民参加意外保险等。

风水宝地不断占尽，接下来轨道交通又要横贯于新港村腹地，将对以后村民的出行带来方便。在党的两个 100 年奋斗目标下，我村将沿着前辈们所开创的业绩，不断求索，勇于开拓，始终将老百姓的利益放在首位，继续发扬艰苦创业的精神，将新港村建设得更加美好！

新港村厚朴镇相关人物录辑

1949—2018(历任)

1	沈阳军区参谋长、驻苏联武官、中将	李海波
2	南通军分区副司令员	王　英
3	湖南省石油调运处处长	施士俊
4	建设银行上海市分行石化专业支行党组书记、行长	顾希良

续 表

5	中国远洋集团公司安监部总经理	陈正杰
6	横沙乡党委书记　大场镇党委书记	陈雪其
7	宝钢集团派驻欧非大区新产品部经理	杨顺林
8	宝山水利局副局长	陆惠昌
9	上海市消防总队三支队后勤处处长	朱金鑫
10	上海市消防总队四支队副参谋长	陆惠彬
11	宝山区人民法院执行局副局长　上海市第五届十佳平安英雄	王　伟
12	长兴乡乡长	陆士祥
13	上海市农商银行总行党群办主任	黄松涛
14	上海银星律师事务所主任　法学硕士　上海市三八红旗手　宝山区“争先创优优秀共产党员”	顾玉红
15	长兴区长兴乡第一任农会主任	茅才郎
16	长兴区长兴乡第一任妇女主任	黄竹梅
17	长兴乡卫生院院长	黄兴昌
18	长兴镇文化馆馆长　音乐达人　好乡贤	樊学章
19	长兴乡修建队党支部书记	朱学德
20	长兴信用社主任　新兴大队早期支部书记	黄金元
21	新兴大队党支部书记	宋学明
22	长兴粮管所党支部书记	郁公权
23	新兴大队大队长　上海市劳动模范	张惠成
24	新兴大队大队长	姚金苟
25	宝山交通局第三航运公司党支部书记	黄松桥
26	新港村党支部书记	马士达
27	长兴资产经营公司总经理	倪选荣
28	清华大学生　宝钢金属有限公司高级经理	顾进忠
29	长兴乡畜牧场联合党支部书记	徐桂初
30	庆丰村党支部书记	吴永仁
31	长兴派出所教导员	徐永昌
32	宝山交通局股长	姜　超
33	河南省新乡市 760 工厂分厂党支部书记	徐惠祥
34	宝山区委办公室秘书	张林仁
35	水利工程师	宋柳明

续 表

36	新港村党支部书记	黄松才
37	长兴小学校长	倪善才
38	长兴小学校长	施安达
39	新兴小学校长	罗美芳
40	国庆20周年北京观礼代表	王金芳
41	长兴公社学习毛泽东思想积极分子	汤毛苟
42	新港村党支部书记	杨　合
43	新港村委会主任	马林飞
44	杭州市家具公司党委书记	朱玉征
45	新兴大队妇女主任　上海市劳动模范	顾来妹
46	上海海洋渔业公司经营部主任	吴汉石
47	上汽集团上海爱知锻造(中日合资)有限公司副总经理	顾金达
48	新兴大队党支部书记	吴汉玉
49	新兴大队第一召集人	顾文浩
50	长兴乡土石方工程队大队长	姚惠彬
51	长兴乡修建二队大队长	吴永彬

丰产村发展一瞥

汤士明　郁文祥

鸭窝沙是长兴岛较早的一只老沙，距今约有200年历史，在鸭窝沙的东南方有一条三圩港，在三圩港的西边就是三圩，三圩的北侧叫六圩。三圩港的东面是永字圩，厚朴镇就介于三圩、六圩、永字圩的交会处，这里既是新港村的地域，又是丰产村的一角。因此厚朴镇既属于新港村，又属于丰产村。历史上，镇上发生过许许多多令人难忘的事和传奇的故事，这些故事代表着新港、丰产二村历史的缩影。过往云烟虽成为历史传说，但继往开来的是丰产村的发展和延续。

一、体制沿革

中华人民共和国成立后，于1950年，今丰产村地域内成立了两个村，南片为圩东村，北片为德利村，担任农会主任和村长的有蔡文时、蔡毛林、秦宝珍、沈小涛、张六郎、孙金法、沈龙生等人。1950年后，由丰产、新兴、长明三个生产大队成立了长兴乡(小乡)，同时圩东、德利二村合并为丰产大队。

二、队域基本情况

丰产大队部经过了四次迁移，一开始在三圩港北梢西北面的地界上，三间草屋为办公室，办公室的旁边是一座民办小学，民办小学旁边是王和尚宅地。50年代末，第二次搬迁至靖字圩。靖字圩在六圩北侧，办公室建造瓦房三间，在朱顺发、倪才其宅边。60年代初，第三次搬迁至三队陈运林宅后，大队部东边是倪福生宅地。70年代初期，第四次搬迁至丰景路249号，办公室是两间平房，旁边是托儿所、代销店。50 年代末期丰产大队成立时，下设 9 个生产队。70 年代期间，在圩角镇东北面新成立第 10 生产队，又从 4 队分拆出第 11 生产队，从 9 队分拆出第 12 生产队。80 年代初又成立了果园队——第 13 生产队（属村级所有），后又在北海岸边的路远田拆迁成立第 14 生产队。1985 年后在长凤圩里，相继成立了第 15、16、17 三个生产队，至此组成了有 17 个生产队的一个大村。到 2004 年时，全村一共有 800 多户人家，人口总数达 1 916 人。丰产村自 2004 年开始征地动迁以来至 2015 年为止，全村已动迁 641 户，人口 1 487 人。2018 年全村仅剩农户 159 户，人口 429 人。耕地面积由原来的 2 835 亩减少到 770 亩。

三、从初期的作坊到后期的企业

丰产村，新中国成立后从一个一穷二白的穷村，经过全村人民数十年的艰苦奋斗，经历了从无到有、从弱到强的漫长历史。

初期作坊有木工间、竹匠间、农具修理间、裁缝间、理发店、轧米加工厂、代销店等。

在党的十一届三中全会以后，在改革开放路线的指引下，经济工作取得了一定成果，村的面貌发生了巨大的变化，农业机械化程度得到了极大的提高，村相继添置了六部大型拖拉机以及相配套的各类农机具。机械化程度的提高，为加快农业生产的发展、夺取粮食丰收创造了条件。先后投资 350 万元，陆续改建了两座排灌机口、4 000 米地下灌水渠道，大大减轻了农民的劳动负担。21 世纪初，还修筑了 20 多条村级水泥马路，总长达 13 200 多米，为村民的出行和运输带来了便利。

改革开放后，丰产村先后创办了综合厂、无纺布厂、衬布厂、纤维制品厂、宝丰拉丝厂、电动工具厂和沪茂助剂厂，总投资 100 多万元，年利润达到 74.39 万元。最好的年景经济收入达到了 200 万元。全村企业职工由原来初创时的 20 多名增加到 500 多人。

四、再创新业绩　迎接新挑战

2005 年开始，村级经济的主要精力从办企业挣钱转移到加大力度实行招商引资。第一年全村社会经济总收入突破了 50 万元，实现了开门红。经过三至五年的努力，全村的社会经济总收入跨了三大步。2006 年和 2007 年分别达到了 120 万元和150万元。2008年突破了200万元。近十年来经过多方努力，经济建设再上新台阶。据不完全统计：2015年、2017年全村社会经济总收入达到571.4万元和680.3万元。从这些数字的提升可以看出，村两委班子领导成员付出的辛劳和汗水是可想而知的。

有了良好的经济支撑，村的各项民生得到了充分体现，每年为全村60岁以上老年人免费体检；60岁以上老年人有了养老金，困难户家庭有了补助；重大疾病有了照顾。一年一度的中秋节，为老人发放中秋月饼，重阳节、春节，老年人都分发到大米和食油，从而使老年人增加了获得感和幸福感。用老年人的话说，“千好万好，共产党最好”“没有共产党就没有我们今天的幸福晚年啊”。

一有共产党的领导，二有社会主义的制度，三有改革开放的政策，丰产村两委决心不忘初心，牢记使命，坚持群众路线，与广大村民一起为建设社会主义的新丰产而努力奋斗！

丰产历任干部情况表

圩东村(南片)1950年—1956年农会主任及村长

蔡文时　蔡毛林　秦宝珍　沈小清

德利村(北片)1950年—1956年农会主任及村长

张六郎　陆金福　孙金法　沈隆生

1950年—1956年　丰产、新港、长明合并为长兴乡

乡长：黄凤鸣　主任：茅才郎　妇女主任：黄竹梅

1957年　圩东村、德利村改组成立丰产大队

支部书记沈龙生，大队长黄富才

1959年　党支部书记沈祥郎，大队长黄富才

1965年—1976年党支部书记沈龙生，大队长樊正元

1977年　党支部书记浦士芳，大队长杨林娣

1978年—1982年党支部书记汤士明，大队长樊正元

1982年—1986年党支部书记陆亚忠，大队长陆其忠

1986年—1990年党支部书记黄根呀，村长俞阿福

2006年—2008年党支部书记黄爱芳，村主任顾春松

2009年—2011年党支部书记顾兴祥，村主任顾春松

2011年—2014年党支部书记宋鸿飞，村主任顾春松

2014年—2017年党支部书记范永刚，村主任顾春松

2018年　党支部书记范永刚，副书记周云萍

丰产村人物录

1. 8组　樊志明　曾参军任装甲兵某团副团长,转业后任宝山区教育局副局长

2. 8组　施才法　曾任长兴乡副乡长、宝山区通河街道党委委员

3. 7组　徐才元　在抗美援朝中负伤致残,荣获三等功

4. 11组　陈希良　曾任长兴邮电局局长

5. 8组　郁小付　朱才福,9组　顾友才,10组　周才元,4组　虞培良,2组　高友青,6组　费才根,7组　沈祥郎分别参加抗美援朝和浙江舟山海军陆战队服役。

6. 10组　高老五,8组　顾才其,6组　陶思良　李安康,7组　徐才元　范才吁,3组　朱富才第二批赴朝参加抗美援朝。

7. 11组　龚士明　1947年曾被国民党抓壮丁,在解放战争中的一次战役中,不顾枪林弹雨到解放军阵地投诚,成了一名革命战士。

8. 2组　吴长法,在解放西藏战役中光荣牺牲,被追认为革命烈士。

9. 10组　陆柱尊老中医,已有93岁高龄,仍为周围群众(老百姓)治病,他的医术得到患者的好评。

10. 3组　徐百民(船老大),在一次行船过程中,木帆船突遇风大浪高,眼看船要被浪潮卷到海岸边打坏,他奋不顾身跳入江中,用身体用力推船,因力不从心,不幸身亡,献出自己宝贵的生命,他的英雄事迹至今仍存在老百姓心中。

海星渔民迁徙记

周品其

海星村是上海市崇明区长兴镇所辖 24 个行政村中一个专以水产捕捞为主的渔民村。它位于长兴镇东部的圆沙西镇港口，占地总面积为 20 平方公里，全是村民宅基地。周围，南有合心村，北靠同心村，东邻鼎丰村，距园沙镇 700 米，西是长江南航道。距镇政府约 16 公里。全村共 870 户 2 132 人。设 6 个村民小组。

(1) 网船浪人的称谓。以前在长兴岛上人际之间的相互称呼是以各自的劳动分工和职业来定义的。如岸浪人、船浪人或种田人、撑船人、手艺人、生意人等，还有按分工专业来相互称呼的，如有铁匠、木匠、竹匠、泥水匠、裁缝、理发等。在每个业者后面加上“师傅”两字表示为尊称。船浪人是统称，其中包括货运船和客运船，这是以生产形式、生产设备而确定的。渔船的主要生产工具是渔网，所以被称为网船，它的从业人员就被称为“网船浪人”，就像称呼耕田人为“耕田郎”，养牛人为“弄牛郎”，打铁的为“打铁郎”等，绝无贬低人格的原意。

(2) 长兴岛上网船的来历。详细记载已无从考证，只能从一些高龄老人的口述中了解到一部分。早在 1942 年前，岛上就有一批渔船，分别在瑞丰沙的东小洪、新开港、潘家沙、石头沙、马家港、三圩港、北新开港等自然港湾内。他们都是以船为家，一船一户，男女老少挤在一起，陆上无固定居所，后来时间长了，也有几家在海岸旁边搭建了一些芦笆房，备为休渔期或修船时暂住。他们的生活来源，主要依靠捕捞长江口丰富的水产资源，春有刀鱼(刀鲚)、面丈鱼，夏季有烤仔鱼(凤鲚)，秋天有黄籽白米虾，冬天拖长江绒毛蟹。

他们出生籍贯又各有不同，多数是来自江苏省的扬州和苏州地区沿江渔民，他们一路迁徙沿江东下，先后在宝山罗店、月浦一带内河直至吴淞蕴藻浜及浦东东沟等地以捕鱼为主要生计，后又逐渐迁徙至长兴岛，统称苏扬两帮(籍)，人口比例还是苏州籍较多，所以他们的生活圈也都以籍贯、姓氏、亲朋关系群聚居于一处，包括在出海捕捞的渔场，泊位都选择尽量靠近以有利于相互照应。

(3) 三圩港里的海星人(组织起来的渔民)

新中国成立前的渔民生活是极为贫困的，尽管他们千辛万苦一天两潮拼搏在风口浪尖上，但受限于三大因素：一是船小，他们的渔船载重量都在 4 至 5 吨，人称船长不过两托半，载重不足 100 担(20 担为一吨)，还有一些舢板船；二是网小，网小产量低；三是上市价格，中间还要受到渔霸的压价收购。在旧社会，政府根本不重视、不关心渔民的生活疾苦，渔民有苦也无处可诉，长时期生活在社会最低阶层。

要说旧社会渔民生活，艰苦程度可以毫不夸张地用以下几个事实说明：一是衣无完袖、鞋无后跟、脚上无袜、头上无一顶像样的帽子，尤其孩子们的衣衫实在寒酸，走在路上一眼就可分清谁是船上孩子；二是生活来源困难。很多贫困渔民在休渔期内连食粮也无钱购买，只得依靠乞讨渡过难关；三是男女青年婚嫁难。当年水陆还未顺利通婚，陆上农民很少愿意出嫁给渔民，因为渔民无宅无地不可靠，而渔家姑娘不会种地，又怕生活不习惯，当地有“有男不找船浪女”的说法；四是渔民文盲多，因为从小以船为家，居无定所，根本无条件培养孩子上学读书。

1950 年，在政府指导下组成了渔民自己的组织“渔民协会”(农村组织成农民协会)。从此，渔民有苦处、有困难可向政府提出诉求，有好的主张可直接向政府提建议，渔民们从此成了真正的国家主人翁。

1952 年，全岛渔民成立了 8 个渔业生产小组，并民主选举产生了生产小组长，实行了以生产组长为领导的渔业生产管理体制。

1955 年，改组为三个互助合作组，进一步完善了以生产小组长为领导的渔业生产新形式。

1956 年 2 月，成立了利民和光明两个初级渔业生产合作社，办公地光明社设在潘家沙的三民镇，利民社设在三圩港。

1958 年 3 月，两个初级社合并改称长兴高级渔业生产合作社。原在瑞丰沙、石头沙、三民镇等地的渔船逐渐向东迁徙到马家港、三圩港。

1958 年 9 月 28 日，长兴成立了灯塔人民公社。长兴渔业社改名为灯塔渔业生产中队。办公地点设在凤凰镇马家港口，所有渔船也都集中至马家港三圩港一带。

1959 年 4 月，灯塔公社改称长兴人民公社，灯塔渔业队改名为海星渔业大队(海星两字取的是海上明星之意)。那时的海星已组建成长江捕捞队和打捞工程队及初办了一对外洋机帆船(贷款建成的 201、202 号机帆船)。

1959 年，在马家港发生了一起化工厂硫酸气熏坏渔网事故后，所有长江捕捞船全部东迁至三圩港，从此三圩港变成了海星渔业队的大本营。同时在上级领导的关心和新港(兴)大队支持下，拿出了一片土地，建造了一所幼儿园和食堂等公用房产，还让100多户渔民在陆上建造了简易的芦笆房。从此，渔民们出海有船，进港有了家，老年人可在陆地上新造的家里照顾孩子看守门户，孩子们也走进了海星人自己创办的幼儿园，学龄儿童上学读书也有了机会。东兴小学近在咫尺，这所小学内毕业出来的学生中有好几位都当了渔业队的领导干部和成为发展渔业生产中的中坚力量。

每逢渔期，根据渔民生活习惯，船进港后，男人们就有三大去处，一上茶馆、二进酒店、三进书场。此时的三圩港河两旁，见到的是百舸齐泊、千帆竞艳的渔港景观，设在厚朴镇上的十来家茶馆店和酒店，包括烟杂小店内到处人头攒动生意闹猛起来，尤其茶馆店，从凌晨三点多开始至九十点钟，可说十家九满。到处可听到渔民们用高亢的方言土语海阔天空地相互交流着渔场信息、技艺心得。上至国家新闻、社会流言，下至家庭琐事，乃至亲朋交往中的喜事、乐事、麻烦事等，反正东拉西扯，随便聊。直到中午，几个酒友又结伴进入酒店，点上几盘以素、新鲜为主的下酒菜，另外买上几瓶老白干(大多数渔民爱喝白酒)，酒菜到位，开始大口喝上一两碗，待酒过三巡后，即趁着酒性进入高潮，猜拳行令。一支梅、二相好、六六大顺、八面威风、五吆喝六……输了罚喝一碗，再输再喝，直到桌面上有几个人醉倒在地，不能动弹。有的已胡言乱语，甚至发着酒疯，连家在哪里也不知道了，还要家人或亲友领回去。而当场虽未醉倒自认为胜利者的，实际也已有八九分醉意。当他洋洋自得地走在回途中，一经风吹，酒性立即发作，他也开始走起S路、跳起了秧歌舞。还未到家，就已抱着树干或睡倒在路边也被人扶送回去。等到一觉醒来时，又到昨天的那个时间了，路上又碰到昨天几位先醉者时，双方对视，先是捧腹大笑，后又互相表示不服气，最后双方约好下次继续再来比个我胜你败。

另一个场面在书场里，渔民中不乏一些中老年人爱听说书、评话，对封神、岳传、杨家将，真是百听不厌。因为讲的是孝子贤孙、忠臣良将，当听到奸相秦桧设计陷害岳飞时，众口喊冤，齐声痛骂大奸贼。当秦桧阴谋东窗败露被判刑伏法，岳元帅冤案得以平反昭雪时，满场叫好，情如亲历当年现场。

再回顾关注一下那些善良勤恳的渔家女性。船靠码头后，男人登岸各忙各的，女人们还要忙碌着清洗船面，整理网具，再安排好留守人员，自己才可回家看望老人小孩。接着就是双腿席地盘坐(不论在船上陆地男女一样都是这种盘坐姿势)开始了飞针走线的修网、结网工作，这是渔民必须学好的一门技术活，但技术熟练程度高低不等，工效也大相径庭。

长兴岛文化，上海文明的一个重要补充

董　昊

长兴岛素有“橘乡”“净岛”“长寿岛”之美称。得天独厚的自然条件和丰富的自然资源使长兴岛的旅游业得到了充分发展。其文化建设也与日俱增。

我对长兴岛的兴趣，来源于一位叫黄元章的长者——作为《上海老年报》的文史版的前编辑，在工作中结识了这位时年 76 岁的老年人。于是，长兴岛滑入了我的眼帘。

曾经在 20 世纪 70 年代末，我作为一名奋斗在上海农场的知识青年，在担任《电视中学》物理辅导员时，曾经去过长兴岛一次，与前卫农场与同行交流时，当地的老农曾经告诉过我一个传说。当时，“反击右倾翻案风”，对于这个传说是嗤之以鼻的。在频繁与黄老沟通中，我才明白那个传说，是如此引人入胜。

长兴岛由来的神话传说告诉我，它与横沙岛是“母子”。那是“八仙过海”留下的杰作。

话说八仙驾云去东海之中的蓬莱仙岛赴宴赏牡丹，路过长江口时时至中午，见好多文蛤，遂一起用餐。李铁拐在岸上用他的金手指一指那些荒草，立即把它变成菜肴。荒草丛中藏着两只老鼠一大一小，无意间接受到了铁拐李的金光，几个时辰后，迅速长大。由于长的太大动弹不得，他们躺在江海，头部冲着蓬莱方向，渴望仙人再来点化。可惜仙人没有再来。一大一小的老鼠便石化为长兴岛和横沙岛。

传说不可信，但预示着人们对土地的热爱和对生活的渴望。

如今的的长兴岛，东西长约 35 公里，南北宽 2～6 公里，现面积约 185 平方公里。镇辖 24 个行政村，实有人口十余万人，其中户籍人口 4 万人；规划到 2020 年，总人口为 23—25 万人。其中，产业发展导入人口将增加到 18—20 万；户籍人口约4.5万，户籍人口城市化水平将达到85%。为此，文化建设被日益重视起来，前文说到的黄老，就是新的老年作家。

长兴岛也可谓命运多舛。从清道光年间六个沙洲相继成陆，经历了近400多年的风雨。据考，距今700前，长兴岛为水下沙洲；1644年鸭窝沙出露水面；1843年开始在出露的沙洲上围垦筑圩；1880年崇宝沙分裂为瑞丰沙、石头沙、小石头沙等3个小沙。

至20世纪中叶，沙洲面积扩大到14平方千米，1950年面积缩小到5～6平方千米。20世纪60～70年代初经人工堵汊，长兴岛才连成一体形成今日长兴岛。

宣统二年，长兴为宝山辖。1937年九月，长兴归属上海特别市东北区。抗战胜利后，长兴复归宝山辖。1959年9月，长兴划归上海市商业二局。1961年11月起，长兴又为宝山辖。2005年7月起，长兴乡划归崇明辖，2009年11月撤乡建镇。

长兴划归崇明后，上海市委、市政府把它作为是国家战略、上海重点、崇明关键，功能定位是世界一流的海洋装备岛，上海的生态水源岛、独具特色的景观旅游岛。

如今，在许多致力于长兴岛文化建设的有识之士，“披荆斩棘”地笔耕于长兴岛的文化沙漠里，不断出新作、力求培养人，为政府担当了文化传承，可歌可泣。

在黄老的引荐下，我拜识了徐惠忠老，为他的不忘初心地为乡愁、为长兴岛的历史“寻根”而感动。在的带领和号召下，耄耋之年的文化热情远远超过了年少的一代，是我们的荣幸还是他们的悲哀？我不敢妄加评论。但唯一可以感到欣慰的是，长兴岛已经融入了文明文化，也在我们上海人民心中占有一席之地，才是我们的骄傲。

长兴岛连着上海市区和崇明岛，是上海水域文化的纽带。上海人一般都通过长兴岛进入崇明岛和横沙岛，而长兴岛文化和横沙岛文化与宝山的不解之缘，是上海文明的一个奇异的补充。

可以预料，尽管长兴岛只有常驻居民不足5万人，但随着未来人口大量涌入，不同文化背景的中国人，必定会形成不同于当地人文的区域文化，这也是住在长兴岛的人的责任，也是他们的使命。

编 后 记

当《烟雨蒙蒙厚朴镇》一书付梓出版的时候，我们心中充满着愉悦和激动。这本书的问世，应该说是我们自我挑战的产物，也是辛勤劳动、乐于奉献的结果。

今年初，编委会的老同志们在编了几本关于长兴岛的书后，决定“偃旗息鼓”了。因为大家毕竟年事已高，体力、精力等方面都每况愈下，而且编写工作是一项十分艰苦的脑力劳动，需要付出智慧、匠心、心血的创造性劳动，没有身临其境的人很难体会得到其间的艰辛。再说，编者要有政治上的敏感性，要注意作品的教育性、生动性和可读性，在语法、修辞、逻辑等方面，要做到基本正确。编好一本书，工作量和难度是很大的。尤其自发组织编书，等于在“自讨苦吃”。

当我们不再编书的消息传出后，便有不少读者和有识之士，前来劝言，鼓励我们继续上。他们说，一则，你们已创造了一个编书的平台，并且积累了一定的编书经验，如果终止似乎有点可惜。二则，你们编写关于家乡的书，讲的是家乡话，写的是家乡事，家乡人很喜欢读，有亲切感，读后可以长知识，可更好地了解家乡的历史，从中还可以受到教益和启迪，对传承海岛的文化和祖辈的优良传统，都具有很重要的意义。听后，我们觉得他们说得有理，再加上大家一起学习了中共中央总书记习近平关于发展文学艺术创作和弘扬先进文化的论述，给我们平添了无穷的力量，似乎身上有一种责任感和使命感，我们应该继续战斗下去，挖掘海岛的文化资源，弘扬海岛先进文化，传播正能量，为家乡人民做一件有意义的事情，贡献我们应有的力量。“即使太阳西下，也要把最后一丝光亮奉献人间。”并在中华人民共和国69岁生日的时候，献上一份我们——长兴岛儿女的诚挚礼物。于是，我们又披挂上阵了。

这次要编辑一本什么内容的书？编委会从几年的编辑实践中，一下子瞄准了厚朴镇。因为她有着130多年历史，这是一块人杰地灵的地方，有许许多多的内容可写。这里出了不少有名人物：如有解放军的上将和中校，有在中国远洋航海战线与国际海盗英勇斗争的勇士，有刻苦自学成才的音乐之星，有闻名上海的大律师，有医术高超、乐于为民治病的被喻为“长兴岛的女华佗”等，这里还有众多的能工巧匠，还流传着许多优美的传说和动人的故事，还有……于是便确定了《烟雨蒙蒙厚朴镇》的书名。

因编写的内容不同，在工作上带来很大困难。过去编写的都是反映全岛的概貌、习俗、文化、历史、经济等方面的内容，在联系单位和搜集材料、组织稿件等方面，都比较方便，喜欢写作的也不乏人才。这次是写一条古镇，已被历史的烟尘湮没了好多年，有关的记载极少，需要从老年人的记忆中搜集、整理、筛选；再说，历史上的厚朴镇，和人们通常所说的厚朴镇，是两个不同的概念，一是指单纯的一条街，二是指在厚朴镇一带几平方公里范围内的统称。本书中所写的厚朴镇，是指后者，是在厚朴镇一带所发生的历史往事及人物故事，地域范围主要是现在的长兴镇的新港村和丰产村。

目标已定，我们坚持不懈，进行紧张的调查研究，搜集整理，规划篇章结构、组织写稿人员，审阅稿件，修改润色。经过不到半年的努力，“大功”终于告成。但由于水平有限，无论在篇目的分类方面，还是文章的质量方面，都存在不少缺点，希望读者提出批评。

在编写过程中，我们得到了崇明区文史研究会、档案局，长兴镇党委和人民政府的热情关怀，得到原厚朴镇区域范围内的新港村、丰产村党支部、村民委员会的大力支持，两位书记还热忱为本书作序，得到作家郭树清的热心帮助，得到许多作者和知情者的关注和出力，在此，我们表示深切的感谢！

《崛起的长兴岛》编委会

2018年9月

鸣　　谢

本书编辑出版过程中,得到以下单位和个人的爱心捐赠,无私奉献,谨表示感谢!

宝山第三航行股份公司董事长　朱国祥

上海银星律师事务所主任　顾玉红

长兴镇新港村村委会

长兴镇丰产村村委会